者』のまがいもの程度に
る我ではないわ」
「なんだい元リーダー――
しばらく見ないうちに、
すごく雰囲気変わったね？」

『では、まずは問題ない域にまで
相手の数を減らします』
『固有No.武装V《ナンバーズファイブ》：型式百腕巨人《タイプ・ヘカトンケイル》』
フレデリカの『魔導制御衣《ファウンデーション》』の色である
純白をベースとして要所に蒼と金が配されており、
武装でありながらフレデリカの王族めいた雰囲気を際立たせている。

怪物たちを統べるモノ

The boy who rules the monsters

最強の支援特化能力で、
気付けば世界最強パーティーに！

3

Author
Sin Guilty
Illustration
中村エイト

口絵・本文イラスト　中村エイト

第一章『イステカリオの幼帝』

The boy who rules the monsters

時は深夜。

今の月齢《げつれい》ではこの時間中天に月はなく、元より今宵《こよい》は曇天《どんてん》のため星の光すらない暗夜《あんや》。

『攻撃衛星《神の雷》』によるエメリア王国領城塞《じょうさい》都市ガルレージュへの無警告先制攻撃を以《もつ》てなされた、『聖教会』からの事実上の宣戦布告。それはリィンが運用開始《ロールアウト》されたばかりである『固有No.武装Ⅸ《ナンバーズ・ナイン》：型式九頭龍《タイプ・クズリユウ》』で衛星からの砲撃《ほうげき》を防ぎきり、ルーナが魔創義躰《アストラル》から『竜《りゅう》砲《ほう》』を放って『攻撃衛星』を叩《たた》き墜《お》としたことにより、ソルたちは一切《いっさい》受けていない。

だがその一件を以《もつ》て『聖戦《オラトリオ・タングラム》』の発動がもう引き返すことのできない分水嶺《ぶんすいれい》を超《こ》えた日から、すでに数日が経過している。

所は大陸西南部広域を支配するイステカリオ帝国《ていこく》、その帝都《ていと》ガイエラリア。

大陸四大強国の中でも軍事大国として名を馳《は》せているイステカリオ帝国の中枢《ちゆうすう》だけあって、その規模、威容《いよう》はエメリア王国最大の城塞都市であるガルレージュをも遥《はる》かに凌《しの》いでいる。具体的には現代の技術ではすでに再現することができない強大な壁《かべ》によって五重に囲まれており、当然その最奥《さいおう》、中心部に帝城が屹立《きつりつ》しているのだ。

もっとも広い第一外壁《がいへき》の内側は帝都で暮らす民たちの居住区と商業区。

第二外壁の内側は軍部が支配している軍事施設《しせつ》となっており、第三外壁までを含《ふく》めてもっとも強大な防壁《ぼうへき》とも言える絶対防衛線として機能している。

第三外壁の内側は帝都において2番目に広く、軍部と貴族たち専用の高級商業区であり、かなりの華《はな》やかさを誇《ほこ》っている。

第四外壁の内側は貴族たち専用の高級居住区画。壁の内外で海抜《かいばつ》が違《ちが》い内側は高所となっており、いかにも貴族たちの高級居住区といった風情《ふぜい》で下界を見下ろすようになっている。そのため第四外壁は壁というよりも、人造的に整備されている高所への崖《がけ》といった方がしっくりくるだろう。最も分厚い壁の上部が貴族たちの居住区なのだと言い換《か》えてもよい。

最後の第五外壁の内側にあるのは帝城のみである。おもしろいのは帝城に勤める官僚《かんりょう》などは平民出の者も多く、帝城下部に部屋を与《あた》えられているので貴族区よりも最奥の空間はわざと一段低くされていることだろう。もちろん王族が暮らす帝城内の居住区は帝都で最も高い位置にあるのだが。

よって第五外壁が五重の外壁の中でもっとも縦に長く、まるで壁状になった高層ビルのようなものとなっている。最も内側となる分、その取り囲む範囲《はんい》もまた最も小さくはなっているのだが、それでも十分に広大な範囲を覆《おお》っているのだ。

当然帝城そのものも、たとえ平野にぽつんとあったとしても、その攻略《こうりゃく》にどれだけの兵力を必要とするのかなど計り知れないほどの堅牢《けんろう》さを誇る城塞である。

どうにかして五重となっている壁を通り抜《ぬ》け得たとしても、帝城は無限に湧《わ》き出る水によって人工的に作り出された巨大《きょだい》な湖の中心に位置しているため、唯一《ゆいいつ》の城門へと至るには一本道となる橋を渡《わた》るしかない。

すべての壁の内側まで水上移動を可能とする船などを持ちこむのは現実的ではないため、どうしてもそうならざるを得ないのだ。当然その橋にも複数の門が構えられている。またその門ごとに分割《ぶんかつ》された跳《は》ね橋《ばし》ともなっているので、それらをすべて上げられてしまえば攻《せ》める手段はかなり限定されてしまうことになる。

イステカリオ帝国も当然自分たちの帝都が籠城《ろうじょう》に適していることを把握《はあく》しているが故、そのために必要な物資の備蓄《びちく》も十全に整えている。

ちなみに籠城において最も重要な物資となる水は、防御《ぼうぎょ》手段の一つともなっている人工湖をその供給源としている。魔力《まりょく》によって生み出された、汲《く》めども尽《つ》きぬ清涼《せいりょう》な水は帝都の四方へも水路を通して流れており、帝都ガイェラリアはその人口の生活を余裕《よゆう》で支えるに足る水源を、その内側に保有しているのである。

戦時ともなれば年単位で籠城することも充分《じゅうぶん》に可能な、わかりやすく難攻不落《なんこうふらく》を敵に示す軍事国家の城塞だと言えるだろう。

だがそれはあくまでも人間同士の戦争においてはという意味であり、対魔物《モンスター》、それも超《ちょう》大型《おおがた》が相手となれば『絶対障壁《アブスルトウス》』に守られたエメリア王国の都市群にはさすがに劣《おと》る。厄《やく》災《さい》級とされる魔物の一撃《いちげき》は、たとえ逸失技術《ロスト・テクノロジー》によって創《つく》り出された城壁《じょうへき》とて、一撃で破壊《はかい》してしまうからだ。

とはいえ四大強国の中でも突出《とっしゅつ》して堅牢な首都であることは間違《まちが》いなく、たとえイステカリオ帝国が戦に敗れるとしても、それが『帝都陥落《ていとかんらく》』によるものになるとは想像し難《がた》い。帝都以外すべてを制圧し、その戦況《せんきょう》を以てやむなく降伏《こうふく》する形に持っていけなければ、帝都ガイェラリアを陥落《かんらく》させるために、どれだけの損耗《そんもう》を強《し》いられるか想像もつかないからだ。

そんな帝都の中でも最も安全な場所といえば、当然帝城の最上部にして最奥部《さいおうぶ》、皇帝《こうてい》の居室となる事は当然だろう。

同等の安全度、言い換えれば外界との隔絶《かくぜつ》を可能とする場所といえば、帝城と並んで立つ『嘆《なげ》きの塔《とう》』――つい先日まで『囚《とら》われの妖精王《ようせいおう》』、アイナノア・ラ・アヴァリルが幽《ゆう》閉《へい》されていた場所くらいしか存在していないのだから。

◇◆◇◆◇

「――クルト兄様ですか？」

イステカリオ帝国においては最も安全を保証されているはずの皇帝の寝室《しんしつ》。

そこで帝国の頂点《お飾り》として1日の激務を終え、疲《つか》れて眠《ねむ》りに就《つ》こうとしていた現皇帝が、本来はこの場にはあるはずのない他者の気配を感じて誰何《すいか》の声を発した。

フィリッツ・ライフェルデン・イステカリオ。

イステカリオ帝国の今上皇帝《きんじょうこうてい》。昨年の1月1日に神から能力を授《さず》かったばかりの13歳《さい》の男子。輝《かがや》くような白銀《プラチナブロンド》の髪と深く澄《す》んだ碧眼《グリーンアイズ》を持つ、男女問わず見る者誰《だれ》もが我知らず目を奪《うば》われずにはいられないほどの美少年。その実際に幼い年齢《ねんれい》から『幼帝』、神から授かった雷系魔法《まほう》の能力から『雷帝《らいてい》』などの通り名《エリアス》で大陸中に知られている、歳若き皇帝である。

大帝国《だいていこく》の正統な後継者《こうけいしゃ》としての血統は申し分なく、本人の各能力も天才という呼称《こしょう》ですら控《ひか》えめなくらいに優《すぐ》れてはいる。その上12歳になる年の1月1日にかなり強力な雷系魔法能力を授かったこと、その能力を充分に活《い》かすことを可能にする神遺物《アーティファクト》——代々の皇帝が受け継《つ》いできた『帝印《ていいん》』と呼ばれている人造魔導器官《ニア・オルガナ》——を第三の瞳《ひとみ》として植え付けられたことで、武勇を誇る歴代皇帝たちの中でも突出した個人戦闘《せんとう》能力を有してもいる。

今は皇帝としてあえて強気な表情で他国の外交官などとやり取りしている時とは異なり、本来の柔《やわ》らかな表情を浮《う》かべている。今の姿を目にすれば、どこか可愛《かわい》らしさを感じさせるその夜着も含めて、実は美少女だったのですと言われても多くの者がそのまま信じるだろう。いや間違いなく男の子ではあるのだが。

「——申し訳ないけど、クルトさんではありません。はじめまして、こんばんは。フィリッツ・ライフェルデン・イステカリオ皇帝陛下」

だがイステカリオが誇る魔導戦闘集団『八葉蓮華《キルクルス》』の副長であるクルトだと確信して発したフィリッツの誰何に答えたのは、まったくの別人の声だった。

「僕《ぼく》の名前はソル・ロックと申します。現在聖教会に神敵認定《にんてい》されて、聖戦による必滅《ひつめつ》対象とされている者です」

(——ソル・ロック!)

その落ち着いた様子での自己紹介《しょうかい》に、内心でフィリッツは驚愕《きょうがく》せざるを得ない。

聖教会が定めた神敵にして、エメリア王国をすでに支配したとされる全竜《かいぶつ》を従える主《モノ》。

それが夜陰《やいん》に乗じて、聖教会と並んで自身にとって明確な敵となったイステカリオ帝国の最奥部までの侵入《しんにゅう》を、苦も無く実現させているという事実。それは空を己《おのれ》が支配領域とする竜種を従え、すでに『浮遊《ふゆう》』や『転移』といった高階梯魔法を行使可能な神敵《ソル》にとって、あらゆる国家の警戒網《けいかいもう》など、すでに無いに等しいということに他ならない。

もっともいくら大国と嘯《うそぶ》いてみたところで、その大国すべてが総戦力を投入したとしても不可能だったのが禁忌領域《タブ・テリトリー》の解放なのである。苦もなくそれを実現した力を持っている者にとって、その程度は当然のことでしかないだろう。

そして聖教会によって神敵認定を受け、聖戦による殲滅《せんめつ》対象となっているソルが、今このタイミングでイステカリオの皇帝のもとを訪《おとず》れる理由など一つしかない。『囚われの妖精王』を縛《しば》る封印《ふういん》の一つである人造魔導器官《ニア・オルガナ》――『帝印』をその身に宿したフィリッツ《自分》を殺し、妖精王《アイナノア》を解放するためだ。

先日『囚われの妖精王』を奪われた際に、『八葉蓮華《キルクルス》』からその情報もまた奪っていたのだろう。つまり彼《かれ》らは見逃《みのが》されたのではなく、すでに神敵《ソル》の軍門に降《くだ》っているということになる。だがそんなことは充分に理解した上で、フィリッツはその驚愕と恐怖《きょうふ》をなんとか呑《の》み込《こ》んで、今この場における最善を模索《もさく》する。

「……こ、こんばんは」

その結果として声に怯《おび》えを含ませながらも、夜分にする挨拶《あいさつ》としてはごくありふれたものを返すことを選択《せんたく》した。

「……すごいですね。このあと騒《さわ》がないように警告するつもりだったのですが、まさか普《ふ》通《つう》に挨拶を返していただけるとは思っていませんでしたよ」

どうやらフィリッツのその選択は間違っていなかったとみえ、ソルはかなり驚《おどろ》いている。

「だってソル様はなんの騒ぎも起こさずにこの部屋へ侵入できるのでしょう？　僕を殺す気だったら声など掛《か》けずにそうするでしょうし、騒ぐ方が危険だと判断しただけです」

見敵必殺の対象である神敵に国家の最奥まで侵入を許しているこの状況《じょうきょう》は、確かにすでに詰《つ》んでいる。今ここでフィリッツが騒いだところで、悪手にしかならないのは間違いない。

そのフィリッツの判断を理解したソルの表情が、驚きよりも感心を強くした後、やがて好意的な笑顔《えがお》へと変わっていく。それをフィリッツ視点でみれば、騒げば一方的に殺すこともやむなしと判断していたソルが、自分を交渉《こうしょう》に足る相手だと見做《みな》したようにも見える。

だがフィリッツとて、ソルが感心しているほどに落ちついているわけではない。

今この場でなにをどうしたところで絶対に逃《のが》れ得ない死を己に与える相手を前に、虚心《きょしん》でいられるはずもない。だが己の死がどうしても避《さ》け得ないものと判断した以上、イステカリオ帝国の現皇帝として、少しでも己が死を有効活用しなければならないのだ。

「――音に聞こえた『雷帝』としての実力で、撃退《げきたい》しようとはなさらない？」

会話が成立すると判断してもらえた甲斐《かい》はあったとみえ、今から確実に殺す相手であるフィリッツに、興味深そうにそう問いかけてくるソルである。

「実際はそこまで隔絶した力ではないのですよ。確かに僕程度が行使可能な魔法であれば、あたかも魔力が無限であるかの如く使うことも可能です。ですが……」

ソルのその質問に対して、フィリッツは今の自分《自分》に可能な最高の笑顔を浮かべて答える。

確かにちょっとした怪盗《かいとう》気取りや高位と呼んでも差し支《つか》えない冒険者《ぼうけんしゃ》の5、6人程度が相手なのであれば、『雷帝』と称《しょう》される自身の能力と人造魔導器官《ニア・オルガナ》の組み合わせは、一方的な蹂躙《じゅうりん》をも可能とするだけの力であることは確かだ。だが――

「それを無限に撃《う》てたところで、ある階層以上の魔物《モンスター》にはまるで通用しない？」

「仰《おっしゃ》るとおりです」

どこか嬉《うれ》しそうに自身の言葉の続きを口にしたソルに対して、我《わ》が意を得たりといわんばかりの笑顔を浮かべたフィリッツがその内容を肯定《こうてい》する。

「僕の力は、迷宮《ダンジョン》の第9階層以上の魔物相手にはまるで通用しませんでした。そんな程度の攻撃など、禁忌領域すら解放可能なソル様たちにとっては、蟷螂《かまきり》の斧《おの》にも劣るでしょう？」

そんな相手に敵対するなど論外なのだ。

破れかぶれで自身が持つ雷撃《らいげき》系の魔法を連射したところで、目の前の怪物たちには傷一つつけることなどできはしない。この世界にはそんな存在もいることを、フィリッツは自分自身の力を試《ため》すべく臨《のぞ》んだ迷宮深部《ダンジョン》で、すでにいやというほどに思い知っていたのだ。

「迷宮深部とか禁忌領域の魔物の強さって、どうかしていますよね」

笑ってそう言うソルもまた、『黒虎《ブラック・タイガー》』時代に同じ経験をしている。だからこそその言葉にはフィリッツに対する共感をベースとした、親しみに似たなにかが含まれている。

『プレイヤー』の能力によって構築された、理想的なパーティー『黒虎』

盾役《タンク》、回復役《ヒーラー》を軸《じく》に物理攻撃役《メレー》と魔法攻撃役《ヌーカー》を揃《そろ》え、その防御、回復、攻撃とそのために行使される各種能力を『魔力回復』や『再使用待機《リキャスト》キャンセル』でぶん回しても倒《たお》せない魔物が厳然と存在していたのだ。人が神から授かる力を可能な限り迷宮で鍛《きた》え上げたとて、けして人には届かない高位の存在がこの世界にはあたりまえに跋扈《ばっこ》している。

だからこそ『国喰《ぐ》らい』を筆頭に禁忌領域の主たちは放置され、各地に存在している迷宮のどれ一つをとっても、2桁《けた》階層までですら攻略を進めることが出来ずにいたのだから。

事実として『プレイヤー』でいうところの人のレベルを2桁に押《お》し上げることが可能な

魔物に対して、レベルが1桁である能力者の力は通らない。倒せる魔物のすべてから次のレベルアップに必要な魔力を吸収できなくなるまで成長してなお、それが可能とする魔物に勝てるだけの力を手に入れることができない。つまりはそこが人という種の行き止まりであり、そこから先に踏《ふ》み込むことを、人はこの世界から赦《ゆる》されてはいないのだ。

世界のどこかには例外がいるのかもしれないが、少なくとも上限まで『プレイヤー』の力を以て強化《レベルアップ》した『黒虎』――ロス村の奇跡《きせき》の子供たちでさえも、また攻撃力《こうげきりょく》としては最強格と見做されている雷系魔法能力を授かり、その力を人造魔導器官《ニア・オルガナ》で制限なく行使できるという奇跡の相乗効果《シナジー》を以てしても、その軛《くびき》から逃れることは叶《かな》わなかったのだ。

全竜《ルーナ》という、疑うべくもない怪物《かいぶつ》の1体が『プレイヤー《ソル》』の従僕《じゅうぼく》となるまでは。

「そのどうかしている魔物たちを蹴散《けち》らしたの、ソル様ですよね……」

「途切《とぎ》れていた成長の連鎖《れんさ》を繋《つな》げてくれたのは、ルーナですけどね」

冒険者と大国の皇帝という立場の違いこそあれ、己が夢や利益のために不可能ごとに挑《いど》んだ経験がある者同士である事を知ったソルは、フィリッツに一方的な親近感を覚えている。よって二人の会話にも、どこか和《なご》やかな雰囲気《ふんいき》が漂《ただよ》い始めていた。

「じゃなくて……今日は大事なお話があって、こうして非礼は承知で罷《まか》り越《こ》しました」

「ふふふ、自分の生殺与奪《せいさつよだつ》の権利を握《にぎ》っている相手にそういう話し方をされると、本気で生きた心地《ここち》がしないものなのですね。声が大きいだけの恫喝《どうかつ》の言葉など、弱者の虚勢《きょせい》にすぎないということをよく理解できました」

だがソルがここへ来た目的は和やかさとは程遠《ほどとお》いものであり、フィリッツもまたそれを充分に理解している。だからこそ、あえて咳払《せきばら》いをして仕切り直しをはかったソルのその態度に、フィリッツは苦笑いを浮かべながらもそう答えた。

ソルの言う大事な話とは、『妖精王《アイナノア》』の解放以外はあり得ない。

つまりフィリッツを殺しに来ていることだけは、誤魔化《ごまか》しようがない事実なのである。

それだけに留《とど》まらず、軍事大国などと粋《いき》がっている超大国《ちょうたいこく》気取りの皇帝を苦も無く殺せるだけの力を持っていることを聖戦前に示すことができれば、今は聖教会に踊《おど》らされて勝ち組気取りの国々の血の気を引かせるには充分効果的だろう。

ソルの情報をある程度以上正確に把握できていながらも各国が今なお安心している理由など、聖教会の有する力がソルを遥かに凌駕《りょうが》していると妄信《もうしん》しているからでしかない。フィリッツとて、イステカリオ帝国が聖戦の旗頭《はたがしら》にされることをよしとしていたのはそのためなのである。

だがそれがただの都合のいい思《おも》い込みであったことは、今フィリッツが置かれている状況こそがなによりも雄弁《ゆうべん》に物語っている。

聖教会が自他ともに信じているほどの力を本当に有しているのであれば、このタイミングでイステカリオの皇帝を殺されることをよしとするわけがない。つまりすでにしてソルたちは、イステカリオ帝国程度であればもちろん、聖教会が持つ監視《かんし》や警戒《けいかい》すら、苦も無く無力化できるほどに隔絶した存在だということに他ならないのだ。

その事実を大前提とすれば、エメリア王国がたった一国で正面から聖戦を受けようとしているのも、そうした方がその後の治世に都合がいいからだとしか思えない。

つまりソルたちにとっての聖戦とは、できるだけ多くの国が敵に回ってくれた方がその後の再編をやり易《やす》くなるためにとてもありがたいという、ただの茶番に過ぎないのだ。

そして聖戦を軸とした大陸の情勢は今のところ、ソルたちの思い通りに推移していると言えるだろう。エメリア王国を除くすべての国が、ソルの敵として聖戦に参戦することをすでに表明しているのだから。

通常の戦であればともかく、聖戦とは世界規模の宗教《聖教会》による神敵必滅、降伏などけして認めない鏖殺《おうさつ》の宣言だ。それはとりもなおさず、ソルが聖戦で敵に回った国々に対して同じ姿勢を取ったところで、誰一人《だれひとり》文句など言えないということでもある。絶対的な神とその愛《いと》し子である人を滅《ほろ》ぼさんとしているとされたからこそ、ソルは神敵認定されたのだ。

その神敵を倒せずにその大前提を実行されても、「本当にするなんて聞いてない！」などは通らない。

とはいえそうするだけの力を持った存在が本気で世界を滅ぼそうとしているのであれば、負けるとわかっていても、最後の一兵まで抵抗《ていこう》することこそが正しいのかもしれない。

だがそうでない場合、戦後にどんな無理難題を押し付けられようが、勝者の気分によって各国の扱《あつか》いに天と地ほどの差をつけられようが、法や情を以て慈悲《じひ》を乞《こ》うことなどできなくなることを意味している。

その状況に対して死んだ方がマシだと思うのであれば、勝手に死ねばいいだけなのだ。それでも生きていたいのであれば、敗者は死以外のすべてを受け入れて生きていくしかない。

フィリッツにとっての僅《わず》かな救いは、そんな相手が問答無用で自分を始末しようとはせず、その前になんらかの交渉をするつもりであるのは間違いないという一点のみだろう。

皇帝の死とそれに連動した妖精王の解放を最も効果的に活用するために、イステカリオ帝国を滅ぼす以外の方法を考えてくれている可能性が高い。そのために皇帝である自分との交渉が必要だと考えてくれているのであれば、そこからどれだけイステカリオ帝国の民によって有利な条件を引きずり出せるかが、フィリッツにとっての命の使いどころである。

「……この状況でそう振舞《ふるま》える陛下の方が正直怖《こわ》いですよ」

不可能とされていることに挑んだことがある者同士、ソルとフィリッツの間に奇妙《きみょう》な親近感が生まれているのは確かだ。だが殺す相手にこんな調子で会話を仕掛《しか》けることができるソルという絶対者の人格に対して、フィリッツは正直に言えばかなり引いてもいた。

もちろんそんな感情などおくびにも出しはしないが、言うに事欠いて自分を怖いとはよくも言えたものだと思う。まあ確かに言われてみれば殺す側ではなく、殺される側が落ち着き払《はら》って見える状況は異常なのかもしれないが、それをそう評するのは第三者であるべきなのじゃないのかなあと子供心に思いもするのだ。

「陛下と呼ばれるに足る者であろうと、常に思っていますから……」

だがそう言ってフィリッツは、その年齢に似つかわしくない苦い笑いを浮かべることしかできない。もしもソルからなんの譲歩《じょうほ》も引き出せなかったとしても、せめてイステカリオ帝国最後の皇帝として、歴史に汚点《おてん》を残すような死に方だけはすまいと思っているのだ。

まあ同じ不可能ごとに挑みながらも、それを最終的には突破《とっぱ》し得た者と、やはり及《およ》ばなかった者との隔絶とはこのようなものなのかもしれない。

弱者は強者にどう振舞われても本来はどうしようもない。捨て鉢《ばち》になるのであれば口汚《くちぎたな》く罵《ののし》る程度であれば可能だろうが、己の死をすら国家のために有効活用しなければならない皇帝であるフィリッツに、そんなことが許されるはずもない。重い責任が課せられながらもそれを十全に果たすからこそ、支配者は支配者として君臨することを認められるのだ。

少なくともフィリッツにとって、皇帝とはそう在るべき立場なのである。

『全竜』や『妖精王』という神話に登場する存在――『怪物』たちの価値はそれを統《す》べることが可能な者にとって国の一つや二つで購《あがな》えるものではなく、ましてや女ですらない少年の身一つではどうしようもないとしか思えない。

結果どうしても死ぬしかないのであれば、フィリッツは可能な限り見事に死にたいのだ。

「……申し訳ありませんソル様。ソル様からその大事なお話を聞かせていただく前に、クルト兄様――『八葉蓮華《キルクルス》』副長、『影渡《シャドウダイブ》』クルト・ザクセンと少し、話をさせていただいてもよろしいですか？」

そしてまたフィリッツは皇帝としての在り方を全《まっと》うすることを大前提に、可能な限り私的な悔恨《かいこん》も残さないことも選択していた。つまり今の状況になった顛末《てんまつ》を、正しく理解してから死にたいと思っているのだ。

「……どうぞ」

ソルはその要望から、フィリッツは正確にソルがここに顕《あらわ》れた原因がクルトであることを確信しており、そのために自分が殺されることもわかっていることを改めて理解した。

その上でこの態度を維持《いじ》できていることに、自分には絶対無理だなあと感心を深めている。

「クルト兄様」

「──ここに」

許可を得ての呼びかけに、クルトはフィリッツの影《かげ》から即座《そくざ》に姿を現した。

フィリッツが兄様と呼ぶ、イステカリオ帝国が誇る魔導戦闘集団『八葉蓮華《キルクルス》』の副長であり、『影渡《シャドウダイブ》』の通り名を持つクルト・ザクセン。

現皇帝《フィリッツ》が彼をそう呼ぶ理由は、わりとありふれているものだと言えるだろう。

つまりクルトは前皇帝の御落胤《ごらくいん》であり、フィリッツとは異母兄弟なのである。

その公的には明かせないが尊い血統と本人の恵《めぐ》まれた能力によって、皇族としては遇《ぐう》されずとも、『八葉蓮華《キルクルス》』という帝国の人的戦力の中枢に実力を以て登用されていたのだ。

そんな特殊《とくしゅ》な立場だからこそ『囚われの妖精王《アイナノア》』の情報について、上官である『多重詠唱《マルチ》』ワルター・フロイツハイム隊長以上に詳《くわ》しく知ることも出来たのだろう。

それに皇帝としての仮面を脱《ぬ》いでいるフィリッツが「兄様」と呼ぶということは、互《たが》いに正体をわかり合った上で、悪くない関係を築けていたのだ。互いに父親が大国の皇帝である以上、正式な皇子と御落胤の間であっても、互いに対する忌避《きひ》感などは生まれ難かったのかもしれない。双方《そうほう》ともにごく幼い頃《ころ》から、皇帝とはそういうものだと学ばざるを得ない環境《かんきょう》であったがゆえに。

「……いつからですか?」

「…………」

だが今この二人の関係は、裏切った者と裏切られた者になってしまっている。

「やはり『妖精王《アイナノア》』を取り逃《に》がした時ですか」

「――はい」

その答えを聞き、やはり『妖精王《アイナノア》』を処分する計画に許可など出さねば良かったと、フィリッツは弱々しく項垂《うなだ》れた。それさえなければ最終的な死は免《まぬが》れないとはいえ、せめて一番信頼《しんらい》していた兄に売られるという経験をせずに済んだかもしれなかったからだ。

すでにフィリッツは、かつて信頼していた者たちに一度手酷《てひど》く裏切られている。

フィリッツの幼い年齢での即位《そくい》は先帝《せんてい》が実質弑逆《しいぎゃく》されたことによるものであり、それを実行した者たちの傀儡《かいらい》でしかないのだ。

ただ考えなしに先帝の復讐《ふくしゅう》をするだけであれば、フィリッツ個人の力でも可能ではあるだろう。だがそれは弑逆者たちと刺《さ》し違える程度であれば可能ということに過ぎず、間違いなくまだ生きている己の母や、仲が良い側の異母兄弟姉妹たちにも逃れ得ぬ死を強いることになる。なによりも国家の中枢がこれ以上乱れれば、日々を懸命《けんめい》に生きている罪なきイステカリオ帝国の臣民たちに、苦渋《くじゅう》を強いる結果を招くことになるのは間違いない。

イステカリオ帝国は斜陽《しゃよう》気味の大国であるがゆえに、隙《すき》を見せれば他の三大国、中でもこの数百年対立を深めているエメリア王国はもちろん、現在のイステカリオの地位を望む中堅国《ちゅうけん》にすら寝首《ねくび》をかかれかねないのが、偽り《いつわ》なき古き帝国の現状なのである。

フィリッツ本人としては先帝《父親》に懐《なつ》いてはいた。

歳をとってから生まれた聡明《そうめい》な皇子として充分に愛情を注がれている自覚はあったし、軍事大国の皇帝としては甘《あま》いと評されがちでありながらも、武断一辺倒《いっぺんとう》ではなく話し合いを大前提に他国との関係を構築せんとしていた在り方を尊敬もしていた。

だがその在り方を貫《つらぬ》いたがために、確かに見る角度によってはイステカリオ帝国の国威《こくい》が低下していたことも事実の一面ではある。だからこそフィリッツもまた、弑逆者たちが言わんとすることも理解できなくもなかったのだ。

父として、一人の人間としては「良い人」だったのは確かだが、軍事大国であるイステカリオの皇帝としては無能であったと言われても、一概《いちがい》にそのすべてを否定することはできないのだ。

だからこそ、その状況を憂《うれ》いて簒奪《さんだつ》ではなく密《ひそ》かな弑逆からフィリッツを傀儡として帝国の実権を握った者たちが、イステカリオ帝国をより良い国とするために動くのであれば傀儡とされる己をよしとすることができていた。

その大前提に基づいて己を操《あやつ》る者たちが己に望む、強気で好戦的な度し難く幼い皇帝《クソガキ》を演じることを努力して続けていたのである。

その上最後に信頼していた兄に売られて死ぬことになるのは、さすがに悲しすぎる。だがその事実を見て見ぬ振《ふ》りをしたまま死ぬ方がもっと嫌《いや》だったのだ。

その悲しそうなフィリッツの前に跪《ひざまず》いた、クルトの貌《かお》もまた苦渋に満ちている。

「これだけの力の差を見せつけられては是非《ぜひ》もありません。だけどクルト兄様だけは、最後まで僕の味方でいて下さると信じておりました。それだけが少し悲しいです」

「……フィリッツ」

『隷属《れいぞく》』という力など知らないフィリッツにしてみれば、クルトが損得勘定《かんじょう》に基づいて、イステカリオ帝国のために自分を切り捨てたのだと思ってしまっている。イステカリオ帝国を守るために、どうあれソルが生かしておくはずのないフィリッツを高値で売ったのだと。なにが悲しいと言って、フィリッツ自身ですらもそれを正しい選択だと思っていることなのかもしれない。

イステカリオ帝国に暮らす者たちを守るという視点で考えれば、現皇帝が殺されるしかない状況である以上、『八葉蓮華《キルクルス》』の一人でありつつ皇族の血も引くクルトが、すでにソルの配下となっていることは幸運だとさえ言えるだろう。

それでもフィリッツという個人としての想《おも》いを正直に言えば、クルトには最後まで自分を守る立場でいて欲《ほ》しかった。イステカリオ帝国よりも、腹違《はらちが》いとはいえ弟である自分を選んでほしかったのだ。

皇帝としては赦されざる考えではあるだろう。少なくともフィリッツは、支配者のために国があるのではなく、国のためにこそ支配者が在るのだという理想論を信仰《しんこう》してきたからにはなおさらである。だが愚《おろ》かだとわかってはいてもそんな本音を、けして避け得ぬ死を前にしてまでも隠《かく》しきることもまた出来なかったのだ。

本気でイステカリオ帝国よりも自分を守ることを優先しようとするクルトを、自分から突《つ》き放《はな》すことができていればどれだけよかっただろう。そんな味方がたった一人だけでもいたと思って死ぬのと、そんな者など初めからいはしなかったのだと思い知らされて死ぬのでは、同じ死としても天と地ほども差があると思うのだ。

それがたとえ、偽りや思い込みに過ぎないおためごかしだったとしても。

クルトもまた、絶対に守ろうと思っていたはずの我が皇帝――弟にそんな顔をされて尋《じん》常《じょう》でいられるはずもない。

「……これは僕の能力のせいなので、クルトさんが裏切ったわけじゃないです」

「え？」

自分が行使した能力のせいである意味修羅場《しゅらば》になっている二人を見かねて、ソルが真実を伝える。

突然《とつぜん》そんなことを言われても、フィリッツはもちろん『隷属』しているクルトにも理解できるはずがない。だがソルの言葉が真実であるのなら、クルトがフィリッツを裏切る行動をなんの葛藤《かっとう》もなく取ったことを、互いに納得《なっとく》できるのだ。

「それに裏切りというより、クルトさんの行動はフィリッツを生かすために最善の行動を取っていたと思う。隷属をかけられながらも僕を納得させられるだけの理論武装《答え》を構築し得たのは、どうしてもクルトさんがフィリッツを生かしたかったからじゃないかな」

重ねてそう言うソルの様子は、嘘偽《うそいつわ》りなくクルトの行動を称賛《しょうさん》している。

隷属下にあっても人は完全な傀儡となるわけではない。ソルのためになることを第一におきながらも、これまでの人生で自分が大切としてきたものもまた、できるだけ守ろうとするのはいわば人として当然のことだろう。それが歪《ゆが》んだ教育や選民主義のような洗脳の類《たぐい》であれば解かれて終わりだが、人が他者と築いてきた関係まで無になるわけではないのだ。

それを証明するかの如く、事実クルトはソルにとってもフィリッツにとっても最善の答えを導き出してみせている。

それがなにも知らぬフィリッツには裏切りにしか見えなくとも、自分が介入《かいにゅう》しなければ妖精王の解放のために、フィリッツがただ殺されるしかなかった状況を覆《くつがえ》してみせたのだ。

可能な限り早期にソルの味方へとフィリッツを引き込み、ソルが望んだタイミングで妖精王の解放、つまりはフィリッツを死なせることを可能にする代償《だいしょう》に、ソルたちの力を使って生き返らせてもらうように交渉したのだ。

そして今のソルたちにとって、その願いは特段無茶《むちゃ》なことではなかった。フィリッツが味方として必要なタイミングで死んでくれるというのであれば、その後の蘇生《そせい》を約束することを躊躇《ためら》う理由などありはしない。

これはクルトがソルに隷属し、イステカリオ帝国の情報を可能な限りソルに提供する過程で、ジュリアの奇跡としか言えない能力を知ったがゆえの行動であったのだ。

「……とんでもない力ですね」

だがそんな詳細《しょうさい》を知らないフィリッツには、茫然《ぼうぜん》とそう口にすることしかできない。

迷宮《ダンジョン》や魔物支配領域《テリトリー》で魔物を打ち倒す力。それとてもソルが従える『全竜』の域にまで至れば、世界を思いのままにすることすらも可能とする。

だがそういったわかりやすい力による支配とは一線を隔す、人の精神を、心を、魂《たましい》をすら自在に支配する力を目《ま》の当たりにすれば、その神と呼んでもまるで違和感《いわかん》のない相手に駆《か》け引きを行うことの一切《いっさい》がむなしく感じてしまうのも当然だろう。

この瞬間《しゅんかん》に自分もクルトと同じようにされてしまえば、その本音も願いも問われればすべて自ら晒《さら》してしまうのだ。

それを可能とする相手には、人の努力や研鑽《けんさん》など、その一切が無駄《むだ》となる。まさしく神を相手に対等であろうといくら切望しても叶えられぬ、人そのものの如く。

だがフィリッツはその絶望的なまでの力を知らされたことで、救われてもいた。

クルトがそんな力に囚われながらも、自分の死を最大限に活かす方法を模索してくれていたことを知れたからだ。

フィリッツはまだ、ソルたちが死からの一定時間内であればそれすらも克服《こくふく》可能な力を持っていることなど知らない。だからこそクルトが模索してくれたのは、フィリッツの命の活かし方――その死が無駄にならないように最大限に活用してくれるという捉《とら》え方《かた》しか出来てはいない。

だがそれでも充分に嬉しかったのだ。神の如き力に抗《あらが》ってでも、ちっぽけな人ができる範囲で最大限、自分《弟》の命を尊重にしてくれたと思えたから。

クルトが努力してくれたからこそフィリッツは問答無用で絶対者《ソル》に踏みつぶされるのではなく、こうして交渉を経た後に死ぬことができる機会を得ることができたのだ。

そう理解したことにより、フィリッツの肚《はら》は据《す》わった。

クルトが奔走《ほんそう》してくれた結果として今の状況があるのであれば、自分もまたイステカリオ帝国《ていこく》を愛する現皇帝として、できる限りのことをしようと決めたのだ。

「ソル様たちのお話とは『妖精王アイナノア・ラ・アヴァリル』の解放と、そのタイミングですよね？　僕はどのような指示にでも従います」

「――条件は？」

「とくにありません」

そのためにフィリッツは一度あらゆる己の思惑《おもわく》をリセットし、絶対者に恭順《きょうじゅん》する姿勢だけを表明することに決めた。これ程の力を持つ相手に対して、小賢《こざか》しさに基づく交渉の真似事《ねごと》など悪手にしかならないと判断したからだ。

クルトが与えてくれた、せっかくの機会を無にすることになるとは思わない。こんな機会を得ながらも賢《さか》しらな交渉を行わず、恭順を示すことそのものが成果なのだ。絶対者、超越者《ちょうえつしゃ》が存在することを大前提とするのであれば、その歓心《かんしん》を得ることこそが他のありとあらゆることに優先されるのだから。

「――わかった。フィリッツが僕たちの指示に従ってくれるのであれば、イステカリオ帝国を僕たちが攻め滅ぼすようなことはけしてしないと約束する」

「ありがとうございます。では僕はいつ、どんな風にして死ねばよろしいですか？」

「その辺は今から細かく詰めようか」

「……畏《かしこ》まりました」

それが奏功したという訳ではないのだろうが、ソルは一番フィリッツが願いたかったことを叶えると約束してくれた。

口約束に過ぎないし、その実行を保証するものなどなにもない。

だがこれだけの力を持った者の言葉こそが、今この世界においては最も価値がある事だとフィリッツは理解できている。

とはいえ自分の死を当然として話を続けようとするソルの様子には、さすがに「人の心がないのかな？」と内心思い切り引いてもいる。それは死への恐怖とはまた違《ちが》った、異質なものに感じざるを得ない、どこか嫌悪《けんお》にも似た違和《いわ》なのだ。

「で、生き返った後は僕らの仲間になってもらえないかな？」

「……はい…………――は？　えっ？」

だが当たり前のことのようにソルが口にしたお願いごとに、フィリッツは今日初めて本当の素の表情――間抜《まぬ》け面を晒してしまった。まさかクルトが自分の命を活かすのではなく、本当の意味で生かす方法に辿《たど》り着いていたなど、想像の斜《なな》め上が過ぎたのだ。

そんなフィリッツの様子を見て、泣き笑いのような表情を浮かべたクルトが口を開く。

「ソル様たちは死すらも超越《ちょうえつ》できるんだよ、フィリッツ。だから君は呪《のろ》われた『帝印』からも、望まずして押し付けられた皇帝の地位からも自由になれるんだ」

ソルはその言葉を聞いて目を白黒させているフィリッツを見て、整った容姿をしていると間抜け面だとはっきりわかる表情でも美を伴《ともな》うものなのだなあと、どこか妙《みょう》な感心をしていた。

「あ、あの。そのお話が本当なら、お願いがあるのですが構いませんか？」

「ん？」

「ソル様がそれをよしとして下さるのであれば、イステカリオの皇帝としてではなくフィリッツ個人として仲間の一人にして欲しいのです」

今自身が浮かべている表情のとおり、フィリッツの脳内は半ば以上疑問で埋《う》め尽くされている。日頃《ひごろ》は冴《さ》えわたっている知性もまともに働かず、「は？」とか「え？」を繰《く》り返すばかりのポンコツ化が著《いちじる》しい。

いくら神に等しい存在だと認識《にんしき》しているとはいえ、生物である以上どうしようもない終わりである死すらも克服していると言われても、即座に「そうなのですね、すごい！」と言うことなどできるはずもないのだ。

それでも自分が死なずに済み、ソルの方から仲間になることを望まれているのであれば、絶対に側付きとなれることをここで請《こ》うておかねばならない。

聖戦後もイステカリオ帝国の存続が赦されるのであれば、もっともその利益を追求できる立場はもはや皇帝《こうてい》の地位などではなく、常時ソルの側にいられる立場を得る事であるが故だ。

そのあまりの勢いに少々たじろぎつつ、ソルがフィリッツの願いを承認《しょうにん》した。

それ見ているクルトは、心底嬉しそうにしている。

第二章『みえざる支配』

The boy who rules the monsters

王都マグナメリアの夜街。

夜も更《ふ》けて街の燈火《とうか》の多くが消え始め、星月の光だけが支配する深夜へと向かう時間帯。

それでも人出は今なお多い。だがその客層は夜の帳《とばり》が降りた直後とは随分《ずいぶん》と違っている。

仕事の終わりに一杯《ぱい》だとか、溜《た》め込んだ欲望となけなしの金を握りしめて娼館へ向かうなどという、いわゆる堅気《かたぎ》の連中は酔《よ》っ払《ぱら》って家に帰っているか、あるいは一晩買いの娼館で心地よい疲労《ひろう》と共に微睡《まどろみ》に囚《とら》われている。この時間帯にいまだ河岸《かし》も定まらずに歩いているような者たちといえば、2軒《けん》目、3軒目を決めかねている遊び慣れた小金持ち連中か、それに紛《まぎ》れてごく少数存在する、堅気ならざる者たちだと相場が決まっているのだ。

本当の金持ちと庶民《しょみん》は、深夜前後に夜街をうろうろしたりはしない。

その少数派の方に属する少女と老人――エリザ・シャンタールとヴァルター・ヴェルンハイトの二人が、顔も確認《かくにん》できないような深い頭巾《フード》付きの長外套《ロング・マント》を身に纏《まと》い、ある場所を目指して歩いている。

見るからにその筋の者だとしか思えない格好ではあるが、夜街などではこのようなわかりやすさこそが重要だったりもする。怖い人は怖い人だと堅気の連中にも一目で理解できる格好をしておくことで、無用なトラブルを互いに回避《かいひ》できるからだ。

それでも絡《から》んでくるような相手は、よほどのバカか悪酔《わるよ》いしすぎたお調子者。

あるいは――

「……舐《な》められていますね」

「王都に入ってからこれで3度目ですからな。舐められていないというのは、流石《さすが》に無理がありましょうな」

そうと知った上でなお絡んでくる、時には殺しにかかってくる敵対者たちである。

二人の会話の内容は、それを交《か》わす寸前にエリザが3人、ヴァルターが2人の刺客《しかく》を、誰《だれ》にも悟《さと》られぬまま返り討《う》ちにしたことに対するものなのだ。

エリザとヴァルター《目標》にも、周囲の人間にもその存在を悟られぬまま殺しを実行できる位置に身を置いていたはずの刺客たちは、不可視の魔力糸《まりょくし》に首を刎《は》ねられ、釘《くぎ》型棒手裏《しゅり》剣《けん》にその額を正確に撃ちぬかれ、声を出す間もなく絶命している。

すでに城塞《じょうさい》都市ガルレージュの裏社会は完全に掌握《しょうあく》しているエリザだが、王都マグナメリアについては、未《いま》だお話し合いの席さえも設《もう》けることができないまま今日に至っている。

ソルの王都入りに付き従う形でエリザとヴァルターもガルレージュから移動して来ていたので、エリザにしてみればかなりの日数を無為《むい》に過ごしてしまっている感が強い。

今宵《こよい》やっとそのお話し合いの席が設けられるというのに、またぞろ何処《いずこ》かの組織から刺客を差し向けられたので、エリザの機嫌《きげん》はすこぶる悪い。

今更《いまさら》裏の組織が飼っている暗殺者程度など、エリザたちの敵にはなり得ない。

刺客が自分《エリザ》たちをその間合いに捉えるずっと以前からその存在を捕捉《ほそく》することなど造作もなく、こちらに殺意を向けた瞬間、先のように誰にも気付かれないままに処分することすら児戯《じぎ》に等しい。また処分した刺客はヴァルターの手の者たちが即座に回収し、それらが所属していた組織をはじめ、あらゆる情報を丸裸《まるはだか》にしている。

ゆえに一度刺客《しかく》を放って返り討ちにされた組織は震《ふる》えあがって大人しくなるのだが、さすが王都というべきか。一定以上の規模を持った組織の数が2桁にまで達しているので、二度や三度、刺客を返り討ちにした程度では止まってくれないのだ。

とはいえまず間違《まちが》いなく組織間で最低限の情報共有はできているはずなので、あそこはやられたらしいがうちのなら……となっているのであろう現状は、エリザたちが舐められているというしか表現のしようがないのも事実だ。

しかも今回の組織はこれまでの2つよりも程度が低いらしく、それなりの遠距離《えんきょり》から初手を完封《かんぷう》したにも拘《かか》わらず、数で押せばなんとかなるとでも思っているらしい。

慌《あわ》てて逃げ散らかさずに、拙《つたな》い連携《れんけい》で十数人がエリザとヴァルターを包囲するように距離《きょり》を詰《つ》めてきているとなれば、深いため息の一つも漏《も》れようというものだろう。

そもそも最初にガルレージュへ送《おく》り込《こ》まれた刺客を返り討ちにしているのにも拘わらず懲《こ》りないのだから、エリザがイラつくのも無理はない。

あえて二人は人通りの少ない路地へ歩を進め、そこを完全に包囲したつもりの刺客たちを常にはない至近距離まで接近することを許した。先刻の5人を瞬殺《しゅんさつ》されてなお、その人数で自分たちをなんとかできると思っているらしい者たちの顔を見てやろうと思ったのだ。

だがエリザは己《おのれ》がしたその選択《せんたく》を、即座に後悔《こうかい》することになった。

頭巾《フード》を外して顔を晒したエリザを見てわかりやすい下卑《げび》た貌を浮《う》かべるそんな連中など刺客ではなく、チンピラ以下ですらない。よってエリザは不可視の魔力糸の一閃《いっせん》で、その下卑た貌を浮かべたままの首を、包囲していた人数分路地裏に転がした。

死ぬまでの数秒間、突然おかしくなった視界に疑問を持ったまま、互いの地面に転がった頭をなんの詐術《トリック》だと思いながら、痛みも感じずに自称刺客《じしょうしかく》たちはこの世を去った。

「王都の組織は一度、鏖《みなごろし》にしてしまいませんか？」

憤懣《ふんまん》やるかたない様子のエリザは、可愛《かわい》い声で物騒《ぶっそう》なことを口にしている。

なにが物騒と言って、エリザが本気でその気になれば、実際に王都マグナメリアの組織すべてを自分一人ででも鏖にしてしまえるという事実だろう。

エリザにしてみれば自分が舐められるということは、その力を与《あた》えてくれているソルもまた舐められているのだと感じてしまう事による、単純な怒《いか》りが大きい。

刺客を何度返り討ちにしても懲りないというのであれば、その判断がいかに愚かなものであったのかを、組織の上層部気取りの連中の躰《からだ》に刻《きざ》み込んでやればいいと思ってしまうのだ。そのあと一から組織を再編するのは確かに大変ではあろうが、ソルを舐められたままに捨て置くことに比べれば、エリザにとってはそう大したことではない。

「――お勧《すす》めはできませんな」

そういうエリザの想いを正確に把《は》握《あく》したうえで、ソルからエリザの「相談役」を任じられているヴァルター翁《おう》がため息交じりにそう答える。

この調子では怒りが収まらぬままお話し合いに参加した場合、些《さ》細《さい》な火種で本当にエリザはその参加者たちを根切りにしかねない。

ソルがエリザに与えた力は、エリザが本気でそうと決めて動き出した場合、ヴァルターにも止めることなど不可能な域にある。

だからこそヴァルターは「監視役《かんしやく》」でも「指導役」でもなく、「相談役」なのだ。

エリザがヴァルターの意見にすら耳を貸さないのであれば、好きにさせることを優先する。それこそがヴァルターが判断している、ソルの信頼の仕方、優先順位の付け方なのだ。

いっそそういう立場であるからこそ、一切の遠慮《えんりょ》なくヴァルターは「相談役」としての己の判断を、怒《いか》れるエリザに対して申し述べているのだ。

彼我《ひが》の実力差を考えれば、それは機嫌の悪い猛犬《もうけん》を、子犬が止めようとしているに等しい。

「……では、相談役としてはどうするのが最善だとお考えですか？」

「そうですな……今のように降りかかる火の粉は払いつつ、粛々《しゅくしゅく》とソル様に命じられた内容を進めていけばよろしいかと」

「……そうする理由をお聞きしても？」

ヴァルターが返してくる答えを、ソルが舐められたままでも良しとしていると誤解しつつあるエリザの怒りが、浅くわかりやすかったものから、深く静かなものへと変じてゆく。

エリザはソル一党の中では全竜《ルーナ》に次いでソルへの依存度《いそんど》が高く、狂信者《きょうしんしゃ》とでもいうべき側面を持ち合わせている。べつにそれ自体はそう悪いことでもないのだろう。

だが「ソル様のため」という錦《にしき》の御旗《みはた》を振りかざしさえすれば、自分に与えられている力を無制限に周囲に叩《たた》きつけて良しとする狂信者のふりをした愚か者に堕《だ》してしまう事は、

「相談役」としてなんとしても阻止《そし》しなければならないヴァルターなのである。

「飼い犬の顔は、飼い主に似ると言われるからですな」

だから少々厳しくはあろうが、端的《たんてき》にそう告げる。

誰が飼い主で、誰が飼い犬なのなど、いまさら言うまでもないだろう。

そう言われた瞬間、エリザの無表情になりつつあった表情が一瞬《いっしゅん》、鳩《はと》が豆鉄砲《まめでっぽう》をくらったかのようなものに変じ、その後急速に赤く染まってゆく。

ヴァルターが言わんとしたことを、ほぼほぼ正確に理解したからこそ、エリザは自分の愚かさが恥《は》ずかしくなったのだ。

「短慮《たんりょ》を猛省《もうせい》します……申し訳ございませんでした」

そう言ってヴァルターに対して深々と頭を下げるエリザである。

確かにヴァルターに言われたとおりなのだ。

自分《エリザ》はソルから組織の刺客などものともしないだけの、過ぎた力を与えられている。であれば舐められようが下卑た目でみられようが、粛々とソルに命じられた仕事をこなせばそれでいい。明確に敵対した者は、降りかかる火の粉として処分すればいいだけだ。

それを自分の不快感を解消するために「ソル様が舐められたのと同義だ」などと屁理屈《へりくつ》をこねて、与えられた力を好きに振り回していいはずがない。

蠱にするかしないか、その判断をソル本人に問うだけの余裕《よゆう》を持たされておきながら勝手に自分でそれを決めるなど、自分こそがソルを舐めていると言われても返す言葉もない。取るに足りない相手に対しても、すぐに噛《か》みつく駄犬。飼い犬である自分がそう見られるだけであればともかく、その飼い主のソルまで同じように見られる可能性を示唆《しさ》されては、エリザには反省して頭を下げる以外、できることなどなにもないのだ。

「ではそろそろ向かいましょう。まあ蠱とはいかぬまでも、少々灸《きゅう》を据《す》える程度でしたらよろしいでしょう。舐められたら終《しま》い、というのは我々の不文律でもありますから」

（少々近視眼的ではあれど、素直《すなお》なところはエリザ様の美点ですな）

孫娘《まごむすめ》を見守るような気持ちというには少々血生臭《ちなまぐさ》さが過ぎる内容ではあるが、今のヴァルターの心理に最も近いものはそれだろう。反省すべきをきちんと反省できたエリザには、この後のお話し合いの席で「節度ある発散」程度であればかまいませんよと伝える。

「はいっ！」

輝《かがや》くような笑顔《えがお》でハキハキとそう答えるエリザを、素直で可愛い孫娘を見るようににこにことヴァルターが見つめている。

そこだけ切り取れば、確かに美形の孫娘とお爺様《じいさま》だと見做《みな》すことも出来るかもしれない。

だがエリザがうきうきしている理由を考えれば、やはりソルの側近たちもまたその中心人物と同じく、どこか外れた者たちであるのだと納得せざるを得ないだろう。

◇◆◇◆◇

それからしばし時はすぎて深夜。所は変わらずエメリア王国王都マグナメリアの夜街。

その中でもかなり大規模な妓館の上客用階層。

これからこの場で、エメリア王国の裏社会を牛耳《ぎゅうじ》っている組織のトップたちが一堂に会する『連絡会《れんらくかい》』が開かれることになっている。

「……くだらぬことを」

その『連絡会』に出席するため、ガルレージュ城塞都市から付き従って来た、エリザの相談役をソルから任じられているヴァルター翁《おう》。その今はどこか執事《しつじ》めいた格好をしている古老が周囲を見回し、不機嫌《ふきげん》さを隠すこともなくそう吐《は》き捨てている。

今の自分の主人であるエリザにとっては少々以上に下品が過ぎる場所を、あえて『連絡会』を開催《かいさい》する場として選んだのであろうことに、かなり強い怒りを覚えたがゆえだ。

「おいおい、なにを怖い貌をしてんだよ『蒼氷眼《アイス・ブルー》』」

一目で裏組織の顔役だとわかる男が、あえて気楽にその態度を笑い飛ばしてみせる。

『蒼氷眼《アイス・ブルー》』とは社会の裏側で生きる者たちから、年老いてなお一目以上を置かれているヴァルター・ヴェルンハイトの通り名《エリアス》である。

冒険者《ぼうけんしゃ》でも充分《じゅうぶん》通用するであろうその通り名の由来となった能力は、視界に捉えた者を急速に弱体化――まともに動けなくさせ、たとえ能力者であってもその能力の行使すらままならなくさせるもの。

そのあたかも相手を凍《こお》らせるかのような能力は、魔物《モンスター》にも人にも一切の区分なく機能する。それに加えてこちらはヴァルターが愚直《ぐちょく》に鍛《きた》え上げた己の戦闘《せんとう》技術――飛暗器《とびあんき》を以《もっ》て、まともに動くことすらできなくなっている相手を一方的に蹂躙《じゅうりん》するのだ。

この世界において己の戦闘能力に自信を持つ者は、その多くが神から授《さず》かった能力を自信の根拠《こんきょ》としている。その能力そのものを封《ふう》じられるということはつまり、自らの戦闘スタイルの大前提を崩《くず》されることを意味し、まともに戦うことなどできなくなるのだ。

よってヴァルターの表向きの通り名は『蒼氷眼《アイス・ブルー》』だが、本人不在の場所では誰からも畏《い》怖《ふ》を込めて『能力者殺し《キラー》』と呼ばれていた。極限まで鍛え上げられた冒険者や正規兵であればともかく、裏社会の暴力を担当する冒険者崩れ《ぼうけんしゃくず》程度では、まともに相手にならないのだ。

ここ10年ほどは新たな武勇伝を生み出してはいなかったとはいえ、同世代はもとより今現在裏組織でそれなりの地位にいる中高年の者たちにとって、全盛期のヴァルターは恐怖《きょうふ》の代名詞だった。王都に拠点《きょてん》を構えている組織を束ねている者の多くが、ヴァルターが10年前にガルレージュ城塞都市へその拠点を移したことを手放しで喜んだほどであったのだ。

その古兵《ふるつわもの》の本気で機嫌が悪そうな様子に内心ではたじろぎながらも、現在エメリア王国で最大の組織を仕切っている男が、なんとか平然を装ってみせている。

自身が所有者《オーナー》であるこの店で、内心はともかく弱気な態度を周囲に見せることなどできはしない。事情はどうあれ、この稼業《かぎょう》は舐められたら終わりなのだ。

「俺《おれ》らの連絡会なんざ、こういう場所が似合いだろう？」

こういう場所――金を持った男どもに美味《うま》い飯と酒のみならず、とびっきりの色も提供する妓館とはいえ、確かに夜街においてはありふれた店の一つでしかない。

そこで『連絡会』を開くからとて非難される謂《いわ》れなどないというのも、まあもっともな意見ではあるだろう。

夜街である以上、格式を重視する高級店もあれば、端金《はしたがね》で性欲を処理できるというだけの安店も多くある。ヴァルターとてソルから裏社会を統《す》べることを期待されている相談役として、エリザにもある程度はその手の店にも慣れてもらう必要は認めている。それでもヴァルターが不機嫌になったのは、この店がいわゆる普通《ふつう》の妓館などではないからだ。

妓館とはいえ、いや妓館であるからこそ、その店舗《てんぽ》が営業している国の法に従って営業することは大前提となる。そうしなければ国から営業許可が下りないからには当然のことだ。

そういった夜のお仕事に関して、大陸の中では比較的《ひかくてき》お行儀《ぎょうぎ》がいいといえるのがエメリア王国であり、それゆえに夜街を縛《しば》る各種法規制も少々厳しめなものとなっている。

だが裏組織の直営店ともなれば、合法的にその法をすり抜《ぬ》けるのもまた当然。

現場を押《お》さえられれば言い訳の余地もないほどに法から逸脱《いつだつ》しているこの店舗に、捜査《そうさ》の手が及《およ》ぶことは絶対にないように根回しされている。最悪でも捜査が入るその直前には、その詳細な日時と規模は知らされることになっている。

要は洗練された瀟洒《しょうしゃ》な店構えでありながら、男の欲望の限りを具現化させたような、法や常識など知ったことかとばかりに、そこから遥《はる》かに逸脱した下品さが展開されている場でもあるということだ。

各所に配された舞台《ステージ》で全裸《ぜんら》よりもなお艶《なま》めかしい格好の美女たちが淫靡《いんび》な舞踊《ダンス》を披露《ひろう》している程度であれば、まだぎりぎり法の範疇《はんちゅう》とも言える。だが、この階層《フロア》はそういう趣味《露出癖》をお持ちのお客様専用とみえ、個室もないままに開けた各所であらゆる行為《こうい》がなされているのは、流石にエメリア王国以外であってもアウトである。

ヴァルターならずとも眉《まゆ》を顰《ひそ》めるのは当然と言える、嬌声《きょうせい》に満ちた下品極《きわ》まりない魔境《まきょう》といっても差し支《つか》えないだろう。つまりヴァルターに付き添《そ》われている年端《としは》もいかぬ美少女——エリザがその美しい顔《かんばせ》を白黒させてしまうのも無理はない。

ソルのおかげで圧倒的《あっとうてき》な戦闘能力を得、それを自覚した今のエリザは取るに足りない暴力での脅《おど》しであれば、微笑《ほほえ》んで流すことすら可能となっている。一方でソルを侮辱《ぶじょく》されれば、同じ表情でその愚者《バカ》を殺すことに躊躇《ちゅうちょ》などありはしない。この短期間のうちに、すでにエリザはソルの狂信者といってもまるで過言ではない域に達してしまっているのだ。

だがこういう形で自分への悪意を向けられた場合に上手《うま》く対応するには、裏社会を統べるモノとして積み上げた時間——経験が圧倒的に不足していることも否《いな》めない。

戦闘能力も、この手のある意味においては交渉事《こうしょうごと》も、経験を積んでレベルを上げることが必須《ひっす》となるのはなにも変わらない。つまるところエリザはまだ、人の悪意と欲望を御《ぎょ》すことを生業として稼《かせ》ぐ、裏社会を統べるモノとしては未熟だということである。

だがそのわりと素で取り乱しているエリザの様子を目の当たりにした組織の男は、留飲を下げている場合ではないと内心で冷《ひ》や汗《あせ》をかいていた。そのエリザの様子を見たヴァルターの怒りが、演技などではなく本物、しかも殺意を帯びるほどのものだったからだ。

軽口を装った男の強がりなどあっさり見抜《みぬ》いているだろう『蒼氷眼』の底冷えした視線

は、弱者を狙《ねら》う魔物というよりも、信じる神を穢《けが》された狂信者のそれに限りなく近い。

突然ガルレージュ城塞都市の組織すべてを配下に置いたなどと宣言した頭のおかしいとしか思えない小娘《こむすめ》など、本来であれば組織が生かしてなどおかない。そういう冗談《じょうだん》は自分たちには通じないのだと、本人よりもその周囲に示すために可能な限り酷《ひど》く殺す。だが縊《くび》り殺そうとガルレージュへ送り込んだ子飼いの刺客たちがあっさり返り討ちにされ、その成れの果てを王都まで持って帰った生き残り連中の怯《おび》えた様子は尋常なものではなかった。

それはエリザによってなされた宣言がけして与太《よた》話などではなく、武闘派《ぶとうは》という点においては王都組をも凌《しの》ぐガルレージュ城塞都市の組織すべてを、本当に支配下に置いたのだと理解させられるには充分なものだったのだ。

自分たちが返り討ちにあった場にかの『蒼氷眼《アイス・ブルー》』がいたこと以外、なにを聞いても「エリザ様の口から直接聞いてくれ」という意味の言葉を、誰もが異口同音に唱えるだけ。見せしめに何人か拷問《ごうもん》をしてみたが、一切口を割ることがなかった。そればかりか、なんならそのまま殺されることになったとて「自分はまだ運がいい」と見做《みな》していることが、あからさまに本人と他《ほか》の生き残りたちの態度からも伝わるときていた。

そうともなれば殺すことも躊躇われ、生き残りたちを通してエリザから「お願い」という名目で指示された、臨時『連絡会』の開催も拒否《きょひ》することなどできなかったのだ。

とはいえ黙《だま》って従うだけというのも芸がない。

相手の本拠地《ホーム》である城塞都市ガルレージュでは手玉に取られた刺客たちであっても、勝手知ったる王都であればその限りではあるまい。

だがその甘い目論《もくろ》みに従って送り込んだ刺客たちはすべて、「一度は警告したのだから今回からは知らん」とばかりに酷く壊《こわ》されて、その所属する組織へと送り返されていた。

この男が仕切っている組織は最初にその甘い行動を実行し、『蒼氷眼《アイス・ブルー》』が健在どころか当時よりなお容赦《ようしゃ》のない存在になっていることを確認させられて、内心では血の気を失っていたのだ。だがたとえ内心がどうあれ、それを表に出すわけにはいかない。ポーズに過ぎなくとも、ビビってなどいないという態《てい》を取る必要は絶対に在ると判断していた。

だが相手が少女であるゆえに、ちょっとした意趣《いしゅ》返しのつもりで用意した下世話な『連絡会』の会場程度で、音に聞こえた『蒼氷眼』が駆け引きではない、本気の怒気《どき》を放っているのだ。いやそれだけであればエリザの後《うし》ろ盾《だて》だという情報をつかんでいる、ソル・ロックという規格外の冒険者を畏《おそ》れてのことだと思うことも出来た。

だがヴァルターは間違いなく、目を白黒させているエリザ本人に対しても怯えていた。

そしてそのことを隠しきれていない。曲がりなりにも人の欲と恐怖を制御《せいぎょ》することを生業としている以上、なぜかは無理でも、そうだということは男にもわかってしまうのだ。

今この瞬間にでもエリザという美少女が自分に対して不快を態度や言葉で示せば、『蒼氷眼』はこの後の連絡会において発生するすべての面倒事《めんどう》を承知した上で、躊躇いなく自分を殺すだろうと確信できてしまった。今ヴァルターが怒気と共に放っている殺気は、それほどまでに冗談ごとでは済まない域のものなのだ。

つまりエリザというちょっと見ない域の美少女は、それだけの力を有している存在だということになる。どう見てもそうは見えないが、『蒼氷眼』をも凌駕《りょうが》する戦闘能力を自身が有しているのでも、情報によれば無傷で禁忌領域主――九頭龍《クズリュウ》――を倒《たお》してのけたというソル・ロックから、エリザを不快にさせた相手を絶対に許さないほどの寵愛《ちょうあい》を得ているのでも、どちらにせよその本質は変わらない。

どのような形をしていようが敵と見做した者を同じ結果に至らせることが可能なのであれば、それは力でありそれを揮《ふる》える者は強者なのだ。不興を買えば自分たちの組織ごと踏《ふ》みつぶせるその強者に、下らぬ理由で唾《つば》を吐きかけた側が愚かな弱者が自分だと理解すれば、さすがに面子だのハッタリだのと言っている余裕など消し飛ばされてしまっている。

「――えっと……さすがにこの場では騒《さわ》がしすぎますし、『連絡会』が行われる部屋はこの奥《おく》？にあるのですよね？」

それでも内心の焦《あせ》りを顔に出さないように少なからぬ努力をしている男に対し、エリザはぎこちなく引き攣《つ》ってはいるものの、なんとか笑顔と呼べる表情を浮かべて問いかける。

エリザはその経験の少なさから、この場を選んだのが自分への嫌《いや》がらせだと察することができていないのだ。

それは元々エリザが属していたガフス組の連中も、格の違いこそあれこの手の下世話な店を好んでいたことが大きい。またガフスたちが小銭《こぜに》を稼ぐと拠点に女たちを呼んで、朝まで乱痴気騒《らんちきさわ》ぎをしていたのをエリザが知っていたこともある。

つまり裏社会の組織の会合がこの手の店で行われることを、ある程度は当然だと思ってしまう下地があったがゆえに、男がヴァルターに語った言葉をわりと素直に受け止めたのである。それればかりか、この程度で取り乱してしまっている自分を恥《は》じてもいた。

男はヴァルターに少々フランクに話しかけていただけであり、その内容もエリザからすればおかしな内容ではなかった。

自分にはまだ直接声をかけてきておらず、当然ソルを馬鹿《ばか》にするような言葉を吐いているわけでもない。エリザからすれば素直に臨時の『連絡会』を招集してくれていることもあり、今の時点で敵視する、ましてや殺す必要などを感じていない。

自分のためにヴァルターが発してくれている怒気すらも、己が過保護といっても過言ではないほどに守られてばかりいる気がして気恥ずかしく、それを止める意味でも自分から言葉を発したのである。

「も、もちろんです。下らぬことを致《いた》しました、お許しください」

だが我ながらおどおどと発したその言葉に対する、男の反応はエリザの予想を遥かに超《こ》えて劇的だった。自分などよりよほど貫禄《かんろく》があるヴァルターに対して気安い口をきいていたその男が、エリザに対してあからさまに格上に対する態度を見せたのだ。

それが密室においてではなく、自分の部下たちに見られているこの場でされたことの意味くらい、流石にエリザにも理解できる。それがヴァルターが見せた怒りが理由であることも察して、やはりこの業界では舐められぬままに名を上げていくことが大事なのだなあ、などと少しずれた感心もしているのだが。

「オキニナサラズ……」

しかも後半の謝罪の言葉で、『連絡会』の会場をここに設定したのが、裏社会としての新参者である小娘に対する嫌がらせであったことを理解し、そのことにすら気付けていなかった自分に強い羞恥《しゅうち》を感じる。おもわず返答がカタコトになるほどに。

ソルはそこまで考えていたわけではないのだが、エリザにしてみれば組織の人間どころか上位冒険者や近衛レベルの正規兵すら瞬殺可能な力を与えられていながらそれを十全に活《い》かせない自分にわりと本気でへこんだ。その反省を活かし、この連絡会を自分にとって、つまりはソルにとって意義あるものにしなければならないと決意を新たにもしている。

実際に自分の言動によってではなく、ヴァルターの数少ない言葉と怒気だけで相手がその態度を後悔して改めたようにしかエリザには思えず、思わず目線で保護者役をさせてしまっているヴァルターに詫《わ》びた。

それを受けてヴァルターも優《やさ》しい目で苦笑いを浮かべ、男に対して発していた怒気と、その陰《かげ》に潜《ひそ》ませていた殺気を抑《おさ》える。

おおよそエリザが今なにを考えているのかを、ここしばらくはエリザの教育係でもあるヴァルターは察せている。それは自分たちのような「ならず者」どもを統べる立場としては、間違いなく甘《あま》い。

だがソルからの指示を万全《ばんぜん》に実行することこそが、今ここでエリザやヴァルターが舐められないようにすることなどよりも、よほど優先順位が高いことも確かである。

ヴァルターもまた、自分がまだ裏社会での不文律に引っ張られ過ぎていることを猛省し、まだ年端もいかぬエリザの方がよほど絶対者《ソル》の側近として正しく行動できていることに敬意を表して怒りを収めたのである。

ここへ来る前にエリザを窘《たしな》めたヴァルター《自分》がこの有様では、「相談役」などと言っていられなくなってしまいかねない。

舐められるわけにはいかないというのは、舐められた結果として自分や仲間が襲《おそ》われる可能性を高め、その警戒《けいかい》のために割《さ》かなければならない身内のリソースを低減するためである。逆に言えば、いつ何時襲われても脅威《きょうい》足りえず、こちらの都合でいつでも潰《つぶ》せる相手であれば、どれだけ舐められたところで構わない。

いや舐めさせたままにした方が、使えるか使えないかを見極《みきわ》めるという視点であれば有効な場合もあるだろう。

エリザとヴァルターはすでにそういう真の強者側として振《ふ》る舞《ま》えるだけの力をソルに与えてもらっているし、そうあることを期待されてもいるのだから。

エリザがソルに対する想《おも》いで暴走しそうになるのをため息交じりで窘めていた自分が、エリザを軽く扱《あつか》われることで似たような状態に陥《おちい》っていては話にならないのだ。

結果としてエリザとヴァルター双方《そうほう》が内心で反省しただけに終わり、男は下らない嫌がらせの対価としてすべてを失うという、最悪の結末を迎《むか》えることを免《まぬが》れ得た。

一方でエリザは、内心でちょっといけないことも考えていた。

ソルの幼馴染《おさななじみ》であるリィンやジュリアにも、エメリアの第一王女であるフレデリカにも、禁忌領域主ですら一撃《いちげき》で屠《ほふ》る全竜《ルーナ》にもおそらくは不可能な、対ソル特化の特殊《とくしゅ》技能を獲得《かくとく》するという、エリザにだけ可能な優位点《アドバンテージ》。

それは今のエリザでは目を白くさせることしかできない、正直に言えばかなり怖《こわ》くもある「欲望に支配された貌《かお》」をオトコノヒトたちにさせることができる、とびきりの夜街の女性たちから、その手練手管を教えてもらう事である。

エリザはなまじ頭の回転が速く、そのくせ元々の火傷《やけど》のせいでその手の知識は自分には不必要だと切り捨てていたため、少々以上に極端《きょくたん》な考えに走りがちである。

エリザは自分を救ってくれたソルに心身のすべてを捧《ささ》げることは当然としている一方、幼馴染であるリィンやジュリアはもとより、自分など比べることすらおこがましいと思っているフレデリカとも、ソルの寵愛を競《きそ》うつもりなど元よりありはしない。

積み重ねた年月を前提とした年齢《ねんれい》相応の素敵《すてき》な関係は、幼馴染であるリィンと自然に紡《つむ》ぐだろう。とびきりの成功者のみが手に入れられる、高貴な生まれと美貌《びぼう》を兼《か》ね備《そな》えた殿《てん》上人《じょうびと》との恋愛《れんあい》模様は、エメリア王国第一王女にして、『王国の白百合《リリウム・デイ・レグヌム》』とまで言われているフレデリカが全力で演出することを疑う余地もない。

ではスラム出身であり、どうしようもないと諦《あきら》めていた火傷すらソルによって癒《いや》してもらった自分は、一体どういうポジションでソルに酬《むく》いればいいのか。

わりと本気で途方《とほう》に暮れていたそのヒントを、期せずしてこの場でエリザは手に入れたつもりになってしまっているのだ。

つまりは仲のいい幼馴染にも、対外的には正妻となる可能性が高い王女様にもできないような、一般的《いっぱんてき》な観点から言えばヒドイ扱い。それを喜んで受け入れられるような役が自分には似合っている気がしてしまったのである。

正直恐怖と嫌悪しか感じない、このフロアで獣欲《じゅうよく》を解放している男たちの貌。

そんな貌ですら、ソルが自分に向けてくれることを想像すれば躰の芯《しん》が熱くなることをエリザは感じていた。

この妙な思《おも》い込みによる暴走はあろうことかフレデリカを巻き込み、ソルは後日かなり悩《なや》まされることになる。

◇◆◇◆◇

「さて。『連絡会』を始めましょう。とはいえ今回はみなさんからの報告を聞く必要はありません。こちらからのお願いをお伝えするだけです」

高級ではあろうがシンプルな円卓《えんたく》。その上座に座したエリザが、背後に立ったままのヴァルターを従えて臨時連絡会の開始を宣言する。

大げさではなく命拾いした男がエリザとヴァルターを案内したのは、この建物の最上階に設《しつら》えられたシンプルな会議室だった。

『連絡会』に集う各組織のトップたちは入室の際に武装を解除され、それぞれ無手の護衛を1人付けることのみ許されている。そのためかなり広いが華美《かび》ではないシンプルな部屋が用意されている。ごちゃごちゃしていては開催者《かいさいしゃ》にあらぬ疑いをかけられる恐《おそ》れもあるので、本来の『連絡会』用の部屋はどこもみな似たような造りとなっているのだ。

また万が一官憲や武装した敵性集団が乱入して来ようとも、接客階層で起きる騒ぎを鳴子代わりに、身柄《みがら》を躱《かわ》す経路《けいろ》もきちんと確保されている。

官憲にどれだけ鼻薬を嗅《か》がせてはいても、一部の職務に忠実たらんとする者が暴走することも稀《まれ》にはある。もっともそんな珍事《ちんじ》よりも、管轄《かんかつ》など無視して時に行われる王家直《ちょっ》轄《かつ》の近衛による捜索差押《ガサ入れ》への対策といった方が正しいだろう。

腐敗《ふはい》による表裏《ひょうり》の癒着《ゆちゃく》は社会という仕組みの宿痾《しゅくあ》ではあるとはいえ、それを拭《ぬぐ》わんとする者もまた完全に絶えることはない。とはいえ今のところ社会や経済が発展すればするほど正しくあろうとする者が少数派となり愚《おろ》か者扱《ものあつか》いされるあたりが、救えぬ人の世の無情なのだと言えるのかもしれない。

「――承知致しました。ですが命令をお聞きする前に、いくつかお願いとご報告をさせていただいてもよろしいでしょうか？」

この場に8人揃《そろ》っている大組織の頭目たちを代表して、先の男がエリザの言葉に応える。

その態度に他の7名は内心で相当に驚愕《きょうがく》していた。

この王都で最大の組織を束ねる男の態度が、常からは考えられないものだからだ。

自分たちとて話し合いという名の宣戦布告を喰《く》らって、歯ぎしりしながらも引き下がらざるを得なかった経験が一度や二度では済まないからにはさもありなんである。それだけこの男の組織が無茶《むちゃ》を通して道理を引っ込めさせるほどの力を有しているということでもあり、そんな男が理由もなく遜《へりくだ》る事などあるはずもない。

自慢《じまん》の刺客たちを苦もなく無力化されたこと。ガルレージュ組の背後にはソル・ロックという、聖教会に神敵認定《にんてい》されるほどの冒険者が付いていること。それらの情報を以てむやみに侮《あなど》っていい相手だとは思っていなかったが、あっさり自分たちの中での最凶が膝《ひざ》を屈《くっ》することは流石に予想外だったのだ。

『蒼氷眼』の存在は確かに大きかろうが、それだけで組織の頭目がここまでの態度を取ることなどありはしない。つまり自分たちの中で最も力を持っているこの男をして、個の戦力云々《うんぬん》などではなく、自分たちが最も得意とする数を頼《たの》んでの「生活の中での害意」など通用しないと判断したということに他ならない。

その脅しが通用しない相手に、裏社会だの組織だのと粋《いき》がったところでなんの意味もない。となれば相手の剛力《ごうりき》を以て磨《す》り潰されないために、強者にとって自分たちが有用であることを示すしか生き残る手段などありはしない。

男の態度はそのことを、なによりも雄弁《ゆうべん》に他の7名に語っているといえるのだ。

「なんでしょうか？」

「私以外の者たちにも——彼我の実力差を示していただくわけには参りませんか？」

脂汗《あぶらあせ》を浮かべながらの男の懇願《こんがん》に、笑顔を浮かべたままのエリザが軽く頷《うなず》いた。

それだけでこの場にいる他の頭目たちとその護衛全員の首が一瞬で僅《わず》かに絞《し》まり、薄皮《うすかわ》一枚だけを裂《さ》かれて僅かに血を滲《にじ》ませた。つまりエリザはすでに己が魔力糸でこの場の全員の首を捉《とら》え、いつでも落とせるようにしているということだ。

頭目たちが送り込んだ刺客などものともせず、『蒼氷眼』ですら怯えるエリザの実力。

代表の男は自分がなにをされたかはわかっていなくとも、なにかはされていることを確信して先の「お願い」を申し述べたのだ。

それは敵と見做せば厄介《やっかい》な連中だが、それぞれの組織を束ねることができる今後同僚《どうりょう》となる有能な者たちを、下らぬ理由でこれ以上減らさないためだ。もちろん慈愛《じあい》の心からなどではない。今後いつでも自分たちなど殺せる存在を上司に戴《いただ》かねばならない立場として、能力の面において責任を分担可能な者の数は大げさではなく命綱《いのちづな》となるからだ。命令に従う従わない以前に、機能不全を起こしている組織などあっさり潰されるのは間違いない。

その効果は覿面《てきめん》であり、この場にいるすべての頭目たちは自分たちが俎上《そじょう》の鯉《こい》となにも変わらないことを十全に理解した。

「……ありがとうございます。では御報告《ごほうこく》の一つ目。この連絡会に出席していない組織が一つございます」

お願いを聞いてくれたことにまず礼を述べ、エリザの許可を得てから慎重《しんちょう》にそう告げる。

こうなれば他の7つの組織の頭目たちも、いわばお約束とも言える安い恫喝《どうかつ》を仕《し》掛《か》けることなどできるはずもなく、発言の許可もないままに己が声を発することを控《ひか》えている。

自分はきちんと出席しておいてよかったと、絶対にそうすべきだと真顔で告げる生き残れた刺《し》客《かく》たちの助言に従ってよかったと思いながら、沈黙《ちんもく》を維持《いじ》している。

「ではその縄張《なわば》りを引き継《つ》ぐ組織をこの後決めてください。それに私たちは干渉《かんしょう》いたしません」

「——か、畏《かしこ》まりました」

だがこともなげにそう答えるエリザに、エリザとヴァルターを除くこの場にいる16人の強面《こわもて》たちが思わず全員息をのむ。のまざるを得ない。

どんな答えが返ってくるのかと思っていたら、あっさりとその組織をすでにないものとして扱えという指示が下されたのだ。それも自分たち8つの組織にどうしろこうしろと具体的な行動を促《うなが》すわけでもない。

つまり自分たちの手で、すぐにでもその組織は潰してしまうつもりなのだ。

自分たちのお願いを聞き入れてくれない組織など、残しておく意味も価値もないのだと、これ以上なく明確に宣言したようなものである。しかも『蒼氷眼』はまだしも、年端もいかぬ少女でしかないエリザにも一切《いっさい》の気負いが感じられない。

つまり些事《さじ》なのだ。裏社会の組織の一つを、不要だからと捻《ひね》って潰す程度のことは。

実際に自分たちもこの連絡会に出席していなかった場合、どんなふうに消されたのかを想像すると背筋が凍る。いや実際この場で粗相《そそう》をすれば、その瞬間《しゅんかん》に護衛ごと首を落とされるのだということを示されたばかりなのだ。

エリザもヴァルターも、それを自らの力の示威《じい》とすら思っていないことが、その背後に存在するソル・ロックのとんでもなさを嫌でも想像させる。

「あとは?」

にこりと微笑みながら、エリザが先を促す。

まずは一つといった以上、他にもあるのであればさっさと言えといわれているようにしか男たちには思えない。どれだけ穏《おだ》やかに、微笑んで促されようともだ。

「――組織に属していながらも地下に潜《もぐ》った者たちが複数存在します。お恥ずかしい話ですが、我々では現時点でその所在を把握できておりません」

一つ目よりもなお緊張《きんちょう》した声で、男がそう告げる。

送り込んだ刺客を何人も殺され、生き残った者たちも使い物にならなくされた。

それを舐《な》められた、コケにされたと捉え、頭目たちが下した恭順《きょうじゅん》の判断を良しとせず、地下に潜った刺客たちがいる。

それはもちろんそういう態《てい》で用意された、ガルレージュ勢力への対抗《たいこう》手段の一手であった。当然、初手から相手にその存在を明かすことも予定通りだ。

だが本来であれば手下すら御しきれない自分たちの無能を詫びつつ、制御の利《き》かなくなったはねっかえり共は厄介だろうと、それを束ねるためにも俺たちは必要だろうという、嫌がらせ込《こ》みの交渉手段であったはずなのだ。

だが今はそれを理由として、手駒《てごま》を管理することすらもできないのであれば、お前たちなど要《い》らないと言われかねない爆弾《ばくだん》と化している。

早急《さっきゅう》に対処しようにも、建前を徹底《てってい》するため本当に連絡《れんらく》の手段もなくしており、その状態で暗殺を専門とする能力者に本気で地下に潜られては、流石《さすが》に組織であっても早々に見つけ出すことは不可能となっている。

エリザやヴァルターにとっては、そんなことは知ったことではないだろう。

即座《そくざ》に動き、指定された期限までにすべて死体にして目の前に並べなければ、まずはお前たちから殺すと言われても弱者には抗《こう》する手段などないのだ。

「ああ。それはもう、お気になさらなくても結構です」

だがエリザの反応は「なんだそんなことですか」程度でしかなかった。

それは自分たちであればその程度に襲われてもいつでも返り討《う》ちにできるという、ある意味当然の反応なのか、それともすでに――

「――それは」

思わず反射的にその意味を問おうとした男に、微笑《びしょう》を深めたエリザがもう一度同じ文言を、少しゆっくりと繰《く》り返す。

「お気になさらなくても結構です」

それで男も、他の7人の頭目たちも、8名の屈強《くっきょう》な護衛たちも元より閉じていた口のみならず、要らぬ思考も停止した。

取るに足りぬ刺客風情《しかくふぜい》が、今から無謀《むぼう》にも襲い掛《か》かって返り討ちにあうのか。それとも地下に潜った者はすでに文字通り地下に埋葬《まいそう》済みで、それればかりかその思惑《おもわく》、目的もすべて洗いざらい掌握《しょうあく》されているのか。

そんなことは今さら考えても無駄《むだ》なのだ。

今この瞬間に自分たちが生かされており、まだ使い道があると思われているのであれば、黙って命令を拝聴《はいちょう》していればいい。

自分たちの組織でもそうではないか。上位者に「聞くな」といわれたことをしつこく聞く、あるいは自分で裏取りに動くような小賢《こざか》しい輩《やから》は、その日のうちに路地裏で臓物をぶちまけるか、水路に浮《う》いて醜《みにく》く膨《ふく》らむかしかない。

ゆえに誰《だれ》もが黙り、命令通り気にしないことにした。

「では、ソル様からの指示をお伝えします」

これ以上はもうないですね？　とばかりに一同を見回した後、エリザが静かに告げる。

組織の一つをすでにないものとして扱ったり、組織の制御を外れて地下に潜った刺客という、市井《しせい》に生きる者であれば悪夢というにも生温《なまぬる》い状況《じょうきょう》を「ああ」だけで済ませた少女が、ソル様とその名を口にする際には、あからさまに緊張をしている。背後に立つヴァルターもそれはどうやら同じに見える。

それだけで曲がりなりにも組織を束ねる立場にある頭目たちは、ソルの名を気軽に呼び捨てたり、まかり間違《まちが》っても軽《かろ》んじる発言をした者がどんな目にあわされるのかを正しく察した。そして自分だけではなく手下たちにも、触《ふ》れれば間違いなく祟《たた》る神の狂信者《きょうしんしゃ》たちの逆鱗《げきりん》に触れぬことを徹底させることを肝《きも》に銘《めい》じた。

誤謬《ごびゅう》が死に直結する世界でここまでのし上がってきた者たちの危機察知能力と、その直感に従って動く強《したた》かさは伊達《だて》ではない。自分たちの力が遠く及ばぬ相手に対して、弱者にそうするのと同じように粋がって死ぬ馬鹿など現実ではもっと早々に死ぬし、そんな馬鹿が存在を赦《ゆる》されるのは御伽噺《おとぎばなし》の非実在悪役くらいしかないのだ。

「まず聖戦《オラトリオ・タングラム》に乗じることの一切を禁じます。そういう動きを取ろうとする者がいれば止めるよう動いてください」

ソルの、というよりフレデリカが裏社会の支配にも着手していたソルに願い、エリザを通じて徹底させたかったことがこれだ。

ソルと全竜《ルーナ》の力をよく知るフレデリカたち側近や、直接接したエメリア王国の王族や大臣、会議に参加できるだけの貴族たちであれば今さら動じることはない。

縦《たと》えソルが『聖教会』の秘匿《ひとく》している戦力や逸失技術《ロスト・テクノロジー》の前に敗れ去ることになったとしても、完全にそうなるまでは味方として動くことしかできないことを、きちんと理解できているからだ。

たとえソルと全竜《ルーナ》に勝てるのだとしても、それは『聖教会』とそれに与《くみ》した勢力であって、エメリア王国ではない。今のエメリア王国が総力を挙げたところで、全竜の鱗《うろこ》一つ傷つけられない以上、その支配者がより強大な存在に敗れ去るまで、その味方として全力を尽《つ》くすしかないのだ。

敗れた際に共に滅《ほろ》ぶのか、それとも勝者に取り入って生き存《なが》えるのかは手成りでしかない。まあ王家や貴族が消し飛んだところで国土国民は残るのだ、勝った際にエメリア王国が手にするものを考えれば、そう割の合わない賭《か》けでもないと誰もが見做している。

だが市井に暮らす者たちはそうもいかない。

どれだけソルと全竜が強力なことを禁忌領域の解放や魔創儀躰《アストラル》で示されようとも、自分たちも素朴《そぼく》に信仰《しんこう》している『聖教会』がエメリア以外すべての国家を束ねて敵となり、自分たちを神敵に阿《おもね》る者だと断じられれば、動揺《どうよう》するなという方が無理だろう。

必ず起こるであろう、聖戦に乗じての侵略《しんりゃく》については排撃《はいげき》する準備がすでに整っている。

だがこの機に乗じて内側に抱《かか》え込んでいる裏社会の組織どもに、好き勝手に動きまわられるのは少々都合が悪い。無駄に数がおり、市井の暮らしに溶《と》け込んでいる者も多いからには、略奪《りゃくだつ》軍のように鏖殺《おうさつ》すればそれでいいというものではないからだ。

だからこそ、それらを束ねている頭を先に抑える。

彼《かれ》らが得意としているからこそよく通じる、恐怖と利益を以て。

「首輪付きの方々も、御主人様《ごしゅじんさま》方からどのような指示があっても動くことを禁じます。またその指示について即時《そくじ》報告を願います」

そしてこの機を有効利用し、裏社会と通じている権力者気取りたちもすべて掌握する。

こういうのは上から正そうとしてもうまくいかない、下を完全に支配した上で、上手く立ち回れていると下級貴族や商人たちを勘違《かんちが》いさせればいいのだ。なにもすべてを白日の下《もと》に晒《さら》して、悪を断罪する正義を気取ることがソルたちの目的ではないのだから。

善行も悪行も、すべては制御可能な範囲《はんい》に収まっているのであればそれでいいのだ。

ソルの至上目的は地上に正しき楽土を現出させることなどではない。ただ誰にも邪魔《じゃま》されることなくすべての迷宮《ダンジョン》の攻略《こうりゃく》と、すべての魔物支配領域《テリトリー》の解放を成《な》し遂《と》げ、最終的には『塔《とう》』を攻略してその果てを己《おのれ》が目で目にすることなのだから。

「戦時下のエメリア国内での一切の混乱を未然に防ぐ。それは本来であれば進んでそれを起こしたであろう私たちが最も効果的に動けるはずです。最低限、この程度も出来なければ、ソル様が旧来の組織を残す必要がないと判断されてもなにも言えません」

そしてそれらの指示をだまって拝聴している頭目たちに、エリザが笑顔《えがお》で告げる。

言っていることは脅しともとれる内容ではあるが、それは裏を返せば役に立つことを証明する機会を与《あた》えられ、ソルが望む結果を出すことさえ出来れば組織が組織のままに存続できる目もあるということでもある。

ソルのお気に入りの一人である事は疑う余地もないエリザが自身も裏社会の一員だと見做しており、手下となる自分たちがやるべきをやりさえすれば、絶対者《ソル》に言うべきを言ってくれるともとれる。

ゆえに頭目たちはヴァルターのようないわば青臭《あおくさ》い遠い日の夢などに依《よ》らず、自分たちの全力を挙げてエメリア王国内に一切の混乱を起こさないように立ち回る決意を強く固めていた。

よほどの阿呆《あほう》でもなければ、ソルが聖戦に勝った場合にエメリア王国が手に入れる権益が桁違《けたちが》いなものになる事くらいは理解できる。そしてその莫大《ばくだい》な金の流れに、絶対者の後ろ盾を以《もっ》て裏側から関《かか》われる可能性があるのだ。

負けた場合はそれはもう酷い目にあうだろうが、それは今この瞬間にソルに反旗を翻《ひるがえ》すことができない時点で考えても仕方がない。裏社会の支配者気取りでは一生かかっても辿《たど》り着けない成功を手に入れられるかもしれない賭けに、乗れている現状こそがすでに幸運とも言えるのだ。

だが――

「ああ、それとこれは聖戦終結後で構いませんので、すべての被害者《ひがいしゃ》との示談を進めてください。期限は半年以内とします」

エリザがよく意味のわからない指示を付け足した。

「――は？」

いやそれが指示だというのであれば、頭目たちに否やなどない。

「自身が被害者だと思う方々との示談は、誠心誠意行うことをお勧《すす》めします。無理やり納得させるような行為はお勧めできません」

頭目たちも阿呆ではないので、そんなことをすれば秒で始末されることも理解できている。これからの時代は弱者を食い物にするいかにもな裏組織ではなく、絶対者の下で表沙汰《おもてざた》にし難《にく》い案件を利と暴力で処理する、おためごかしではない任侠《にんきょう》組織ともいうべきものを期待されているのであろうことも想像はつく。

ほとんどの被害者とやらが納得《なっとく》するだけの詫びや金を積んで、エリザに対して「なんの遺恨《いこん》もございません」と嘘偽《うそいつわ》りなく言えるようにする自信も金もある。

「その、合意を得られなかった場合は……」

だがすでに殺してしまった者に示談は通じないし、そういう域ではなくなってしまっている相手も掃《は》いて捨てるほどいる。

裏稼業《かぎょう》はお遊びではないのだ、そんな連中を生み出しもせずに成り立つ稼業などではない。多くの連中は自分が今なお弱いから黙っているしかないだけであり、力を得れば「金も詫びも要らない、ただお前を可能な限り酷く殺したい」と叫《さけ》ぶ者が何人いるやらわからない。

「それはそれで構いません。大切なのは我々「やった側」が「やられた側」に許しを乞《こ》う事であって、許しを得ることではありませんから」

「は、はあ……」

だがエリザは妙《みょう》に温《ぬる》いことも言っている。

であればまあ、可能な限り誠意を見せればそれでいいかと頭目たちも納得した。

これから大げさではなく世界の支配者となる者の手下になるのであれば、そういう建前をこなしておくのも重要なのだろうと。

だが彼らはやがて思い知る。

エリザの忠告を真摯《しんし》に聞いた者と、おざなりに対処した者に与えられる禊《みそぎ》の格差を以て、赦されることが如何《いか》に重要であるのかを。

第三章『攻性防衛』

エメリア王国西部辺境領。

城塞《じょうさい》都市ガルレージュの近郷《きんごう》、通称《つうしょう》『怪物たちの巣《ジオ・ネスト》』。

その一部である、ソルたちが領域主《ボス》である『三位一体の獣《ケルベロス》』を討伐《とうばつ》したため、すでに解放されている元『禁忌領域№02《タブ・ドゥオ》』であったなだらかな丘陵《きゅうりょう》。その地で聖教会とイステカリオ帝国《ていこく》が中核《ちゅうかく》となって束ねる汎人類《はんじんるい》連合軍と、ソル一党に与するエメリア王国軍が対峙《たいじ》し、今にも『聖戦《オラトリオ・タングラム》』の火蓋《ひぶた》が切られようとしている、まさにその同時刻。

そこから遥《はる》か東に遠く離《はな》れたエメリア王国の東方国境付近、正確には国境を接する小国ハイカリュオン王国領内のとある廃村《はいそん》に、完全武装した騎兵《きへい》約２千が待機している。

なんの偽装《ぎそう》もされておらず、人馬共にハイカリュオン王国の軍装そのままどころか、軍旗を掲《かか》げてすらいる状態である。

聖戦のどさくさに紛《まぎ》れて豊かなエメリア王国の領内へ攻《せ》め込み、正規兵相手ではなく罪なきエメリアの国境付近で暮らす国民たちから略奪を恣《ほしいまま》にする。

命令された兵たちの本音はどうあれ、少なくともハイカリュオンの王やその側近という支配者階級の者たちにとって、その程度のことなど正体を隠《かく》してまでしなければならないほどの悪行だとは見做していない、ということなのだろう。

加えて聖教会はエメリア王国と国境を接するすべての国に対して、聖戦の開戦と同時に攻め込む行為《こうい》を神の名の下に正義だと認めていた。

その保障兼監視《けんかんし》だとでも言わんばかりにハイカリュオン騎兵2千に随伴《ずいはん》する、100騎《き》ほどの教会騎士団《テンプルナイツ》が聖教会から派兵されている。

少数とはいえ彼らは教皇グレゴリオⅨ世から与えられた逸失技術《ロスト・テクノロジー》兵器を携行《けいこう》しており、その戦闘《せんとう》能力は2千を数えるハイカリュオン騎兵を軽く凌駕しているのだ。

それらの兵たちが、聖戦に戦力を集中するしかないであろうエメリア王国の国民たちにどのような惨劇《さんげき》を強《し》いることになるのかなど、十分理解した上でのことだ。

聖教会は最終的にエメリア王国を存続させるつもりなどなく、残った3つの大国と共にその広大な領土と利権を切り分ける心算《つもり》なのである。永続的に富を生み出す土地や利権をきゃんきゃん喧《やかま》しいだけの周辺中小国家に分け与えるつもりなど元よりないが、エメリア王国と国境を接しているそれらに適度なガス抜《ぬ》きをさせておこうという訳だ。

つまりはエメリア国境付近に存在する村落への略奪行為《りゃくだつこうい》の黙認《もくにん》どころか、推奨《すいしょう》である。

神が神敵と見做した者《ソル》に与するエメリア王国もまた神の敵であり、そこに属する国民はもはや同じ人などではない。亜人種《デミ・ヒューム》や獣人種《セリアンスロープ》以下の存在であり、そんな罪人どもに人権などあろうはずもなく、神の敵として打ち倒すことになんの遠慮《えんりょ》も必要ない。

神敵必滅《ひつめつ》のついでにどんな蛮行《ばんこう》を働こうが、人のカタチをしているだけでもはや人とは見做されない者共への事とあっては、神も御目《おめ》こぼしくださる。

神の名の下に打ち倒される罪人どもに世俗《せぞく》の富など必要なく、倒した神の尖兵《せんぺい》たちがたまたまそれらを持ち帰ったとて、その行為はけして略奪などではないという理屈《りくつ》である。

かくして宗教的権威《けんい》によるお墨付《すみつ》きを得た人の暴力装置たる軍はその理性を放棄《ほうき》し、人の悍《おそ》ましさを後世にまで祟る呪《のろ》いとして巻き散らす、悪鬼羅刹《あっきらせつ》の如き集団と化すのだ。

ただでさえ救いがない戦争に宗教的大義名分《いいわけ》が加わると、真に悍《おそ》ましい行為が正当化され、狂気《きょうき》の下にいとも簡単に実行される。

愚かで悲惨《ひさん》である事は同じとはいえ、まだしも利欲のみで始まり終わるただの戦争の方が、ある程度の規律《ルール》が機能し落としどころを探《さぐ》れるだけ、宗教戦争よりはいくらかでもましとさえ言えるのかもしれない。

ただ聖戦のどさくさで、ハイカリュオン王国等がこのような行動に出ることを、フレデリカは完全に予見できていた。

聖教会がそれを黙認どころか、推奨するであろうことも含《ふく》めてだ。

『一度略奪《りゃくだつ》を覚えた王は、必ず同じことを繰り返します』

だからこそそう口にしたフレデリカの進言をソルは全面的に認め、対処可能なように準備を進めていたのだ。

『それはどこかの国に限った話ではありません。暗愚《あんぐ》な王、残虐《ざんぎゃく》な王が生まれればどの国であっても加害者となる可能性はあるのです。我《わ》がエメリアとて、７００年前には同じ事どころではない蛮行を行っています』

歴史をこよなく愛する第一王女は、エメリア王国の長い歴史の中で幾度《いくど》か記録されている、本来は赦されざる戦争とすら呼べない蛮行の数々を知識として知っていた。だからこそ、誰もが認めざるを得ない説得力を以て、隣国《りんごく》の蛮行を予見することもできたのだろう。

また同じようにエメリア王国が聖戦にて打ち滅ぼすべしとされた神敵《ソル》に与《くみ》した場合、聖教会がどのような手段に出るかなど容易に予測がついた。

そして聖教会の吹《ふ》く笛に合わせて派手に踊《おど》るのがどの国になるのかも、王族の一人として隣国すべての歴史も学んでいるからには明白だったのだ。

それらの国家の中で、もっとも卑劣《ひれつ》な行為に出るであろうことを確信されていたのがハイカリュオン王国なのである。

エメリア王国と直接国境を接する国家群の中ではイステカリオ帝国に次ぐ国力を持つとはいえ、その規模は小国の域を超えることはない。だが歴史的に常にエメリア王国を敵対視し、その周辺国家を煽動《せんどう》して包囲戦を仕掛けたことも一度や二度では済まない。

現在のエメリア王国から見れば嫌悪《けんお》感しか持ち得ない、声が大きいだけの弱者といったところだが、歴史を紐解《ひもと》けばそれも故なきことではないと知ることができる。

エメリア王国とて揺ぎ無い正義の国だというはずもなく、当然長い歴史の中では暗愚な王や好戦的な王も生まれている。

実際にフレデリカが語った通り、約７００年前にはエメリアの国民であってさえ言い訳の余地もない一方的な侵略戦争を仕掛けており、その後しばらくハイカリュオン王国はエメリアの属国ですらなく、ハイカリュオン領として支配されていた苦渋《くじゅう》の時代が確かに存在するのだ。その後聖教会や汎人類連盟の介入《かいにゅう》、なによりもエメリア王国の王の代替《だいが》わりによってハイカリュオン王国の再興が国際的に認められ、今に至っている。

それを歴史として学ぶハイカリュオン王国の民たちが、エメリア王国を潜在的《せんざいてき》な敵として嫌《きら》ってしまうことはいわば当然であり、エメリアとしてもなにも好かれたいとまでは思ってなどいない。

だが当時聖教会と汎人類連盟の介入を受け入れた新王は先代の暴虐《ぼうぎゃく》を正式に詫び、金で済ませられることではないとはいえ聖教会と汎人類連盟、なによりもハイカリュオンの新王家が求めた賠償金《ばいしょうきん》を全額支払《しはら》っている。

その後も経済や国防に関して、他国にはない便宜《べんぎ》を図《はか》ってきてもいる。

にもかかわらず7世紀を経てもなお悪態をつき、ことあるごとにエメリアから金を引き出そうとするばかりか、周辺諸国を巻き込んでエメリアを潰そうと暗躍《あんやく》するハイカリュオンという国に対して、現代を生きるエメリアの国民たちが良い感情を持てるはずもない。

そこへ大国の国民としての矜持《きょうじ》と驕《おご》りが加われば、エメリアとハイカリュオンの関係が拗《こじ》れるのは、人が人である限り避《さ》け得ない宿痾だとしか言えない。

お互《たが》いが自分こそが正しいと信じて、不毛に嫌い合っていたのだ。

だが今から10年前。7世紀も過去の罪に互いに囚《とら》われ続けていた両国の関係が、本質的に変化する出来事が発生した。

代替わりした直後であったハイカリュオン王国の現王が、当時の国内の不況《ふきょう》による不満から国民の目を逸《そ》らせるため、エメリア王国への侵攻《しんこう》を断行したのだ。

両国の因縁《いんねん》が過去を火種に現代の問題という薪《まき》を放《ほう》り込まれて再燃し、今を生きる者たちの当事者問題として野火の如く燃え広がったのである。

もちろん国力では大きく劣《おと》り、その上経済不況に見舞《みま》われていたハイカリュオン王国が正面から戦って、大国エメリアに勝てるはずもない。

歴史的に何度も煽動してきたエメリアと国境を接するイステカリオ帝国をはじめとする他の8国も、ハイカリュオン王国が求めているものが国益ですらなく、王家が歴史的に拗らせた私怨《しえん》を晴らすことが目的なのだと看破してからは、まるで相手にしなくなっていた。

なによりもここ数百年の内に水面下でエメリア王国とイステカリオ帝国の対立が先鋭化《せんえいか》していくに伴《ともな》い、その地政学的な位置に応じて周辺国家がそれぞれへの属国化が進んだことがなによりも大きい。

エメリアを宗主国《そうしゅこく》と仰《あお》ぐ国々がハイカリュオンに同調するはずなどなく、敵対側としても親分たるイステカリオの意向を無視して勝手に立ち回ることなどできるはずもないのは当然だろう。

ある意味そうして孤立《こりつ》していったが故に発生した不況下でハイカリュオンの現王が当時行ったのは、7世紀前にはその一帯が自国の領土だったという物的根拠《エビデンス》の乏《とぼ》しい自国の自称《じしょう》歴史学者たちによる一方的な主張に基づく、「国土回復」の名を借りた国境付近領土の略奪だったのだ。

汎人類連盟に属する国家として、本来は赦されざる蛮行。

だが当時から四大強国筆頭と見做されるほどの力を持ち得たエメリア王国に対する牽制《けんせい》、

嫌《いや》がらせとして、イステカリオ帝国はまだしも、あろうことか聖教会すらもハイカリュオン王国の擁護《ようご》に回ったのだ。

エメリア王国としての実害は都市級を陥落《かんらく》させられたという訳でもなく、税収もほとんど見込《みこ》めない村落のいくつかのみ。その領土を譲《ゆず》ったとしても国家としての実害がほとんどないことからも、エゼルウェルド王は当時賢《かしこ》く立ち回った。

面子や実質的な利を生まない領土というほんの僅かな対価を以て、聖教会とイステカリオ王国の顔を立て汎人類連合内での孤立を避けるばかりか、大人な大国として振舞《ふるま》うことによって発言力を得ることを選んだのだ。

『千年の復讐《ミレニアム・リベンジ》の完遂《かんすい》』などと騒《さわ》ぎ立てるハイカリュオン王国には好きに言わせておき、王家としてエメリア王国総体としての実利を選んだのである。

実際、この出来事でエメリア王国が得たものは、失ったものに比べてずっと大きかったことは確かである。またこの程度では舐められない大国としての実力があってこその、それ以上戦火を拡大させないという意味では賢い対応だったということも出来るだろう。

だが支配者の視点ではなく、蹂躙《じゅうりん》された村落の民たちにとってはたまったものではない。天下国家を語る者たちから見れば書類上の取るに足りない数値でしかなくとも、実際その地で暮らしていた者たちにとっては、理不尽極《りふじんきわ》まりない無法を強いられたのだから当然だ。

エゼルウェルド王とて事前にこの蛮行を知っていれば、目先の利益などを優先して見捨てることなどありえなかったはずだ。民を護《まも》らぬ国家など、綺麗事《きれいごと》ではなく中長期的な視座で見れば我が身《み》を喰らう蛸《たこ》のようなものだからだ。

だがすべてが終わってしまった後であったからこそ、苦渋の選択《せんたく》として国家が最も利を得られる選択をするしかなかったに過ぎない。

それに幸いというには悪趣味《あくしゅみ》が過ぎれど、ハイカリュオン王国の略奪が徹底していたがために、完全にそれらの村落が鏖殺されていたことも大きい。

死人に口なし。

ゆえにエメリア王国内でも、王家の弱気を糾弾《きゅうだん》する機運はそこまで高まらなかったとも言える。復讐はなにも生まないというお題目を、生き残った者たちが自らの得た利益を前提に嘯《うそぶ》いたという訳だ。

だが当時まだ幼かったフレデリカは、今もなおこの蛮行に対する王家の対応を強く恥《は》じている。それはフレデリカの実際的《プラグマティック》な思考のためだけではなく、己が配下にその村落の出身者――ことが起こった当時は王立学院生であったがために難を逃《のが》れた、たった2人の生き残り――が近衛として付いたことも大きく影響《えいきょう》している。

だからこそ今回の聖戦に際して、同じ蛮行を許さぬように十全に準備を整えたのだ。

その準備も本来であれば事前に近郊城塞《きんこうじょうさい》都市へ村落の住民を避難《ひなん》させるという、消極的だが妥当《だとう》なものにならざるを得なかっただろう。

だが今のフレデリカは岐神《ソル》の寵愛《ちょうあい》を受ける立場になっていたがため、より攻性な防衛を実行することが可能になっていた。

つまりはソルの『プレイヤー』能《ちから》によって文字通り桁違いに強化《レベルアップ》された個の戦力を、これもまたソルの索敵《さくてき》によって丸裸《まるはだか》にされた、聖戦の開戦と同時にエメリア王国への侵略を画策している国家の侵略軍駐屯地《しんりゃくぐんちゅうとんち》へと派遣《はけん》したのだ。

◇◆◇◆◇

ここハイカリュオン王国へは、かつてカペリ村と呼ばれていたこの廃村の出身者であり、侵略軍《しんりゃくぐん》というものに対して強い嫌悪を持っている二人の近衛が派遣されていた。

その二人が特に身を隠すつもりすらなく、廃村に集結している2千のハイカリュオン騎兵たちと教会騎士《きし》たちの前へ徒歩のまま姿を現し、急ぐでもなく歩を進めて近づいてゆく。

その一人は『遠剣《えんけん》使い』、レティシア・アースカリッド。

女性の平均値から見れば少し長身よりであり、バランスの取れたその肢体《したい》を近衛専用の白ベースの鎧《よろい》と長外套《ロング・マント》で覆《おお》った、茶髪茶眼《ちゃぱつ》のわかりやすい美女。

いつもは無口無表情な相方をフォローするために常に笑顔で口数も多い方だが、今はまるでいつもの相方のような無表情となっている。

もう一人は『鋼糸使い』、リディア・ドゥクレー。

平均からは少し小さいくらいの背丈《せたけ》だが、スタイルにおいては相方よりもメリハリが効いている蒼目蒼髪《あおめあおかみ》の美少女。

身長、スタイル共にジュリアと似た方向性であり、笑えば年齢《ねんれい》に比して「可愛《かわい》らしい」といわれる容姿をしていることは確かだ。だが笑顔どころか今は常の無表情ですらなく、誰が見てもそうと理解できる、強い嫌悪の表情をその美しい顔《かんばせ》に浮かべている。

この二人の近衛はフレデリカと共に禁忌領域№09《タブ・ノウエム》へと赴《おもむ》いたがため、現状ソルの側近たちを除けば人類で最も高レベルとなっている。

具体的にはすでに3桁《けた》にまで至っているそのレベルは、たった二人であってもただ神から戦う能力を授《さず》かっただけに過ぎないハイカリュオン王国の正規兵や教会騎士など、何人いても蹴散《けち》らせてしまえるほどの力の隔絶《かくぜつ》となっている。

だがそんなことを理解できているはずもないハイカリュオンの侵略軍にしてみれば、たった二人で2千もの兵力の前に姿を見せた真意を理解できるはずもない。

「――ここでなにをしているのですか？」

まだ騎乗《きじょう》していない指揮官の目の前まで辿り着いた二人のうち、いつもは無口なリディアの方が感情の感じられない声で、わかりきったことをあえて詰問《きつもん》する
「エメリアの近衛《このえ》だと？　なぜ――」

問われた指揮官も二人の出で立ちから、エメリアの近衛であることは一目で理解できている。だがエメリア王国も当然ある程度の警戒《けいかい》はしていたのだろうが、こうも正確に自分たちが兵を集めている場所を知られたことが指揮官にはまず解《げ》せない。

それを知りつつ、たとえ近衛とはいえたった二人で姿を見せたこともまた同じくだ。

確かに平時であれば大国であるエメリアの近衛兵を害することなど、たかだか2千の騎兵を指揮する小国の指揮官如きの判断でできるはずもない。それは個々人の彼我《ひが》戦力差云々などではなく、その背後に背負っている国家の格というものが違《ちが》っているからだ。先日、フレデリカがこのたった二人を妖精族《エルフ》の隠れ里《ざと》に己の名代として先行させたのは、俄《にわ》かに得た圧倒的《あっとうてき》な個の戦闘力《せんとうりょく》だけではなく、エメリアの国威《こくい》を信じていたからに他ならない。

事実、ハイカリュオンの侵略軍2千を預かる指揮官が自分たちの存在を今の時点で明確に捕捉《ほそく》されたにもかかわらず即座に排除《はいじょ》の判断を下せなかったのは、沁《し》みついたその常識に基づいた判断によるものだ。

だが今はすでに平時などではなく、自分たちは一方的にエメリア王国へ攻め込んで略奪を恣《ほしいまま》にするための実行部隊なのだ。そこに近衛の二人を加えたとて、まさに今更《いまさら》の話でしかないことを指揮官は思い出していた。それを口約束ではなく保証してくれる、100騎の教会騎士たちが自軍に参加していることも指揮官の気を大きくさせる要因である。

「質問に答えてはいただけませんか?」

「——答える必要などない。そもそもここは我々ハイカリュオン王国の領土だ。そこに我ら正規軍がいたとて、貴様らエメリア人どもにとやかく言われる筋合いなどないわ!」

その上2千対二人でありながら、まるで臆《おく》することなく詰問されては、もとより嫌っているエメリア軍人相手故に頭に血も上る。

なによりも自分たちがすでに国境を超《こ》えていたのであればまだしも、この廃村は今では間違いなくハイカリュオン王国の領地となっている以上、近衛とはいえ他国の軍人にどうこう言われる筋合いなど確かにありはしないのだ。

ここに今兵力を配置しているその理由がどれだけ見え透《す》いたものであろうが、自国の領土とはそういうものだ。現時点だけを外交視点で切り取るのであれば、無許可でハイカリュオン王国の領土へ近衛を踏《ふ》み入らせているエメリア王国の方が分が悪いとさえ言えるのだ。

だがそんな建前に基づく茶番に付き合う必要がないほどの力をエメリア王国が味方にしていることなど理解できるはずもない。だからこその、その有利と2千対2という圧倒的と信じている彼我の兵力差ゆえの指揮官の余裕《よゆう》とも言える。

「そうなるように宗教屋《聖教会》と戦争屋《イステカリオ》の靴《くつ》を舐めただけでしょう、卑怯者《ひきようもの》どもが」

「なんだと!? 貴様ら――」

だが嫌悪感もあらわに、日頃《ひごろ》は無口なリディアが吐《は》き捨てる。

その言葉にわかりやすく激昂《げきこう》しかけた指揮官は、その隣《となり》のレティシアから向けられる無感情な視線に射貫《いぬ》かれて、我知らず本能的に言葉を呑《の》み込んでしまった。

ここは――住む者もないままにこの10年放置されているこの元カペリ村は、リディアとレティシアの生まれ育った故郷だった、場所なのだ。

神様から魔物《モンスター》とですら戦える力を授かりながら、一番大切なものを護ることができなかったその絶望感は、本来純朴《じゆんぼく》であった二人の少女の心を歪《ゆが》めるには十分すぎるものだった。

もしも当時この二人がフレデリカと出逢《であ》えていなければ、故郷を守ってくれなかった祖国と、守れなかった自分自身と、なによりも故郷を踏みにじったハイカリュオン王国を許せなくて、道を踏み外《はず》していた可能性はけして低くなかったはずだ。

隣人《りんじん》を、友人を、家族を――故郷を焼かれるというのは、それほどの事なのだ。

「頭が悪いのですか？　言い訳の機会を与えようと言っているのが理解できない？」

あからさまに怯《ひる》んだ指揮官に、リディアが吐き捨てるようにして言葉を重ねる。

だが運良くこの二人はフレデリカと出逢え、その幸運を以《もっ》て怒《いか》りと恨《うら》みによって自らを焼いて外道《げどう》に堕《お》ちることなく、今日まで生きてくることができた。だからといって、怒りと恨みを忘れたわけでも、昇華《しょうか》できたわけでもない。どうしようもなく煮《に》えたぎったまま、己が内側に抱え続けて生きることをよしとしたというだけだ。

消し得ぬ己が憤激《ふんげき》を主語を大きくしてハイカリュオン王国に属する者たちへ無差別にぶつけることや、守れなかったという理由で祖国や自分自身へ向けるべきではないと、自制し続けているに過ぎない。

二人ともももちろんハイカリュオン王国を嫌っている。

王家も貴族共も、そこに暮らし自らの支配者たちのしたことをよしとしている国民一人一人に至るまで。だが自分がされたことを、やった当人たち以外に向けることは間違いなのだとも弁《わきま》えているだけだ。

だからこそ死ぬまで自身の怒りと呪いと後悔《こうかい》を抱えたまま、せめて同じ悲劇が繰り返されることが無いように、護国の一兵として生涯《しょうがい》を捧《ささ》げると思い定めていたのだ。

そんな二人が今また再び10年前と同じことをしようとしている者たちを前にして、平静なままでいられるはずもない。レティシアが無表情に黙《だま》り込み、リディアが常ならず感情もあらわに辛辣《しんらつ》な言葉を発しているのはそのためである。

そんな深い憤《いきどお》りを抱えているからこそ、あえて言い訳をする余地を与えたのだ。

二人も今では自分たちも軍属であるからには、軍人にとって仕える国からの命令がいかに重いかくらいは理解している。

それでもけして踏み越《こ》えてはいけない一線を自身が持つがゆえに、ここでの正解は「国の命令に従いこの地に駐屯《ちゅうとん》はしている。だがただそれだけで10年前の愚行《ぐこう》を繰り返すつもりなど元よりありはしない」というあたりだっただろう。

軍人である前に人である以上、命令だからとてけして従ってはいけないものもある事を、少なくともこの二人は自らの内に持っているからこその、あえての確認《かくにん》だったのだ。

軍人同士が殺し合うのは仕方がない。それが国家というものであり、その暴力装置である軍というものだからだ。だからこそどうしても折り合えない国家間の問題が発生したのであれば、軍人同士で殺し合うことを二人は許容できる。

人が話し合いだけですべてを解決できる高尚《こうしょう》な存在なのであれば、とっくに大陸は統一されているはずなのだ。だが千年経《た》ってもそんな兆《きざ》しすら見えはしない。である以上、どう取り繕《つくろ》おうが、強い側の言い分だけが通るのは、人とて逃れられぬ不変の理《ことわり》なのである。

だがその魔物すら倒《たお》せる力を非戦闘員《せんとう》へも向けるというのであれば、それは戦争ですらない。そんな決定をよしとする集団は国家などではなく、そのふりをしただけの獣以下の集団に過ぎない。

だからこそ、最後の確認としてこの場にいる2千の正規軍、それを率いる指揮官が国家として、軍人としての矜持を持っていることを期待して問うたのだ。

だが――

「頭が悪いのは貴様らの方だろう。事ここに至ってまだ大国の威《い》で我らが引くとでも思いあがっているのか？　聖教会が神敵と見做した者に与するエメリアは、すでに汎人類連合にとっても敵でしかない。大国の看板など、もはやどのような小国にも通じぬと知れ！」

その最後通牒《つうちょう》に対する指揮官のこの答えは、二人にとって最悪のものだった。

どのような理屈をこねようが、今からこの指揮官が率いる2千のハイカリュオン王国軍は、国境周辺で懸命《けんめい》に暮らしているエメリア王国が守るべき村落の住民を虐殺《ぎゃくさつ》して回ると宣言したに等しい。それを当事国の近衛が見咎《みとが》めたところで止めるつもりなどないどころか、自分たち二人こそをまずはその嚆矢《こうし》として今ここで殺すつもりなのだと。

そしてその発言を、少し離れたところに固まっている教会騎士団たちもにやにや嗤《わら》いながらと聞いているのみだ。人とも呼べない獣の蛮行にお墨付きを与えるのが彼らの信仰する神だというのであれば、そんなものはリディアとレティシアにとっては悪魔《あくま》でしかない。

神ならぬソルから与えられた力を以て、神の仮面を臆面《おくめん》もなくかぶっている悪魔と、その敬虔《けいけん》な信者気取りの獣共など、一切《いっさい》の情状《じょうじょう》酌量《しゃくりょう》の余地などなく下衆の集団として処分することを確定させた。

「――ではエメリア王国に仇《あだ》なす存在として対処します」

胸中に沸《わ》きあがった憤激があまりにも大きすぎたがゆえに、リディアの声は感情を感じさせない極《きわ》めて硬質《こうしつ》なものとなってしまっている。

レティシアに至っては声もないままに、自覚なく嗤ってしまってさえいる。

二人にとって間違《まちが》いなく最悪のこの答えは、あるいは最高の答えだとも言えるのかもしれない。死ぬまで抱えていくしかない、けして消えることのない呪詛《じゅそ》にも似た黒い感情を、一時的にでもぶつける相手ができたという点においてのみ。

二人は自身がこんな立場に置かれるまで、正直ハイカリュオン王国がすでに手打ちも済んでいる7世紀も前の出来事を理由として、自分たちエメリア王国の民を嫌い続けていることに疑問を持っていた。話し合えばわかり合えるはず。過去の遺恨は悲しいことだが、今を生きる自分たちには関係ないじゃないか、と。

だが自身がこうなってしまってからは、末代まで呪うという気持ちも理解できてしまっている。なかったことになどできない、忘れてしまうことなどできるはずがない。もしも自分たちに子供が生まれれば、あの惨劇を伝えないことなど考えられない。それを代々の王家がうまく利用しようとしてきたのであれば、ハイカリュオンの人々のようになってしまうのも充分《じゅうぶん》に頷《うなず》けてしまえるほどに、二人もまたハイカリュオンを強く呪っているがゆえに。

「はっ！——たった2人でか？」

リディアとレティシア、その二人のどこか狂気めいた反応に、指揮官の本能は確かに怯《おび》えている。だがその生存本能が発する警告をねじ伏《ふ》せてしまえるほどに、常識というものの軛《くびき》は強い。

いかな大国エメリアの近衛が相手とはいえ、自分たちとて神から魔物と戦えるだけの力を与えられた精鋭《せいえい》なのだ。それが2千対2とあれば、多少の犠牲《ぎせい》は止《や》むを得《え》ないとはしても万が一にも敗北するなどということはあり得ない。加えて常に劣等感《れっとうかん》を強いられてきたエメリア王国の精鋭中の精鋭である近衛、それも美女二人を最初に嬲《なぶ》れるとなれば、そもそも実行しようとしていた蛮行に加えて獣欲《じゅうよく》が判断を狂《くる》わせもするのだろう。

「一騎当千《いっきとうせん》とはどういう力を指して言うのかを、身をもって思い知りなさい」

だがその獣欲に濁《にご》った指揮官と周囲の兵たちの瞳《ひとみ》を確認したリディアとレティシアから、

ほんのわずかに残っていた躊躇《ちゅうちょ》――実際にカペリ村を焼いたのは今目の前にいる者たちではなく、自分たちがソルから与えられた圧倒的な力を以て抑止《よくし》さえすれば、まだこの者たちはなにもやっていないという事実に基づく――の一切が失われた。

今ここにいる者たちは国家からの命令であることを言い訳に、非戦闘員を蹂躙することをよしとしたクソどもでしかない。

こいつらは自分たちがここに来なければ、間違いなくそれを嬉々《きき》として実行していたのだ。いや自分たちがソルからここまで圧倒的な戦闘力を与えられていなければ、自分たちこそがその最初の犠牲者《ぎせいしゃ》となったことも疑いえない。

聖教会が囀《さえず》る神の許しや、汎人類連合が嘯《うそぶ》くであろう例外処置とやらなど知ったことではない。それらを錦《にしき》の御旗《みはた》に略奪《りゃくだつ》を行わんとする犯罪者どもであっても、正義を語るのであれば国際法に基づいて正しく対処するべき、などという温い考えも同時に消し飛んだ。

今自分たちには屑《くず》どもを始末できるだけの力が与えられている。国家の権勢を以て法など如何様《いかよう》にも都合よく利用する敵に対して、揮《ふる》うべきは正義などではなく純然たる力しかない。つまり鏖《みなごろし》を躊躇《ためら》う理由などどこにもない。汚物《おぶつ》は消毒するしかないのだ。

そう確信したが故に、リディアとレティシアは自身の持つ力を一切の制限なく全開した。

◇◆◇◆◇

「――殺せ！」

ハイカリュオン王国軍2千。その誰《だれ》もが目にしたことがない、内在魔力《インナー》を全身から吹き上げる怪物――エメリア国内では『解放者《リベルタドーレス》』と呼ばれはじめている超人《ちょうじん》――の全力解放。

それが自分たちにとって如何に致《ち》命的《めいてき》なものなのかを、文字通り桁違いに弱いとはいえ自身も魔物と戦える程度の力は持っているが故に、ハイカリュオン王国の指揮官は即座《そくざ》に理解した。

圧倒的な個の力は数の暴力で磨《す》り潰《つぶ》すしかない。要は強大な魔物への対処と同じである。

だが周囲で事の成り行きを見守り、その目を獣欲に濁らせ始めていた部下たちに発した命令は遅《おそ》きに失した。いやたとえ早かったとしても、『プレイヤー』による不可視の障壁《HP》に守られた二人には、かすり傷一つつけることもできなかったのだが。

今その全力を解放している二人はソルの『プレイヤー』によって、人の範疇《はんちゅう》に留《とど》まっている者たちの数など無意味と化せるほどの圧倒的な個――正しく『怪物』なのだ。

だからこそ今の彼女《かのじょ》らが持つ隔絶した純然たる暴力に抗《こう》するには、それとは違う種類の力――誠実さや実直さに基づく言葉による説得しかなかった。だがそれを放棄した時点で、ハイカリュオン王国正規軍2千の末路《まつろ》はすでに決定してしまったのだ。

凡人《ぼんじん》には視認《しにん》さえできない魔導光《エフェクト》がキィンという澄《す》んだ高音と共に、リディアを中心とした広域一帯を一閃《いっせん》する。

「は？　え？」

その直後、間の抜けた疑問の声を上げた指揮官はすでに地に転がり、その場から一歩も動いていないリディアとレティシアを見上げている。

まだ激痛を認識《にんしき》できていないだけで、膝《ひざ》から下をリディアの『鋼糸』によって切り飛ばされて強制的に背を低くされているがゆえの状況《じょうきょう》。だがどうして自分がそうなっているのかをまだ理解できていない指揮官は慌《あわ》てて周りを見回し、少なくとも視界の届く範囲《はんい》の部下たちがすべて足どころではなく、全身がバラバラにされて転がっていることを確認したがゆえに、間抜《まぬ》けな声を出すことしかできなかったのだ。

リディアの『鋼糸』が、指揮官の声によって反射的に戦闘態勢に入らんとした者たちすべてを一瞬《いっしゅん》で処理した結果である。

加えて二人は初撃で教会騎士100騎を無力化することを最優先としており、それは問題なく達成されている。

教会騎士たちが1人に1つ携行することを許されていた逸失技術兵器《ロスト・テクノロジー》である『焔矢筒《ほむらやづつ》』

は、１撃だけ放つことが可能な使い捨ての個人武装だ。だがその破壊力《はかいりょく》は、一撃《いちげき》でリディアやレティシアの不可視の障壁《HP》ですら、数パーセントは消し飛ばせるほどのものを誇《ほこ》っているのだ。数撃であれば耐《た》えることも出来るが、１００発を遠距離《えんきょり》から一斉《いっせい》に叩《たた》き込《こ》まれれば、その誘導《ゆうどう》性能もあわせて不覚を取る可能性もないとは言えない。

だからこそ二人はソルと全竜《ルーナ》から、まずは相手に教会騎士たちがいた場合、まずはそれを全力で排除することを徹底《てってい》して指示されていたのである。

これによって、ほんの僅《わず》かとはいえ存在していたハイカリュオンの侵略軍が勝利を収める可能性は、完全にゼロとなった。

「貴方《あなた》は最後まで生かしておいてあげます。それまでそこに転がっていなさい」

指揮官は指揮官故の責任を負わねばならない。自身の発言によって自分の部下たちにこれから何が起こるのか、そのすべてを見るべきだとの判断からリディアはそうしたのだ。

だがすでにハイカリュオン王国侵略軍２千、その悉《ことごと》くを鏖殺《おうさつ》することは確定したが、なにもリディアは自分の主たちのように、死すら許さぬ厳罰《げんばつ》を強いるつもりなどない。命令されればどんなことでもする能力者たちの力を、神に返せればそれでいい。

みせしめとなる地獄《じごく》は10年前と今、罪なき住民たちの蹂躙を命令した者――ハイカリュオン王国の王や貴族たちが、ソルやフレデリカから与《あた》えられればいいと思っている。

「――あ、ぎゃ、ひぎゃあああああ」

「うるさいです。やはり今死んでください」

だがやっと痛覚が追い付いた指揮官が激痛による悲鳴を上げ始めたため、あっさりとリディアはその頭を『鋼糸』で縦に割った。

死ねない罰《ばつ》までを受けさせようとは思わないが、命令をいいことに舌なめずりして非戦闘員を蹂躙することをよしとした、ある程度の力を持った屑を生かしておくつもりなどないので容赦《ようしゃ》はすでにない。

「――う、うわあああ⁉」

「な、なにが起こってんだ⁉」

そのあまりにも現実離《ばな》れした虐殺を目にした、まだリディアの『鋼糸』の殺傷範囲《はんい》外《がい》にいたハイカリュオン兵たちは、当然恐慌《きょうこう》状態となって壊走《かいそう》を始めた。自分たちこそが蹂躙する側だと一瞬前までは確信していたのに、指揮官とその側にいた上官たちが鎧袖一触《がいしゅういっしょく》でバラバラにされたのだから無理もないとはいえる。

誰もが己《おのれ》が愛馬に慌てて騎乗し、方向など無視して少しでも2人の怪物から距離《きょり》を取るべく疾走《しっそう》に入らんとする。だがそれらはレティシアが連続で発動させた『遠剣』に正確に首を切り飛ばされて、次々と冗談《じょうだん》のように落馬してゆく。

傷一つ負っていない軍馬たちが、己にとってはいい主人だったのだろう、首のなくなった騎士たちの身体を鼻先で哀《かな》しそうにつついている。リディアもレティシアも、馬たちには一切の殺意を向けていないため、馬にとっては突然《とつぜん》主人が動かなくなったようにしか認識できていないのだ。

勇敢《ゆうかん》にも反撃《はんげき》に出た者も、僅かとはいえ確かに存在していた。

自らを強者だと信じるに足る、かなりの脅威《きょうい》だと見做されている魔物でも倒し得る力を揮《ふる》い、自らの生命を脅《おど》かす敵を排除せんとすることは間違ってはいない。

さすがに近接系武器を得意とする者たちは自ら死そのものとしか思えない脅威へと距離を詰《つ》めることなどできなかったが、弓等の遠距離系武器を主武装としている者たちや、ごく少数存在した魔法使《まほうつか》いたちが、自らの最大技をまだ距離のある二人へと叩き込まんとしている。

「喰《く》らえ！」「消し飛べ！」「燃《も》え尽《つ》きろ！」

口々にそう叫《さけ》んで魔物が相手であればともかく、人が相手であればそのどれか一つでも直撃《ちょくげき》すれば確実に殺せるはずのその自慢《じまん》の技を、少なくとも数十人が必殺の意志を以《もっ》て放ったのだ。

リディアの『鋼糸』でも、レティシアの『遠剣』でも、それらの攻撃《こうげき》を消し飛ばして無効化することなどもはや児戯《じぎ》にも等しい。だがあえて二人は彼《かれ》らの信じた、あるいは縋《すが》ったその技たちを、無抵抗《むていこう》なままに直撃させるに任せた。

そうした方がより絶望させることができると理解しているからだ。

技を放った者たちには到底《とうてい》、理解することも受け入れることも不可能な結果ではあろうが、一撃でも必殺なはずの攻撃をそれぞれ2桁以上直撃させられながら、リディアとレティシアは無傷のまま平然と立っている。

たかだか1桁レベルのものがどのような技を繰《く》り出そうが、すでに3桁のレベルに至っている二人がソルから与えられている不可視の障壁《HP》を削《けず》りきることができるはずもない。一撃につき数値にして2、3を削れはするものの、それは総量の1割にすらも届きはしない。

そのありえないはずの光景を目《ま》の当たりにして恐慌をきたし悲鳴を上げ、逃《に》げることも出来ずに腰《こし》を抜かした者たちを『遠剣』と『鋼糸』が容赦なく切り飛ばす。

自分たちでなければ間違いなく一撃で死んでいた。そんな技を非戦闘員へも嬉々として行使したであろう者たちに対する嫌悪感は、自分たちもまた弱者を殺しているのだという二人の本能的な忌避《きひ》感を消し飛ばすのには充分なものだった。

ほぼ一瞬でその数を半減させたハイカリュオンの騎兵《きへい》2千、その中で今なお生き残っているのはなにが起きたか理解できず、指揮官の声にも反応できず、即座に逃げ出すこともできなかった、要はなにもできずにいた者たちだけだ。

そして目の前で展開された光景から、今この場においてどのような行動であろうが、動いた者から2体の怪物《かいぶつ》たちに殺されることを理解して、誰一人《だれひとり》動けなくなってしまっている。

「ま、まって、待ってくれ。俺《おれ》たちはただ、命令、さ、れただ、けで――」

走るでもなく残存兵力――これから処理するべきすでに敗残兵たちへと距離を詰める二人に向かって、都合のいい言い訳をがなり立てはじめた兵士の首が一切の容赦などなく切り飛ばされた。後半の言葉は自分の首が飛んだことを理解できていないままに回転しながら発され続け、最終的に地面にぼとんと墜《お》ちることによって生命活動と共に中断された。

「貴方たちハイカリュオン王国の兵は10年前もそうだったのでしょうね。命令されたことを錦の御旗として、嬉々として罪なき民たちを蹂躙し略奪して凱歌《がいか》を謳《うた》った」

冷たい声でそう呟《つぶや》くリディアの声が聞こえた者たちは、たとえこのままじっとしていても容赦などされないことを理解して、恐慌状態に陥《おちい》りながら逃げようとする。だが背を向けていようが、いやいやをするように後ずさりを始めていようが、一切の区分なくレティシアの『遠剣』によって次々と首を斬《き》り飛ばされてゆく。

慈悲《じひ》なき蹂躪。抵抗《ていこう》することなど最初から無理な、圧倒的強者による理不尽極まりない虐殺。だがそれはここにレティシアとリディアの二人が現れなければ、今殺されている者たちこそが、武器すら持たぬ者たちにやろうとしていたことでしかない。いやまだ殺す前に尊厳を奪《うば》う、殺してから財産を奪うという醜悪《しゅうあく》さがない分マシとさえいえるのだ。

力を以て他者を蹂躙しようとした者が、それ以上の力を以てそうされることに文句など言えるはずもない。何人たりとも逃れられない。暴力の行使とはそういうものなのだ。

「ち、違う、俺たちは違う。本当は嫌だったんだ。だけど命令で仕方なく――信じてくれ！」

じっとしていても死。逃げようとしても死。都合のいい嘘《うそ》をがなり立てても死。自分の力ではどうやっても逃れられない死を前にして、まだ生きている者たちが最後に縋ったのは、惨《みじ》めな言葉による真実の告白だった。

都合のいい嘘などはまったく通じない。だから本当のことを言って這《は》いつくばり、その死を巻き散らす二人の慈悲に縋るしか生き残る術などないからには、正しい行動だといえなくもないだろう。

そのまだ年若いハイカリュオン兵の文字通り必死の叫びを、レティシアもリディアも信じた。この状況下で嘘をつくとも思えないし、声を上げた者から殺されている状況を理解した上で声を上げたのだから、本当にそう思っていたのだろう。

弱者の蹂躙など進んでやりたくなんかない。だけど命令だから仕方がない。軍に属するということはそういうことで、それが国のためになることだと妄信《もうしん》してどんな命令でも遂行しようとしただけ。しかも今はまだなにもやっておらず、命令に従おうとしていただけの未遂犯《みすいはん》に過ぎない。

それを充分に理解した上で、レティシアは『遠剣』でその叫んだ年若い兵士の首を飛ばし、それを見て意味のない叫びをあげながら逃げようとする者たちをリディアが『鋼糸』で刻んでゆく。

「なんで⁉」「いやだあああ」「俺たちはまだなにもしてないじゃないか！」などという意味のある断末魔《だんまつま》の叫びはまだマシで、不可避《ふかひ》の死を前にして気が触《ふ》れたように叫ぶことしかできなくなった者がほとんどを占《し》めた。

レティシアとリディアは、この場にいる者をただの一人たりとも生き延びさせるつもりなどすでにない。自分たちが与えられている力で可能な限り無残に、一方的に鏖殺し、戦後の調査でそれを知った者たちが震《ふる》えあがるくらいに徹底した殺戮《さつりく》を、あえて行っている。

それは別に、ソルやフレデリカからの指示だという訳ではない。

命令として受けたのはソルが捕捉したハイカリュオン王国の侵略軍を無力化することであって、その具体的な手段まで事前に事細かに指定されていたわけではないのだ。

極端《きょくたん》な話、最初の詰問に対してレティシアとリディアが10年前の指揮官もこうだったらと思えるような答えを返されていた場合、聖戦の終了《しゅうりょう》まで監視《かんし》をするだけに留め、ただの一人も殺さず済む可能性すらもあった。

だが指揮官との一連のやり取りを経て、故郷を理不尽《りふじん》に蹂躙された経験を持つこの二人は、非戦闘員に対する略奪をよしとした暴力装置を鏖にすることを特に話し合うこともなく決めたのだ。この結果をフレデリカに、その上にいるソルに咎《とが》められることになっても、絶対に後悔などしないという強い覚悟《かくご》と共に。

最後に残されてへたり込んでいた一人が、声を出せないままに涙《なみだ》と涎《よだれ》に塗《まみ》れた顔で「どうして」と口を動かしたことを最後に、容赦なくその首をレティシアの『遠剣』で斬り飛ばされた。それでこの廃村《はいそん》に配置されたハイカリュオン王国の侵略軍は、一人残らず殺された。誰にも知られず、なんの抵抗も出来ないまま、一切の慈悲もなく。略奪をしようとしていたという状況《じょうきょう》証拠《しょうこ》だけを以て、これ以上ないくらい完膚《かんぷ》なきまでに。

◇◆◇◆◇

「……私、村付きの冒険者《ぼうけんしゃ》になりたかったんだよね」

この廃村、自分たちが生まれ育った元カペリ村に集結し、10年前と同じ惨劇《さんげき》を繰り返すことをよしとした軍人たちを一人残らず殲滅《せんめつ》した直後。

これまで一言も発していなかったレティシアが、同じ想《おも》いを持っていたであろう幼馴染《おさななじみ》であるリディアにそう声をかけた。

その声と表情は、これだけの敵殲滅をやってのけた軍人のものではなく、また虐殺を愉《たの》しむ狂人《きょうじん》のものでもない。エメリア王国の近衛としてのでもなく、フレデリカの配下としてソル一党の仲間となった『解放者』としてのものでもなく、10年前に故郷を滅《ほろ》ぼされた復讐者としてのものでもない。

故郷を人の悪意によって失った経験を持ったただの一人の女の子として、かつて自分が見ていた夢の話を口にしているのだ。つまりは凄惨《せいさん》という言葉を自らの手で具現化した死体の山を前に、いつものような様子にレティシアは戻《もど》っている。

「……知ってる」

こちらもまたいつもの無表情に戻ったリディアが、ただそれだけを静かに答える。

「私たち……二人も能力者が常駐《じょうちゅう》していたらもっと豊かな村になるって、バカみたいな計画をいっぱい立てていたよね」

「……うん」

それは幼馴染であり、親友でもあり、同じ喪失《そうしつ》を経験しているリディアも共有していた夢だった。

二人とも軍人としての出世や栄達、冒険者としての成功や名声にもそこまで興味を持てなかった。王立学院の3年間でそれなりに異性にもてたりもしたが、そっち方面に身を焦《こ》がすような性格でもなかったらしい。

だから二人して卒業したら冒険者登録をして村へ戻り、周囲の脅威を駆除《くじょ》して平和でのんびりした安全な村にし、必要に応じて冒険者として稼《かせ》いで村を豊かにしようと無邪気《むじゃき》に夢見ていたのだ。

だがそれは支配者階級にいる者たちの都合と妥協《だきょう》で、叶《かな》わぬ夢となってしまった。

今になってここまでの力を手に入れたところで、もう取り返しなどつかない。

二度と再び取り戻すことなどできない、完全に終わってしまっている夢であることなど、二人こそが誰よりもよく理解している。

「でももういいんだ。生まれ故郷を豊かにして、のんびり楽しく暮らすのは、別に私じゃなくてもいいや」

「レティシア……」

そう言ってどこか吹《ふ》っ切れたように笑う親友《レティシア》が今なにを考えているのかを、共に今の虐殺を躊躇うことなく行ったリディアは理解できている。

「だから……だから私は誰かがそれを叶えられる世界をつくってくれる、ソル様とフレデリカ様の剣に徹《てっ》するってさっき決めたの」

「うん……私もそうする」

予想通りそう宣言した親友に、リディアもまた滅多《めった》に浮《う》かべないとびきりの笑顔《えがお》を以てそう応《こた》えた。

ソルが聖戦に負けるなどと、二人ともまるで思っていない。だが万が一負けた場合、ここでこれだけの殺戮をやってのけた自分たちは、それこそ悪魔の化身《けしん》として処刑《しょけい》されて終わるだけだろう。小国のものとはいえ2千もの正規軍を鎧袖一触した自分たちであっても、その力を与えてくれたソル、というよりも全竜ルーンヴェムト・ナクトフェリアを聖教会が殺せるというのであれば、先の戦闘の彼我を逆にしたかの如く手も足も出まい。

だがソルが勝てば、人の世界はこの千年無かった拡大の時代を迎《むか》えることは疑いえない。聖教会によって禁忌とされたものも含《ふく》めて魔物支配領域《テリトリー》はすべて解放され、『プレイヤー』によるとんでもない強化を以て、人は未踏《みとう》の迷宮攻略《ダンジョン・アタック》を進めることになるからだ。

千年前の『大魔導期《エラ・グランマギカ》』の再来と呼んでもけして大げさではないほどに、人の世界は正に黄金時代を迎えることになるだろう。

その世界を護《まも》る剣になると、レティシアとリディアは決意したのだ。

「……ありがと」

「ううん」

そう言って屈託《くったく》のない笑顔で笑いあう二人は、自らの意志で殺し尽くした2千人、その身体から流れ出た血の海のほぼ中心地に立っている。傍《はた》から見れば過ぎた力に狂った、もはや人のカタチをしているだけの怪物に見えても仕方のない光景ではあるだろう。

だが二人は決意しただけなのだ。

人の拡大時代におけるその守護者たる剣となる――つまりは愚行に対する慈悲なき罰の遂行者《すいこうしゃ》となることを。

◇◆◇◆◇

ソルという圧倒的な存在、現人神《あらひとがみ》とすら信じられる力が存在してなお、10年前の狂気《きようき》が繰り返されてようとしていた事実。加えてもしもソルから与えられた力がなければ、レティシアもリディアもそれを知りながらも止められないという地獄に叩き墜とされるところだったのだ。

いや過去にあれだけの喪失を経験しながらもなんとか折れずに今日まで生きてきた二人も、己の無力を思い知らされながら嬲り殺されることになっていたはずだ。その事実を以て、レティシアとリディアは自分たちも含めた人という存在を、所詮愚《しょせんおろ》かな獣《けもの》の一種に過ぎないのだと本当の意味で見限った。

良心だのなんだのはただの戯言《たわごと》に過ぎず、愛だの正義だのも幻《まぼろし》でしかない。ちょっと大義名分を与えられれば強者が弱者を踏みにじる、獣などよりもずっと低俗《ていぞく》な行為《こうい》を簡単に実行してしまえる救いのない生き物。

それこそが人なのだと、二人はそれを10年前と今、思い知ったのだ。

そしてそんな戯言や幻が安定して存在し得るのは、誰もが妄想《もうそう》として想い描《えが》くことは出来ても、人が人である限り実現不可能な理想郷においてのみだ。

この世界に概念的《がいねんてき》な正しさ、絶対的正義などありはしない。あるのはなにを以てそれと成すのかを定められる力だけ。なにを囀《さえず》ったところで、その力がどのようなカタチをしていたところで、畢竟《ひっきょう》、強者のみがすべてを定めることができる。

弱者にできることといえば、それに従って生き存《なが》えるか逆らって死ぬかだけだ。

要は人は正しいから、それが理想だからという理由などで理想郷を生み出すことなどできはしないのだ。そうした方が得だから、自分とその周りにとって利益があると思えるからこそ、理想郷を生み出すための行動をとることができる。

善いとされていることをするのも、悪いとされていることをするのも、それが得だからにすぎないと割り切ってしまえば、これからはソルによって利益の提示などいくらでも可能なことと、だからこそ厳然たる損も同時に示さねばならないことが理解できる。

損――絶対に逃《のが》れられない罰の実行だ。

それがあってこそ、人という獣は自らの主が定めた規律《ルール》を守ることをよしとできる。

そこに一切の例外はなく、逃れる術など許さない。

貴賤《きせん》貧富、老若男女《ろうにゃくなんにょ》の区分なく、等しく執行《しっこう》される罰を徹底させてこそ、規律は都合の良い詭弁《きべん》ではなく、正しく規律として成立し得る。

だからここにいた2千人は、ただの一人も赦《ゆる》されなかったのだ。

たとえそのことによって自分たち二人もフレデリカから、その背後に立つソルという絶対者から不興を買い、死を賜《たまわ》ることになったとしてもだ。

「さて、じゃあこんな命令を下した人たちを捕《とら》えに行きましょうか」

「うん」

二人が与えられた任務はこれで終わりではない。

エメリア王国を侵略《しんりゃく》せんとしていた実行部隊の処理方法については、それを無力化せよとしか命じられていなかった。それを二人は鏖殺するという形で遂行《すいこう》し、完了《かんりょう》した。

次はそんな下衆な命令を下したハイカリュオン王国の王以下中枢部《ちゅうすうぶ》全員を、生かしたまま捕えることがその任務とされている。

レティシアとリディアは、そのフレデリカからの命令を反芻《はんすう》し、こうなることを己が主は完全に読み切っていたのだろうなあと嘆息《たんそく》するしかない。実行犯となる2千の処理は二人に任せ、それ以降は明確な命令を下している。それは他国に対する、これ以上ないくらいの示威《じい》となることは疑い得ない。

たった二人が、小国とはいえ一国を文字通り蹂躙《じゅうりん》することになるからだ。

確かにたった二人による2千の正規軍鏖殺だけでも、他国を震え上がらせるには充分だろう。だがその後、一国の王都へその二人だけで攻《せ》め上り以後はただの一人も犠牲者を出さずに王以下中枢部全員を捕えてエメリアへ凱旋《がいせん》する。

それはもはや彼我《ひが》の戦力差などと言う言葉が冗談にしかならない、絶望的な隔絶《かくぜつ》を世界に叩きつける行為に他ならない。

そして二人の進軍を阻《はば》まんとする軍人たちは措《お》いても、王や大貴族たちが殺されずに済んだ本当の意味を、後日世界は思い知ることになる。一方的に刻んで殺された2千の兵たちが、どれだけ慈悲を以て扱《あつか》われていたのかを目の当たりにすることによって。

聖戦以降。

人類が『法治』という建前を嘯《うそぶ》き始めて以来、『死罪』は最大の罰、罪を犯《おか》した者たちが何としてもそれだけは避《さ》けたい結論の座を維持《いじ》していた。

だがその座を数多《あまた》の他の罰に明《あ》け渡《わた》すのみならず、あろうことかもっともマシな、慈悲ある断罪の筆頭となったのだ。

第四章『聖戦《オラトリオ・タングラム》』

The boy who rules the monsters

城塞《じょうさい》都市ガルレージュから見て北東方向に存在する大丘陵地帯《きゅうりょうちたい》。

そこで今、エメリア王国軍約1万と、聖教会とイステカリオ帝国《ていこく》を中核《ちゅうかく》とした各国連合軍約7万が布陣《ふじん》を終えて睨《にら》み合っている。

2桁《けた》に近い万単位の軍勢が余裕《よゆう》をもって展開できるほどの広大な丘陵地にいまだ名前が付けられていないのは、その場がつい最近まで人の支配下にはなかったからに他ならない。

ガルレージュ一帯を『怪物たちの巣《ジオ・ネスト》』と言わしめた9つもの禁忌領域《タブ・テリトリー》。その中で最もイステカリオ帝国側に近く、その大部分がなだらかな丘陵で構成されていた『禁忌領域No.02《タブ・ドゥオ》』がソルによって解放されたがゆえに、両軍共に今呑気《のんき》に兵を展開できているのだ。

そうでなければ兵の数の桁がいくつか上がったところで、すでにもうソルたちの高速育成《パク・レベリング》のために狩《か》られてしまった領域主《ボス》、『三位一体の獣《ケルベロス》』に喰い散らかされる結果にしかならない。人は今もってなお、この大陸においては弱者に過ぎないのだ。

約一月《ひとつき》前、最初に解放された『禁忌領域No.09《タブ・ノウエム》』はもっと城塞都市ガルレージュ寄りであり、その大部分は深い森のため戦場とするにはまったく向いていなかった。というよりも広大なガルレージュ地帯ではあるが、『禁忌領域』を含んだ魔物支配領域《テリトリー》以外で充分な兵力が展開できる、つまり戦場とするのに向いている開けた場所などほとんど存在していないのだ。

だからこそエメリア王国とイステカリオ帝国という大国同士が直接国境を接しているにもかかわらず、これまで小競《こぜ》り合い以上の戦闘が発生しえなかったのだとも言える。

よって同じく一月《ひとつき》前に聖教会による神敵認定《にんてい》と『聖戦《オラトリオ・タングラム》』の発動を受けたソルが、その決戦場にちょうどいい場所として、イステカリオ帝国との国境付近、かつその大部分が広大な丘陵地帯で構成されている元『禁忌領域№02《タブ・ドゥオ》』を選択《せんたく》したのである。

どのみちすべての『禁忌領域《タブ・テリトリー》』を解放することは決定事項《じこう》だったので、ソルにはとってはたまたま『禁忌領域№02』が丁度よかったというだけに過ぎない。

一方で大規模な軍が展開できないガルレージュ地帯で数の有利を分断され、誰にでもわかる圧倒的《あっとうてき》個体戦力を有するソルと全竜《ルーナ》に各個撃破《げきは》されることを嫌《きら》った聖教会と汎人類《はんじんるい》連盟国家群も、この地を決戦の場とすることを認めざるを得なかったのである。

とはいえ正直なところ、イステカリオ帝国軍と聖教会の教会騎士団《テンプル・ナイツ》を中核に編成された『神軍』――総勢7万を数える大軍――を以てしても不可能な『禁忌領域№02』の解放をやってのけた相手と、真正面からまともに戦争をしようというのはかなりの無理がある。

「……少なくとも禁忌領域主を複数撃破している戦力に対してこの布陣って、控《ひか》えめに言っても正気を疑いますね」

「信じるという言葉で飾《かざ》られた思考放棄《ほうき》というものは、本当に恐《おそ》ろしいと思います」

神軍中央、本陣《ほんじん》となる教会騎士団を護るように前面に配されたイステカリオ帝国軍の戦《せん》陣《じん》。そこでイステカリオ帝国軍総指揮官である皇帝《こうてい》フィリッツと、その副官となっているクルトがわりと素で本気か？　という表情を浮かべて会話を交《か》わしている。

確かに各個撃破される方が、一部でも生き残れる可能性はまだしも高い。大丘陵地帯に展開して全軍を一撃で薙《な》ぎ払《はら》われることを警戒《けいかい》しないのは、流石《さすが》に能天気が過ぎると言える。

フィリッツがそう口にしたとおり、相手は禁忌領域の主を倒《たお》しただけではなく、淫魔《サキュバス》の魔導光線による飽和《ほうわ》攻撃《こうげき》や、衛星軌《き》道《どう》の高みにある『攻撃衛星《神の雷》』ですら一撃で消し飛ばすことが可能な『竜砲《りゅうほう》』を撃《う》てるのだ。それを相手にするのにろくに遮蔽《しゃへい》物もない丘陵に大軍を布陣するなど、同じように焼き払ってくださいと言っているようなものでしかない。

「まあ、僕《ぼく》も他国《よそ》のことをとやかくは言えませんけれど……」

とはいえ、そう言って自嘲的《じちょうてき》なため息をつくフィリッツである。

各国がエメリア王国を迂回《うかい》する手間をかけてまでこの地へと兵を出したのは、『聖戦』に協力的でないことによって自らも神敵とされることへの畏《おそ》れと、なんだかなんだ言ってもこの千年間、人類社会に君臨し続けてきた『聖教会』に対する絶対的な信頼《しんらい》感がそうさせているのだと、フィリッツにもわかっているからだ。

冷静に考えれば奇妙《きみょう》としか思えないが、『禁忌領域』を解放可能なほどの戦力を持っていることを知ってなおソルを神敵認定できるということは、聖教会がそんな相手であっても倒せる手段も持っているからだろうと、どの国も本気で楽観視している。自らの信じたいことだけを妄信するのは、人が人である限り逃れられない宿痾《しゅくあ》と言えるのかもしれない。

フィリッツとてソルからの直接接触がなければ、したり顔で似たような推論に従ってこの場で間抜け面を晒《さら》していただろう。ゆえに他国の動きを嗤《わら》うことなどできないのだ。

「それを言うなら、私はもっとですね……」

各国の判断を「思考放棄」と評したクルト本人こそが、強い自戒《じかい》の表情を浮かべている。

ソルの「隷属《れいぞく》」を受けたことによってクルトは今、自身が受けてきた教育とそれを大前提にして積み上げられた経験で捻《ね》じ曲がった価値観に依《よ》らず、フラットに情報を判断できるようになっている。それは隷属する対象であるソルの命令に十全に応える為《ため》、思《おも》い込みや都合のいい自己欺瞞《ぎまん》を強制的に排除《はいじょ》され、物事を客観視するように強《し》いられているからだ。

そんな今の自分から見れば過去の自分、特にソルと遭遇《そうぐう》しその実力を目の当たりにしながらも、平然と戦闘《せんとう》を仕掛《しか》けていた自分の思考放棄ぶりには心底ぞっとせざるを得ない。

だからこそ丘陵にのほほんと軍旗を並べている各国の思考放棄をただ嗤うことは、フィリッツ以上にクルトには憚《はばか》られるのである。

「まあちょうどいいとも言えます。他国はともかく、我《わ》が国《くに》の自称《じしょう》武断派の連中には後腐《あとくさ》れなくここでいなくなってもらいましょう」

「……そうですね」

そうフィリッツが口にしたとおりイステカリオ帝国における主流派、フィリッツを傀儡《かいらい》としている自称武断派の連中は『囚《とら》われの妖精王《アイナノア》』を奪われたという恥《はじ》を雪《そそ》ぐため、本気で主力軍を展開している。

神敵《ソル》の狙《ねら》いが『囚われの妖精王』の解放だと明言されているため、皇族《フィリッツ》が継承《けいしょう》しているその封印《ふういん》を解くための鍵《かぎ》を奪われるわけにはいかないということも大きい。

帝位《ていい》を継《つ》いだ皇族の者が先代から受け継ぐ人造魔導器官《ニア・オルガナ》が『妖精王』の意識を封《ふう》じる鍵を兼《か》ねており、それを破壊《はかい》されれば現皇帝は死に至る。つまりは尚武《しょうぶ》を国是《こくぜ》とするイステカリオの礎《いしずえ》であり、自分たちが傀儡とすることに成功している『魔導皇帝』の力が失われるともなれば、本気になるのもやむを得まい。

もちろん聖戦において主力として参戦した結果として、戦後の権益を可能な限り多くもぎ取ろうという夢も見てはいるのだろうが。

実はその今上皇帝《きんじょうこうてい》であるフィリッツがすでにソルの軍門に降っており、そのシナリオに従ってこの場に出陣《しゅつじん》していることなど、イステカリオ帝国を実際に掌握《しょうあく》しているつもりの者たちが知り得る術などない。

そして完全に傀儡としたはずのフィリッツがソルという強力な後ろ盾《うしだて》を得た以上、先帝《父親》を弑逆《しいぎゃく》して国政を恣《ほしいまま》にしている連中を、ただで済ます気などないということも。

今この戦場に展開しているイステカリオ帝国軍を指揮するために参戦している者たちは、フィリッツを傀儡としている勢力の中でも軍事方面を司《つかさど》る軍閥《ぐんばつ》貴族の者たちである。当然本国には傀儡師《くぐつし》気取りの文官系大貴族たちも残っているが、この聖戦のどさくさで暴力装置を担《にな》う者たちを排除してしまえば、手足を捥《も》いだも同然となる。

自分の復讐《ふくしゅう》のついでに、聖戦の主軸《しゅじく》を担った一方として派手な見せしめとするにはちょうどいいとフィリッツは判断したのだ。そうするために聖戦での功績を他者に奪われまいとする軍閥貴族たちのほぼ全員を、この戦場《処刑場》へ引きずり出すことに成功していた。

「まあ、まさに虎《とら》の威《い》を借る狐《きつね》そのままの己で少々情けなくはあります。ですが狐としての在り方をよしとするのであれば、せめて狐らしく狡猾《こうかつ》では在りたいものですね。先帝《父上》を弑逆した際に彼らがそう嘯《うそぶ》いたのに倣《なら》い、イステカリオ帝国のさらなる繁栄《はんえい》のため、国に害為《な》す無能たちには、その死を以て貢献《こうけん》してもらうことにしましょう」

彼らは先帝を弑《しい》する際、したり顔でそう宣《のたま》ったのだ。それが複数形《自分たち》になったとて、文句を言われる筋合いなどないとフィリッツは薄《うす》く嗤う。

「彼らも国の為に尊い犠牲《ぎせい》になるという本懐《ほんかい》を遂《と》げられて、さぞや満足することでしょう」

そう答えるクルドもまた、その整った顔《かんばせ》に酷薄《こくはく》な嗤《わら》いを浮かべている。

強者に阿《おもね》り、その力に頼《たよ》って一応は味方を売り渡すみっともなさは自覚している。だが国を混乱させないために傀儡となることを受け入れたからといって、弑逆者たちを好ましく思っているはずもない。

それが善政を行うわけでもなく、できもしないのに在りし日の大帝国《だいていこく》に返り咲《ざ》くことを求めるだけの、自称武断派とやらが正体だったともなればなおのことである。

だからこそフィリッツは彼ら自身がそう口にした通り、国に害為す者たちに死んでもらうことを一切《いっさい》の躊躇《ためら》いなく決めることができたのだ。

しかも今回は自称武断派共のように、自分と周辺を欺《あざむ》くための欺瞞《ぎまん》、妄言《もうげん》の類ではない。

この聖戦にソルが予定通り勝利した場合、イステカリオ帝国の歴史を途絶《とだ》えさせないためにはそれなりの禊《みそぎ》は必須《ひっす》となる。

思想や実務能力がどうあれ、国を亡国の危機に追い込んだ者たちは無能の誹《そし》りは免《まぬが》れ得ず、己が無能の責任を負うべき立ち位置に在る。いみじくも自分たちが宣ったとおり、国に害を成した無能として死んでもらうしかない。自身の死もそれには含まれている以上、フィリッツには遠慮《えんりょ》するつもりなど欠片《かけら》もありはしないのだ。

そして本国で生き残った官僚《かんりょう》系貴族たちが、敗戦処理の表に立つことなどするはずがない。戦後会議で最もひどい目を見るのは明らかである以上、誰《だれ》もが逃げ出す。となれば皇《こう》帝亡《ていな》き後のイステカリオ帝国の中枢《ちゅうすう》を、クルトたちが掌握するのも容易《たやす》くなるのだ。

そんな裏を知るはずもない、汎人類連合に属する国家の中で最大派兵数を誇《ほこ》っているイステカリオ帝国軍の戦意は高く、聖戦後にエメリア王国の利権をできるだけ多く聖教会から投《な》げ与えてもらおうと気炎《きえん》を上げている。

だがそれ以外の国家群の多くは、本気で『禁忌領域』を解放するような怪物と正面から事を構えるつもりなどない。小国は数百程度、それなりの大国でも数千規模程度の『神軍』を構成する派遣《はけん》された兵たちの役目は、すべての国家の軍旗を聖教会の神旗と共に丘陵に立てた時点で終了しているとさえいえるだろう。

神様の敵だというのであれば、神様自身の力を以て始末してくれればいい。

自分たち俗物《ぞくぶつ》はそれを確認《かくにん》できた後であれば、如何様《いかよう》にでも高貴なる神様と聖教会の偉《い》業《ぎょう》を讃《たた》えてみせよう。その芸の出来に応じて、聖教会《主人》が各国《飼い犬たち》にエメリア王国《餌》の利権を切り分けてくれればそれでいいのだ。

聖教会の方もまた、『聖戦』の体裁《ていさい》を整えるために汎人類連盟所属の国家群からの出兵を強いただけであり、自ら神敵と認めた岐神《ソル》と全竜《ルーナ》を相手にただの兵士程度が戦力として通用するなどとは、はじめから考えてなどいない。

聖教会の現教皇であるグレゴリオⅨ世、この聖戦における総指揮官にして神罰《しんばつ》代行者が各国に期待しているのは、この決戦の地で戦力となってくれることなどではない。

期待しているのはソルとルーナを聖教会秘蔵の逸失技術兵器《ロスト・テクノロジー》の総力を挙げて仕留《しと》めている間に、エメリア王国の領土は国境を接する国家群が、経済力は交易を行っていた国家群が蹂躙してくれることである。つまりこの地に集った兵たちは、軍旗さえ掲《かか》げてくれるのであれば後は別に案山子《かかし》であってもかまわない。

すでに教皇グレゴリオⅨ世は神の名の下《もと》に、この地での『聖戦』が開始されると同時にエメリア王国へすべての国境を接する国がなだれ込《こ》み、好きに略奪《りゃくだつ》することを認めている。その錦《にしき》の御旗《みはた》かつ勝利の保険として、逸失技術兵器を持たせた教会騎士《きし》たちも派兵している。

神権の地上代行者である聖教会に服《まつろ》わぬ存在がどれだけ無残な目にあわされるのか。それをエメリア王国という豊かな大国の国民すべてを虐殺《ぎゃくさつ》することによって、次の千年の安定の礎とする心算《つもり》なのだ。

神は敵となった者には無慈悲《むじひ》なのだと、大陸の歴史と人の記憶《きおく》に深く刻《きざ》み込む。

世界規模の宗教屋を敵に回すということは、斯《か》くも恐ろしく悍《おぞ》ましい。商売道具《神》に敵対する者は排除すべき塵《ごみ》でしかなく、赦すべき隣人《客》などではない。奪い殺し凌辱《りょうじょく》し、そうして奪った富を信者《客》たちに分配してこそ、神の威光《いこう》は地に示されるというわけだ。

だが今。

それらの目論見《もくろみ》はすでに破綻《はたん》し、教皇グレゴリオⅨ世が指揮座を置く本陣、イステカリオ帝国2万に護られた教会騎士団5千による神軍中枢部は混乱の極《きわ》みに叩《たた》き込まれている。

◇◆◇◆◇

「ど、どういうことだ。神敵である岐神《ソル》と邪竜《ルーナ》はこの地にいるはずだろう。な、なにが、なにがエメリア王国国境各地で起こっているというのだ⁉」

「わ、わかりません。ですが各地の神罰執行軍《しんばつしっこうぐん》に派遣していたすべての教会騎士たちからの連絡《れんらく》は現在完全に途絶《とぜつ》しています。一切応答しません！」

混乱するグレゴリオⅨ世の問いに、正しく答えられる者などいるはずもない。

聖教会の一定以上の位階にいる者であればもはや当然としている『逸失技術《ロスト・テクノロジー》』のひとつ、通信機器を使って遠隔地《えんかくち》の軍を連動させてのエメリア本土侵略作戦はすでに破綻している。

連絡がつかぬだけならばまだしも、最後に入った各教会騎士たちからの通信がすべて、恐怖《きょうふ》に怯《おび》えた意味不明な断末魔の声ばかりであったことが今の混乱に拍車《はくしゃ》をかけている。

各地へ派遣された教会騎士たちにも、相当強力な個人携帯《けいたい》可能な逸失技術兵器が与《あた》えられていた。岐神《ソル》や邪竜《ルーナ》が相手なのであればともかく、エメリア王国の国境警備騎士団程度であれば、苦も無く蹂躙できるだけの戦力だったはずなので。

しかもエメリア王国の近衛を含めたほぼ全軍であるはずのおおよそ1万は、すでにこの地に展開されている。つまりは自警団程度しかエメリアの国境防衛戦力など残っていないのは間違《まちが》いない事実なのだ。そんな程度の戦力を相手に、教会騎士も加わっている各国正規軍が一方的に殲滅させられたとしか思えない状況《じょうきょう》に陥れば、さすがに混乱もする。

だが客観的に見ればべつに不思議なことでもない。

『旧支配者』の指示通りに時間稼ぎをしているつもりだったグレゴリオⅨ世の思惑《おもわく》など知ったことではなく、ソルはこの一月《ひとつき》で『怪物たちの巣《ジオ・ネスト》』と呼ばれる『禁忌領域』９つすべての解放を完了させせている。その結果人間離《ばな》れしたレベルに至った少数精鋭《せいえい》たちによって、エメリア王国の国境全域をカバーできるだけの防衛戦力を整えたというだけの話なのである。

逸失技術兵器で身を固めた教会騎士たちに率いられ、豊かなエメリア王国の領土を蹂躙し尽《つ》くすつもりで舌なめずりしていた侵略軍《しんりやくぐん》たちは、自分たちをあたかも蟻《あり》を踏《ふ》み潰《つぶ》すかのごとく蹂躙できる『プレイヤー』の恩恵《おんけい》を得た、少数の兵《つわもの》たちによって殲滅されたのだ。

フレデリカ専属近衛である『遠剣遣い《レティシア》』と『鋼糸遣い《リディア》』の二人がハイカリュオン王国との国境へ送《おく》り込まれたのと同じく、ソルによって捕捉《ほそく》された集結用拠点《きよてん》のすべてに侵略軍を鏖殺《おうさつ》可能な戦力が送り込まれた、その順当な結果でしかない。

ソルもフレデリカも、『聖戦』において敗れた兵たちを不当に扱うつもりはなかった。

もちろんその兵たちが所属する国家についてもだ。戦争である以上、粛々《しゆくしゆく》と敗残兵、敗戦国として当然の扱いを徹底《てつてい》するのみで、ことさら残虐《ざんぎやく》に扱うつもりなどありはしないのだ。

だが『聖戦』の隙《すき》をついて戦争における最低限の規律《ルール》すら守らず、エメリア本土を蹂躙せんとしたただの無法者共を、まともな兵や国家として扱うつもりもまたありはしない。

ゆえに規律を守るはずもない魔物《モンスター》と同じ扱いで、先制攻撃《こうげき》を以《もつ》て一方的に処理したのだ。

その一方で派遣されてきた教会騎士たちの要望には応じず、自軍の展開は聖戦の場だけに限定した近隣《きんりん》国家は、いまなおなんの被害《ひがい》も被ってはいない。

従わなければ聖戦が終わった後、聖都に報告して準神敵認定くらいはしてやるぞと憤《いきどお》っていた、その国へ派遣された教会騎士たち。その彼《かれ》ら全員が、すでにこの世を去っているというだけだ。だがそれらの情報もまた通信機器ごと殲滅されている以上、グレゴリオⅨ世の本陣に届くはずもない。

「ま、まあいいでしょう。この地で勝利すれば、それらは些事《さじ》でしかありません」

慌《あわ》てはしても絶望にはまだほど遠いグレゴリオⅨ世は、力ずくでこの状況を打破するべきだと判断した。聖教会が保有する秘匿《ひとく》戦力を以てこの地に展開するエメリア王国軍ごと岐神《ソル》と邪竜《ルーナ》を倒してしまえば、後はどうとでもなる。

万が一この地に岐神《ソル》と邪竜《ルーナ》が居らず、エメリア王国国境の防衛に回っているというのであれば、この地での勝利はより不動のものとなる。まずはこの場の敵を殲滅することで聖教会の力と権威《けんい》を、この地に集う各国の軍へ示すべきだという判断は確かに間違いではない。

そうたいしたものでもない『逸失技術』である表示枠《ひょうじわく》や拡声器を使っての芝居《しばい》がかった『聖戦』の宣言とその後の蹂躙。それを画策していたグレゴリオⅨ世は、実現できなかったことをわずかに惜《お》しいとは思いつつも、速攻《そっこう》かつ問答無用で敵を押《お》しつぶすことを正しく選択したのだ。こうしてなし崩《くず》し的に『聖戦』の火蓋《ひぶた》は切られることと相成った。

「イステカリオ帝国軍に前を開けるよう命令を下しなさい。神敵に与《くみ》するエメリア王国軍に対して、我々教会騎士団の機甲《きこう》部隊が『焔《ほのお》の矢』による攻撃を行います」

「か、畏《かしこ》まりました！」

落ち着きを取り戻した総指揮官の指示に、動揺《どうよう》している騎士が慌てて通信担当兵のところへすっ飛んでいく。各地で何が起こっているかは不明だし不安だが、この地で神敵ソル・ロックとそれに与するエメリア王国軍を殲滅してしまえば確かに大した問題ではない。

それに『焔の矢』とそれを無数に吐《は》き出す神代の機甲兵器群、それを個人携帯もできる『焔矢筒《ほむらやづつ》』の威力《いりょく》を知っている教会騎士たちは、自分たちが最終的には勝利することを疑いもしていない。

グレゴリオⅨ世が旧支配者たちから許可を得、『神域宝殿《ライブラリ》』から持ち出された各種逸失技術兵器群は、もちろんすべてがすでに実戦性能証明《コンバット・プルーフ》を済まされている。

その際に能力者でも歯が立たない迷宮深層《ダンジョン》の魔物を一撃《いちげき》で消し飛ばしてみせた『焔の矢』を、正規軍であろうが冒険者であろうが、人の身である以上耐《た》えられるとは思えない。

盾《たて》だの鎧《よろい》だので、どうにかできる程度の破壊力《はかいりょく》ではなかったのだ。

その上その数量たるや、エメリア王国全軍どころか、神軍７万すべてを殺し尽くせるほどの数が用意されていると来《き》ている。つまり互角《ごかく》の戦いではなく一方的な蹂躙。

それが教会騎士たちの、聖戦に対する認識《にんしき》なのだ。

教皇グレゴリオⅨ世の当初のシナリオでは、『聖戦』の宣言から数の力を以てエメリア正規軍を攻撃し、岐神《ぎしん》と全竜が各国の軍に反撃《はんげき》を始めたあたりで投入する予定であった。

だが不測の事態が起こっている以上、圧倒的な戦力を以てまずはエメリア王国1万を消し飛ばす。『焔の矢』程度では仕留めきれないであろう岐神《ソル》と全竜《ルーナ》は、その後の最終兵器《切り札》で仕留めればいいだけだと、計画を速《すみ》やかに修正したのである。

「聖教会のお手並み拝見、というところですね」

「確かに聖教会の秘匿戦力の実力は未知数です。その力にエメリア王国はともかく、ソル様でも抗《こう》しきれないとなると……」

「そんな心配はいらないと思いますよ。それにどちらにせよ僕たちはすでにソル様側に付いたのです。万が一にでもソル様が破れるのであれば、共に滅ぶだけです」

「……仰《おつしや》るとおりです。詮無《せんな》いことを申しました、お許しください」

聖教会の本陣から前を開けよとの指示を受けたフィリッツとクルトが、素直《すなお》にそれに従いながら会話を交わしていた。

その流れの中でフィリッツがクルトに、ソルたちに対する不信感ともとれる発言など軽々に口にするべきではないと、注意兼《けん》フォローを入れている。

すでに『プレイヤー』の仲間となっている二人には、現状の情報が共有されている。つまりエメリア王国を侵略せんとしていた国境付近に展開されていた兵たちが、すでに殲滅《せんめつ》されていることを知っているのだ。

ゆえにおそらくはなんらかの手段でその情報を得たことによって、聖教会本陣が当初の予定とは違《ちが》う行動を取り始めたのだろうということも予想がついている。

イステカリオ帝国軍が空けた空間を、見たこともない兵器群が轟音《ごうおん》を立てて進んでいくのが確認できる。

確かにそれらはただの人には抗することなど出来なさそうな威を発している。

だがそれらと本質的には同じものが、開戦と同時にエメリア王国へ雪崩《なだ》れ込む手筈《てはず》となっていた者たちにも配備されていたはずなのだ。少なくとも教会騎士たちには間違いなく支給されていただろう。

だがそれらは全竜にではなく、ごく少数派遣されたソルの仲間たちによって殲滅されたのだ。つまり教会秘蔵の逸失技術兵器群ですらも、まるで問題としていない。

ソルとはそんな相手なのだ。だからこそ自分たちの会話程度ですらすべて掌握されている可能性を前提として、己《おのれ》の言動を律するべきだというのがフィリッツの判断なのである。

そしてそれを杞憂《きゆう》だと笑い飛ばせないことを、クルトは我が身《み》を以て思い知っている。

「しかし本当に正体不明の兵器群ですね。あれらも魔力《まりょく》で動いているのでしょうか？」

「だとは思うのですが……」

話題を変えることが主目的とはいえ、フィリッツとクルドの疑問も当然だろう。

『焔の矢』とはつまりミサイルだ。聖教会が『神域宝殿《ライブラリ》』から持ち出してきているのは、旧世界の主力地上兵器であった戦車やミサイル運搬車輌兼発射機群《キャリアシステム》なのである。魔力ではなく高性能火薬と燃料による大量破壊兵器であり、本来はこの時代に運用可能な代物《しろもの》ではない。生産はもちろん整備すらもまともには出来ず、使い捨てるしか運用方法などない。

だがそれらが持つ破壊力は、本来魔物のみが身に纏《まと》える不可視の障壁《HP》をあっさりと消し飛ばし、現代の人が扱える範疇《はんちゅう》にある魔力に基づく各種能力を軽く凌駕《りょうが》する。

個人携帯可能な『焔矢筒』はたった一発しか撃てないとはいえ、その一撃で2桁階層の魔物すら消し飛ばすことが可能な破壊力を有している。戦車やミサイル運搬車輌兼発射機《キャリアシステム》に至っては、それを遥《はる》かに凌駕する一撃を短時間で大量に叩き込むことができるのだ。

限界まで鍛《きた》え上げられた能力者の技や魔法《まほう》を無数にその身に受けてなお、平然と戦闘を継続《けいぞく》可能な怪物《かいぶつ》すらも殺しきる、神の礫《つぶて》。それらを大量に与えられた教会騎士たちが、自分たちが負けるはずがないと確信するのも無理なからぬことと言えるだろう。

その100両前後の戦車やミサイル運搬車輛兼発射機《キャリアシステム》が最前線に到達《とうたつ》する。

それを前にしたエメリア王国軍は初めて目にする奇妙な兵器群に対する警戒を強くし、教会騎士たちは初撃でエメリア王国軍1万が消し飛ばされることを確信している。

最初に激突《げきとつ》すると思っていたイステカリオ帝国の軍が左右二つに割れ、その中央から突出《とっしゅつ》してきた未知の兵器群である。あるだろうと思っていた『聖戦』開戦の宣言もないままとはいえ、エメリア王国側としては先手を取っておきたいところだ。

よって総指揮官であるエゼルウェルド王による命が下され、まずは矢による一斉攻撃《いっせいこうげき》が雨のように浴《あ》びせ掛《か》けられた。

だがたとえそれらが能力者の技が発動した矢や魔法《まほう》によって生み出されたものであったとしても、戦車やミサイル運搬車輛兼発射機《キャリアシステム》の装甲《そうこう》を貫《つらぬ》けるわけがない。ただの矢の斉射であればなおのことである。当然そのすべてが軽い金属音を発したのみで弾《はじ》かれ、一切の痛痒《ダメージ》を与えることができないままに凌《しの》がれる。

「ふふふ、ただの矢はもとより、能力者による技や魔法だとて通るわけがあるものか。それらは禁忌領域に生息する魔物どもの攻撃すら防ぎきるのだからな」

グレゴリオⅨ世が歪《ゆが》んだ顔でせせら嗤《わら》う。その下卑《げび》た表情は、エメリア王国による先制攻撃がこの程度であったことに安堵《あんど》したという理由が大きい。エメリア王国の国境を侵《おか》さんとした教会騎士たちとの連絡途絶《れんらくとぜつ》は、やはりなんらかの事故に過ぎないと半ば以上確信したのだ。でなければ決戦の場であるこの地での攻撃が、この程度であるはずがないからだ。

「しかし開戦の宣言もないままに一方的な先制攻撃を受けたのだ。こちらとしても反撃をせぬわけにはいくまい」

そう言って舌なめずりするグレゴリオⅨ世の姿は、醜悪《しゅうあく》と呼んでも差し支《つか》えないものだ。己の無謬《むびゅう》を妄信《もうしん》し、大国の正規兵とそれを率いる者たちが魔法攻撃すら及《およ》びもつかない高熱と爆風《ばくふう》で木端微塵《みじん》になることを幻視した、嗜虐症者《サディスト》が浮《う》かべる狂喜《きょうき》の貌《かお》を浮かべている。

「同時発射可能な『焔の矢』をすべて叩き込みなさい。神の敵に与する者に慈悲《じひ》など必要ありません。死罪。それこそが罪人たちにとって、唯一《ゆいいつ》残された贖罪《しょくざい》の手段となりえましょう」

その命令に、戦車やミサイル運搬車輌兼発射機《キャリアシステム》を操作する者たちが即応《そくおう》する。

全車輌《しゃりょう》の同時発射可能最大数を惜しみなくぶっ放した結果、その数は4桁にまで届いている。その一発一発が着弾《ちゃくだん》すれば密集陣形《じんけい》を取っているエメリア軍をその爆発範囲《ばくはつはんい》の分、確実に消し飛ばす。魔物が持つ不可視の障壁《HP》すら貫く破壊力を、人が凌げる道理などない。

千を超《こ》える『焔の矢』の速度は初速こそゆっくりと見えたが、あっという間に加速して矢などとは比べ物にならない速度で一気に距離《きょり》を食いつぶして瞬時《しゅんじ》に着弾した。

目を焼くほどの閃光《せんこう》と、耳を劈《つんざ》く轟音。

誘導制御《ゆうどうせいぎょ》システムにより、エメリア王国全軍を巻き込むべく狙いを定めた千を超《こ》える『焔の矢《ミサイル》』の雨。それは互《たが》いの爆発範囲を過剰《かじょう》なくらいに重ね合わせながら、1万の兵そのすべてを焼き尽くすには間違いなく過剰な爆炎を現出させた。その爆炎と轟音がエメリア王国軍の布陣していた一帯を包み込み、その熱と大気の震《ふる》えは攻撃した側である教会騎士団側にまで届くほどの規模となっている。

そのあまりの飽和攻撃ゆえに、そう簡単に視界は回復しない。だが誰が見てもその爆発《ばくはつ》の中で生き残れる者がいるとは思えない、あまりにも一方的な結果にしかみえない。

「はっはっは！　神敵に与した背教者共の末路、として、は……っ⁉」

グレゴリオⅨ世もこれで終わりなどとは思っていない。まだ岐神と全竜が残っている以上、たかが前座を済ませた程度だときちんと理解していた。

だが自分たちの初撃でエメリア王国軍1万を消し飛ばし、それを守ることも出来なかった神敵など恐れるに足りずと、自身と周囲を鼓舞《こぶ》するために上げんとした声が尻《しり》すぼみに止まった。

まだしばらくは収まらないはずの爆炎が急速に渦《うず》を巻き、明らかに自然現象ではない竜《たつ》巻《まき》となって上空へと誘《いざな》われ、その熱を失っていく。そしてその向こう側に、幾重《いくえ》にも列《つら》なった虹色《にじいろ》に輝《かがや》く魔導光《エフェクト》──『絶対障壁《アブスルトウス》』の壁《かべ》が現われたからだ。

「そ、そんなバカな⁉」

そして『絶対障壁』に護《まも》られた誰もがみな驚愕《きょうがく》と恐怖の表情を浮かべてはいるものの、ただの一兵すら失われていない状態でエメリア王国軍は健在。つまり聖教会秘蔵の逸失技術兵器『焔の矢』による飽和攻撃を凌ぎきれるだけの力を、神敵側が示してみせたということに他ならない。しかも誰もが知るエメリア王家が誇る唯一魔法《ユニーク》『絶対障壁』を以《もっ》てだ。

確かに『絶対障壁』であれば、『焔の矢』ですらも凌ぎきることは可能だろう。7つもの国を滅《ほろ》ぼした怪物、『国喰《ぐ》らい』の攻撃からすら、城壁《じょうへき》を守り切ったほどの力なのだから。

だが横陣《おうじん》に展開した1万の兵すべてを守れるだけの数を同時展開するなど、本来は人の内在魔力量《インナー》で可能なはずがない。そんなことが可能なのであれば、エメリア王国がすでにこの大陸に覇《は》を唱えていてもおかしくない。というよりそうでなければおかしい。

となれば、エゼルウェルド王とマクシミリア王子の2人がかりでも到底《とうてい》不可能なはずの奇跡《きせき》を現出せしめたのは、神敵と認定されたソルの力によるものだとしか思えない。

そして今の顛末《てんまつ》を、この地に展開している全軍が目《ま》の当たりにしている。

エメリア王国の『絶対障壁』はつとに有名であり、それが掛けられた城壁が攻撃を弾く際に発する虹色の魔導光は広く知られている。

つまり聖教会の秘匿戦力による攻撃を、エメリアの『絶対障壁』が無効化してみせたのだ。だからこそ、たった一国で全人類を敵に回したエメリアの行動が狂気《きょうき》によるものではなく、充分《じゅうぶん》に勝算を持ったものだと理解させるには充分なものだった。

エメリア王国本土への侵略《しんりゃく》に続いて、初撃で岐神と全竜以外を殲滅するというグレゴリオⅨ世の思惑は、二度にわたって覆《くつがえ》されたのである。

無謬性を失った神は、神のままではいられない。

絶対不敗であってこそ、神は神たり得るのだから。

◇◆◇◆◇

「さすがは聖教会が秘匿していた逸失技術兵器群《ロスト・テクノロジー》よな。肝《きも》が冷えたわ」

バッカス工房謹製《こうぼうきんせい》の魔導具《アイテム》をいくつも身に纏った、エメリア王国の今上王《きんじょう》エゼルウェルドが空中に浮かびながらそう口にしている。

すでにガウェインが造り上げる魔導具たちは、『浮遊《ふゆう》』や『飛翔《ひしょう》』程度であれば指輪やイヤリングのような極小《ごく》さな装飾品《そうしょくひん》でも発動させることが可能な域に至っている。禁忌領域主たちをその素材とする、『固有№.武装《ナンバーズ》』を完成させる過程で得た、副産物の一つだ。

平然と空中に浮かぶエゼルウェルド王の姿は、もともとが美形である事も手伝って歳《とし》経た伝説の魔法使《まほうつか》い然としている。

惜しみなく金を掛けられた外連味《けれんみ》に溢《あふ》れるその衣装は、若き日のエゼルウェルドが思い描《えが》いていた『稀代《きたい》の老魔法使い』というイメージを十全に表現できている。魔法陣《まほうじん》をいくつも回転させている杖《つえ》が槍《やり》っぽいシルエットなのが、密《ひそ》かにお気に入りである。

もうお爺様《じいさま》と呼ばれる歳になりながら、仮にも大国の王様がなにをしているのだという話ではあるだろう。だがエメリア王家が誇る唯一《ユニーク》魔法の継承者《けいしょうしゃ》である第二王子マクシミリアはゼロから冒険者《ぼうけんしゃ》として成長することを望んでいたため、ソルと愛娘《フレデリカ》の計画に基づき聖戦において『絶対障壁』を展開する役割を、王たるエゼルウェルドが引き受けた結果なのだ。

本人がやむを得ぬという態《てい》を取りながらも、周囲にもバレバレな勢いで乗り気であったことはこの際は脇《わき》に置いておく。

当然そのための下準備として、エゼルウェルドはソルと共に『禁忌領域主』１体を討伐《とうばつ》している。それによって文字通り桁違《けたちが》いに上昇《じょうしょう》したレベルに加えて、上限値まで『プレイヤー』による能力増加《ステータスブースト》を受けた結果、千を超えていた『焔の矢《ミサイル》』そのすべてを防ぎきるほどの『絶対障壁』の多重展開を可能なまでの力を得ているのだ。

そしてそのとんでもない強化《レベルアップ》を受けたのは、エゼルウェルド一人だけではなかった。

「とはいえ王様の『絶対障壁』は抜《ぬ》けないみたいね」

エゼルウェルド王と共に空中に浮かんでいる他《ほか》の三人のうち一人、王立軍魔導兵団特別顧問《こもん》、ヨランダ・フレオベールが、感心とも呆《あき》れとも取れる声で、普通《ふつう》であれば信じがたい今の光景に感想を述べている。

老いてなお美しいという表現に違和《いわ》を感じない、金髪碧眼《きんぱつへきがん》の老淑女。

水を司る大魔法使いとして、現役《げんえき》魔導兵たちの指南役を務めている。

常に穏《おだ》やかな微笑《ほほえ》みを浮かべている老婦人にしか見えないが、軍での階級が上がれば上がるほどヨランダに対する態度が直立不動となっていくことは有名だ。

若い頃《ころ》には仲間内で最も舌鋒《ぜっぽう》が鋭《するど》かったこともあり、みないい歳になって要職に就《つ》くようになった今でもなお、頭が上がらない者が多い女傑《じょけつ》である。

「私もこの歳になってから最盛期を越えることになるとは、さすがに思いませんでしたね」

ヨランダの発言に続いて、風魔法を得意とするエメリア王国冒険者ギルド本部長、ベルナール・ル・ブランがため息と共にそう口にする。

こちらも今は穏やかな白髪《しらが》白髭《しらひげ》銀眼の賢者《けんじゃ》然とした見た目をしているが、若い頃はエゼルウェルド王の「爆炎の狂王子」という通り名《エリアス》と同じくらいヒドイ、「腥風《せいふう》の貴公子」の通り名で呼ばれていた魔法狂《まほうぐる》いだ。強力な風魔法でとにかく切断したり挽肉《ひきにく》にしたりするため、常に血生臭《ちなまぐさ》さを漂《ただよ》わせていたことでつけられた自業自得《じごうじとく》な通り名である。

屈強《くっきょう》な冒険者たちを権威ではなく、老いてなお健在なその実力で黙《だま》らせている古兵《ふるつわもの》。エゼルウェルドが多重展開した『絶対障壁』によって弾かれた『焔の矢《ミサイル》』が爆裂《ばくれつ》し、荒《あ》れ狂《くる》った炎熱《えんねつ》と爆煙を竜巻状に巻きあげてみせているのが、ベルナールによる風魔法なのである。

「まあ神様から賜《たまわ》ろうがソル様から賜ろうが、己の意志で使える力である事に変わりはあるまいよ。かつて夢見た力を揮《ふる》えるようにしてもろうたのだ、さっさと国難を排《はい》して儂《わし》らも迷宮《ダンジョン》に潜《もぐ》らんとな。つーか一緒《いっしょ》に潜れるんだよな？　王様よ」

ベルナールの言葉を受けて、そう答えたのはこの4人の中で唯《ただ》一人この歳になってもなんの要職に就くこともなく、単独《ソロ》での現役冒険者《げんえきぼうけんしゃ》を継続しているケヴィン・ブロクティス。

老いを感じさせない筋骨隆々《りゅうりゅう》な体躯《たいく》は戦士を思わせるものだが、土魔法に特化したれっきとした魔法使いである。さすがに禿頭《とくとう》と深い皺《しわ》の刻まれた隻眼《せきがん》を見れば、ケヴィンもまたみなと同じく老齢《ろうれい》である事は一目瞭然《いちもくりょうぜん》なのだが、体躯の輪郭《シルエット》からはとてもそうは見えない。

唯一《ただ》人現役《げんえき》を続けていただけあって、自分の才能や努力を生涯《しょうがい》を通してといっていいほどに積み重ねてなお、超えられぬ限界がある事を誰よりも思い知っていた。

それをソルによっていともあっさり、超えるというより叩き壊《こわ》してもらったことに思うところないわけではないのは、ケヴィンとてベルナールと同じである。

だが生来の前向き思考《ポジティヴ》と大雑把《おおざっぱ》さで、そんなことに拘《こだわ》っているよりも、若い頃から諦《あきら》めきれなかったソルと同じ夢――迷宮《ダンジョン》の最深部を自分たちの目で見ること――を再び追えることに欣喜雀躍《きんきじゃくやく》している元気な御老人《ごろうじん》だ。

ケヴィンは自分一人ではなく、かつて同じ夢を見た仲間たちと一緒にその夢を叶《かな》えたいのだ。だからこその確認は、少し不安げな響《ひび》きを帯びていた。

自分一人だけが今なお現役にこだわっていたが、他の3人はもはやみな実績と年齢《ねんれい》に相応《ふさわ》しい要職に就いており、大国であるエメリア王国においてそれはおいそれと放《ほう》り出せるものでもない。せっかくソルから力を得ても、残り短い老い先を共に冒険者として生きられないのであれば、ケヴィンにとっては意味がないのだ。

「これを凌げたら後はフランツが王位を継いでくれると言ってくれとる。まあこの戦《いくさ》も実際にしきるのはソル様とフレデリカなのだがなあ」

だがどうやらケヴィンの心配は杞憂に過ぎず、その思いはエゼルウェルドはもちろん、ソルの強化を受けることを望んだ他の二人も共通していた。だからこそ、エゼルウェルドもどこか嬉《うれ》しそうにそう答えているのだ。

老いらくの恋《こい》ならぬ、老いらくの夢。

要はいい歳をしたエゼルウェルド王の稚気《ちき》に付き合ったのは、まだ王となる前の「爆炎の狂王子」としての若き日々を、共に迷宮攻略《ダンジョン・アタック》に明け暮れていた仲間《同類》たちだというわけだ。

実際エゼルウェルド王はこの聖戦に勝利し、その後の世界会議の開催《かいさい》を取り仕切った後は王位をフランツ王子に譲《ゆず》り、余生は冒険者としての暮らしに注力する予定にしている。

この聖戦での勝利も、その後の世界会議も実際に仕切るのはフレデリカと、その後見であるソルである事など、エメリア王国に属する誰もがみな理解している。聖教会が秘蔵していた逸失技術兵器を一蹴《いっしゅう》する手柄《てがら》など、この戦いにおいてはただの前座に過ぎないのだから。

だがそれはエゼルウェルドの王としての最後の功績とするには充分なものでもある。

他の二人もそれは同じで、ソルの絶対的な力を背景に再構築される世界において年寄りは不要だと判断している。老兵は死なず、ただ消えゆくのみ。その表舞台《おもてぶたい》から消えた後で、迷宮攻略に明け暮れる老後を過ごすこと程度はご容赦《ようしゃ》願いたいところなのである。

「出来の良い子ばかりで重畳《ちょうじょう》です。さすがは彼女《かのじょ》の子供たちですね。貴方《あなた》に似なくてよかったわね」

「わりと余に似とるところもあるのだがなぁ……」

「それが本当だとしても、それを他人に悟《さと》られないようにできるのは大したものですよ」

それを証明するかのように、エゼルウェルドとヨランダがわりと阿呆《あほう》な会話を交《か》わしながら、戦車やミサイル運搬車輛兼発射機《キャリアシステム》を次々とあっさり無力化させてゆく。再度斉射された『焔の矢《ミサイル》』もいとも簡単に防ぎきり、ヨランダの高圧縮された水魔法《みずまほう》があたかもレーザービームのように鋼鉄の兵器類を紙細工のごとく切り裂《さ》いて爆発させる。

わりと酷《ひど》くディスられているが、防御《ぼうぎょ》を疎《おろ》かにするわけにはいかないエゼルウェルドは得意の爆炎魔法を使えないのでストレスがたまる一方である。

「相変わらず口では彼女には勝てませんね、我らが王も」

「それはお前らも同じだろうが！」

「はっは！　違いねえ！」

そのせいという訳でもないのだろうが、ベルナール、エゼルウェルド、ケヴィンという男どもの会話が、戦闘《せんとう》を経て昔のような遠慮のない、気心の知れた者同士の気安いものへと変じてきている。それを聞いている紅一点のヨランダは、男の子はいくつになっても変わらないわねぇとばかりに肩《かた》を竦《すく》めてみせている。

そんな会話を交わしながらベルナールは『焔の矢』の爆炎を孕《はら》んだままの竜巻を制御《せいぎょ》してそのまま教会騎士たちへ叩きつけ、自らが放った焔と暴風で死ぬ喜劇を演じさせている。

ケヴィンはなだらかな丘陵《きゅうりょう》から無数の巌柱《いわばしら》を突《つ》き上げるように発生させ、焔と暴風にはなんとか耐えた機甲兵器群を、まるでおもちゃのように空中へ跳《は》ね上げて破《は》壊《かい》してゆく。

たった4人の老人たちが、万単位の軍勢でも余裕《よゆう》で焼き払《はら》えるはずの逸失技術兵器群を、一方的に蹂躙《じゅうりん》しているのだ。聖戦であろうがなかろうが、これが戦である以上、敵に容赦などしない。彼我《ひが》の戦力差をそのまま叩きつけ、蹂躙を恣《ほしいまま》にしている。

ソルとフレデリカはこの聖戦の緒戦《しょせん》において、プレイヤーと全竜の力ではなく、禁忌領域の魔物《モンスター》たちを倒《たお》して強化《レベルアップ》した人の力を以て、聖教会の逸失技術《ロスト・テクノロジー》兵器による戦力を蹂躙することを決めていた。あたかも『旧支配者』たちが嘯《うそぶ》く、『神と怪物を殺すものは常に人であらんことを』の文言を実践《じっせん》するかの如く。

それは過去の勇名を持つとはいえたった4人の老人であると同時に、エメリア王国の現王以下要職に在る者たちの手によって、これ以上ないほどに完璧《かんぺき》に実現されていた。

だが。

最前線に望んで突出した機甲兵器群と、それに随伴《ずいはん》していた教会騎士団《テンプル・ナイツ》が完膚《かんぷ》なきまでに叩きのめされた時点で、エゼルウェルドたちが浮いている位置よりも遥か上空に13もの巨大光輪《きょだいニンブス》と巨大積層立体魔法陣が出現し、膨大《ぼうだい》な量の魔導光《エフェクト》の放出を始める。

『……――お父様、聖教会の切り札が出ます。すぐに引いてください』

それと同時にエゼルウェルドたちの眼前に表示枠が顕《あら》われ、そこに映っているフレデリカが落ち着いた声で撤退《てったい》を指示する。

「――試《ため》してみてはいかんか？」

『ご自由に。ただし死んでも自己責任ですよ？　『癒《いや》しの聖女』ジュリア様は計画通りに動かれているので、お父様たちのフォローには回れません。治療《ちりょう》も蘇生《そせい》も不可能です』

ソルとルーナから、聖教会の秘匿戦力が戦車やミサイル運搬車輛兼発射機《キャリアシステム》程度ではないことを事前に聞かされていたエゼルウェルドたちも、今更慌《いまさらあわ》てたりはしない。

そもそも計画ではここで自分たちの出番は終わりの予定だったのだ。

まずは普通の人でも至れる強さを見せつけるという、ソルとフレデリカの思惑も十分以上に果たせたと言ってもいいだろう。ここで素直に引けば、あとはソル直属のリィンやジュリア、フレデリカやエリザといった別格たちや、それこそ全竜《ルーナ》という怪物が後はなんとでもしてくれる。

だが自分たちがソルに強くしてもらったことは充分に理解しながらも、その力がどこまで通用するのかを試してみたくなるのもまた、戦いの場に身を置く者たちの宿痾《しゅくあ》ではあろう。バカなことを言っている自覚はみな充分にありながらも、問うてしまったエゼルウェルドを責めることは他の3人の誰にもできなかった。

いずれも上限が設定されている『プレイヤー』の能力付与数《ふよ》とステータス増加値を自分なりに、つまりは己がもともと得意とした属性魔法攻撃に振《ふ》り切って構築した、いわば「理想の自分」で戦えることが、年甲斐《としがい》もなく愉《たの》しくて仕方のない4人なのである。

「——だとよ？　どうする？」

だからこそ呆れ顔でありながらも自己責任を認めてくれたフレデリカに少々意外を感じながらも、嬉しそうにエゼルウェルドが仲間たちにも問いかける。

今の状況においてフレデリカはエゼルウェルドの娘《むすめ》などと言う立ち位置ではなく、指令系統の遥か上位に位置する上官といった方が正しい。先の問いがソルの逆鱗《げきりん》に触《ふ》れる類《たぐい》のものであった場合、そんな甘《あま》い言葉を口にするはずがないのだ。

つまり死ぬ覚悟《かくご》があるのなら、試すくらいは赦《ゆる》してもらえるということは間違いない。

「いやあ、一太刀《ひとたち》くらいは交えてみんとな」

「相変わらずバカねえ」

「言うてお主も引く気などなかろうに」

「全力の一撃を叩き込んでも効かねばさっさと引くとしましょう。まあ王様の『絶対障壁』

が抜かれたらそれまでではありますが」

ケヴィン、ヨランダ、ベルナールはエゼルウェルドが期待した通りの答えを返してくれた。

自分の命を懸《か》けるだけで未知の敵に対する「挑戦《ちょうせん》」の許可を得られるのであれば、それに乗らない賢者などこの4人の中にいるはずもないのだ。そうでなければこの歳になってまで、戦場の最前線に立とうとなど初めから思わないだろう。

『止めませんけど、無理ならすぐに引いてくださいね？　フレデリカ、リィン、フォローをお願いしてもいいかな？』

『了解《りょうかい》です！』

『承知致《いた》しました』

フレデリカの表示枠の横に顕《あらわ》れたソルが苦笑い気味に老兵たちの稚気を承認《しょうにん》する。それを受けてリィンの表示枠も顕れ、ソルの指示をフレデリカと共に快諾《かいだく》した。

エゼルウェルドたちにうっかり死なれでもすれば、最終的な勝敗は揺《ゆ》らがないとはいえ勝利に少なからぬ傷が付くのでそれは容認《ようにん》できない。この聖戦においては今を生きる人の力が、聖教会が秘匿していた逸失技術兵器を完封《かんぷう》してみせることが大切なのだから。

だが若き日の仲間たちと歳経てなお冒険《ぼうけん》を共にするという、かつてのソルが夢見た光景を現実としているエゼルウェルドたちには、けっこうソルは救われているのだ。だからこそ、フレデリカ辺りには言外に「甘い」といわれる対応になってしまいがちなのである。

「よっしゃ！」

『ソル様、リィン様、申し訳ありません……』

ソルの承認を受けて子供のようにはしゃぐ己《ち》父親《が》エゼルウェルドが少々以上に気恥《きは》ずかしく、思わずソルとリィンに頭を下げる娘フレデリカである。

そんなわりと間の抜けた会話をしているうちに、中空に描かれ始めていた巨大積層立体魔法陣が完成し、天からの天使の梯子《エンゼル・ラダー》を伴《ともな》いながらその一つ一つから巨大な人型が顕れていく。それは純白の大剣《たいけん》、盾、鎧に身を包み、生身の部分を一切《いっさい》露出《ろしゅつ》していない、巨大な彫刻《ちょうこく》のようにも見える2枚翼《つばさ》の天使たち。

それはあまりにも現実離れした光景である。

今までのところ教会騎士《きし》たちを圧倒《あっとう》していたエメリア王国軍側も、蹂躙されていた教会騎士たちも、その後方で陣を構えているイステカリオ帝国《ていこく》軍をはじめとした各国の軍も、空を見上げて口を開くことしかできない。

神話や聖書、教会の着色硝子《ステンドグラス》や絵画にしか存在しえないはずの神の使徒。

それが同時に13体もこの場に顕現《けんげん》するということは、やはりソル・ロックは神敵であり、それに与するエメリア王国もまた神罰《しんばつ》からは逃《のが》れ得ないのだと思わせるには充分である。

だがエゼルウェルドたちは、今更《いまさら》そんな虚仮《こけ》脅《おど》しに臆《おく》したりはしない。

見た目が天使の姿をしているというだけで恐《おそ》れ入るのであれば、聖教会を敵に回して聖戦を受けて立ったりはしないのだ。なにを今さらといったところだろう。

天使どころか神そのものであってすら、それが可能であれば殴《なぐ》り倒してみせるのが冒険者——危険を冒《おか》す者たちの在り方なのだから。

防御の要であるエゼルウェルドは、己の現存魔力すべてを絞《しぼ》り尽くして『絶対障壁』を多重展開する。エメリア全軍約1万を守り切れるだけの面を形成した後にそれは重なり始め、その奥行《おくゆ》きを分厚くさせてゆく。まるで無数の光る鏡を重ねたようなその光景は、たとえ神の一撃でも防ぎきれるように見えた。

まだ動きを見せない13体の巨大な天使、その直近の位置に在る1体に集中してヨランダ《水》、ベルナール《風》、ケヴィン《土》が、現在の己が放つことができる最大の魔法を叩《たた》き込《こ》む。さすがに事前の計画では引けといわれていた相手に対して、複数を同時攻撃するような愚《ぐ》は犯《おか》さない。

弱者が強者から勝利を得ようと戦うのであれば、己が最大戦力の一点集中による各個撃《げき》破《は》しかないことくらい、老練な冒険者たちは心得ているのだ。

大河の瀑流《ばくりゅう》に匹敵《ひってき》するだけの水量を蜘蛛《くも》の糸ほどまでに圧縮して無数に放たれた、不可視の水撃が天使を穿《うが》たんとする。

完全に制御された竜巻が荒れ狂い、その中心に天使を捕《とら》えてすべてを引き裂かんとする。

空中に突如《とつじょ》山が顕れたような巨岩《きょがん》が、重力にひかれて何もかもを圧し潰さんとする。

だがそれらのすべては、純白の盾によってその現象ごと消し飛ばされて、小傷一つつけることすら能《あた》わなかった。神威《しんい》の前には魔法とてなんの役にも立たないと言わんばかりに。

そして狙《ねら》われた天使が振りかぶった大剣を雑に叩きつけられただけで、千を超える『焔の矢』すら防ぎきってみせた『絶対障壁』が、ただの硝子細工の如く大量に割り砕《くだ》かれる。

まだエゼルウェルドたちやエメリア王国軍に被害は生じていないとはいえ、このままこの1体が子供が棒を振り回すようにするだけで、最終的には鏖《みなごろし》にされることは疑い得ない。

「あー、こりゃいかん。今の儂らではこの天使様たちはどうにもならんな」

「申し訳ないけれど、後は若い子にお願いしますね」

だがこの状況《じょうきょう》で意固地になるほど、古兵《ふるつわもの》たちは愚《おろ》かではなかった。

与《あた》えられた力も含《ふく》めた今の己の全力で挑《いど》んでなお及ばぬとなれば、引くことが許される状況であれば素直に引く。自分たちが引けばエメリア王国が滅ぶのであれば死の瞬間《しゅんかん》まで足掻《あが》いても見せようが、今はそんなことをするまでもなく、そのために用意された強者たちが存在してくれているのだから。

『お任せください』

『はい！』

その撤退の言葉に、表示枠を通して答えるのはソル直属の『解放者《リベルタドーレス》』たち。

リィンとフレデリカの二人が現在の人がたどり着ける強さの頂点として、聖教会の秘匿戦力、その究極である13体の天使と相対する。

◇◆◇◆◇

「そ、そんなバカな⁉」

勝利を確信していた『焔の矢《ミサイル》』による飽和攻撃《ほうわこうげき》をたった4人の人間ごときに完封され、グレゴリオⅨ世は派遣騎士《はけんきし》の通信途絶《とぜつ》とは比べ物にならないほどの動揺を受けている。

グレゴリオⅨ世にとって、今目の前で展開された光景はありえていいことではない。

世界の理《コトワリ》、その真実の一端《いったん》に触れ得る教皇の地位にまで聖教会内部で成り上がり、この世界をいまだ実効的には統《す》べている『旧支配者』たちの意志代行者——まさに神権の地上代行者と嘯けるまでの立場を手に入れた自分は相手を茫然《ぼうぜん》とさせる側であり、させられる側などであっていいはずがない。

逸失技術兵器《ロスト・テクノロジー》である『焔の矢《ミサイル》』を浴びせられた愚民《ぐみん》共は防ぐ術などないままに逃《に》げまどい、神から与えられたと信じ込んでいるちっぽけな力など、旧《ふる》き支配者の力の前にはなんの役にも立たないことを思い知って、絶望と共に死ぬべきなのだ。

その上で神ではなくグレゴリオⅨ世《自分》の慈悲によって生き存《なが》らえた運のよい塵芥《ちりあくた》共は、信仰《しんこう》の化粧《けしょう》を施《ほどこ》された絶対服従を以《もっ》て、永遠に続く聖教会の歴史において『中興の祖』と後世から呼ばれることになる己を崇《あが》め奉《たてまつ》っていればそれでよい。

岐神《ソル》と全竜《ルーナ》ですらない、つい一月前まで取るに足りぬ人でしかなかった凡俗《ぼんぞく》共が、現時点ですでに支配者側に身を置くグレゴリオⅨ世《己》を茫然とさせるなど不敬が過ぎる。

だがそれだけに留《とど》まらず水、風、土の大魔法としか呼べない力が行使され、一方的に神敵を蹂躙するはずであった戦車やミサイル運搬車輛兼発射機《キャリアシステム》が、次々にあっさりと無力化されてゆく。イステカリオ帝国軍を退けさせて前線へ進めた兵力は、あっという間に教会騎士たちごと殲滅されてしまった。

その光景は高地に展開した神軍を構成する各国の軍からも丸見えであり、それによる各国の動揺《どうよう》が小さいものであるはずもない。思えばそれを見せつけるためにこそ、小賢《こざか》しくもエメリア王国軍は敢《あ》えて戦《いくさ》の定石《セオリー》から外れた、低地への布陣《ふじん》をよしとしたのだろう。

「絶対に許さんぞ背教者どもめ！　神の敵どもめ！　私に――神に恥《はじ》をかかせるなど愚民共に許されていいはずがない！　真なる神威を以て、この私が直々に捻《ひね》り潰《つぶ》してくれる‼」

自信満々で殲滅を命じておきながら、逆に殲滅された。グレゴリオⅨ世にしてみれば聖戦という一世一代の大事な舞台《ぶたい》で赤《あか》っ恥《ぱじ》をかかされたようなものである。

だが顔を真っ赤にして憤怒《ふんど》しているとはいえ、言ってしまえばグレゴリオⅨ世にとってはまだその程度のことに過ぎないということでもある。

あえて周囲に聞こえるように言葉にした通り、今の展開を我《わ》が目で見てもなお自身の勝利を疑う必要がない、神と自身を同一視するに足るだけの自信と、それを裏付けるだけの力を有しているということだ。

「……これより私が、神の奇跡を、神の正義を行使します。神軍は教会騎士団も含めて全軍現在の陣を堅持《けんじ》。勝手に動いた場合、安全の保証は出来ないとの通達を徹底《てってい》しなさい」

憤激《ふんげき》を抑《おさ》え込み、なんとか冷静にそう指示して伝令兵がすっ飛んでいくのを確認《かくにん》した後。

特に必要もないのに、あえて聖教会の正しい祈《いの》りの所作を執《と》り行い始めるグレゴリオⅨ世である。その所作に紛《まぎ》らせて『旧支配者』たちから許可を得、グレゴリオⅨ世のみが操作可能に設定されている、最強の逸失技術兵器群を操作する制御装置を起動させた。

茨《いばら》の冠《かんむり》のように見えるが、実際はグレゴリオⅨ世の頭部に埋《う》め込まれているその制御装置が強烈《きょうれつ》な光を放ちはじめ、光の輪が13連《つら》なって円環《えんかん》を成し、天使の輪のようになって頭上に浮かぶ。全身も幾重にも重なった立体魔方陣《まほうじん》に囲まれ、その醜《みにく》く肥え太ったグレゴリオⅨ世の身体がほんの少しとはいえ空中に浮かび上がった。

　あたかもその頭上に輝く光輪《ニンブス》を再現したかのごとく上空にも巨大な13の光輪が顕現し、その直下に真球の立体魔法陣が描かれる。その一つ一つに向かって天上より天使の梯子《エンゼル・ラダー》が降り来たり、その光の中から巨大な人型――剣と盾《たて》を構えた巨大な天使がその姿を顕した。

　それらはグレゴリオⅨ世本人ですらどうやって稼働《かどう》しているか理解できていない。だが一度『旧支配者』の許可が下りれば時の教皇の意のままに敵を屠《ほふ》る、巨大な『天使』の姿をした自律兵器群。その数は光輪と同じ13体。

　岐神《ソル》に撃破された魔族である淫魔《サキュバス》などとはまるで比べ物にならず、全力で稼働させればただの1体でも禁忌領域の主たちとも互角《ごかく》に戦える『人造天使』たち。

　その力をグレゴリオⅨ世はまるで疑っておらず、この聖戦で自らが破れるなどとは今もって毛先ほどすらも考えてはいない。『旧支配者』たちがそれを望みさえすれば、かの『国喰らい』ですらこの人造天使《超兵器》たちで始末できると確信しているのだ。

　この地に展開した各国の兵たちも、召喚魔法《しょうかんまほう》を以てこの地に顕現し、そのまま空中に浮かんでいる13体の天使型決戦兵器を目にした瞬間から、聖教会に逆らわなかった自分たちの判断を正しいものだと確信させせられている。

自分たちが度肝《どぎも》を抜かれた『焔の矢《ミサイル》』などものともせず戦車やミサイル運搬車輌兼発射機《キャリアシステム》をまるでおもちゃのように破壊してのけた4人の攻撃《こうげき》や防御を、たった1体がすべて無効化して蹴散《けち》らせてみせたのだからそれも当然か。

小賢しくも転移魔法で逃げたらしい4人に拘ることもないと、光に包まれたグレゴリオⅨ世は嗤《わら》っている。どうせ今からエメリア王国軍1万を当初の予定通り殲滅《せんめつ》し、その後そのままエメリア王国王都マグナメリアまで攻《せ》めあがることになるのだ。たとえ今ここから逃げおおせられたとて、最終的には神敵として吊《つ》ることに変わりなどないからだ。

その嚆矢《こうし》とばかりに先の1体に残された『絶対障壁』を硝子細工のように蹴散らさせ、防御手段を失ったエメリア王国軍の中心部にその巨大な剣を打ち下ろさせせんとする。

本来であればそのたった一撃《いちげき》で、エメリア王国軍は壊滅《かいめつ》の憂《う》き目《め》にあっていたはずだ。

ここで切り札を切ったグレゴリオⅨ世にしてみれば、エメリア王国軍など岐神《ぎしん》と全竜の前座に過ぎず、己《おのれ》が使役《しえき》する人造天使たちが苦戦することなどまるで想定していない。

だが天使が振り下ろさんとしたとんでもなく巨大な純白の剣を、突如空中に顕れた光の剣が下から迎撃《げいげき》した。

実剣と光剣が交錯《こうさく》した部分から上を天使の長大な白剣は切り飛ばされ、冗談《じょうだん》のような風切り音を発しながら回転しつつ落下し、轟音《ごうおん》とともに地面に突き刺《さ》さる。

まるで巨大な光の剣だけが空中に出現したかのようなそれは、リィンの愛剣の最大出力状態にした姿。ガルレージュ城塞《じょうさい》都市の冒険者たちの間では『魔光大剣《バターナイフ》』の名で知られているそれを、今のリィンの常軌《じょうき》を逸《いっ》した内在魔力量を以て過剰駆動《オーバードライブ》させた結果、まさにバターの如く天使による神罰の剣を両断してのけたのだ。

そのまま剣を失った天使に斬《き》りかかるが、さすがに巨大魔法陣《きょだいまほうじん》を浮かび上がらせた大盾で弾かれてしまった。

『ソル君！　やっぱり通常装備のままでは、ちょっとキツそうな感じだよ⁉』

『1対1であれば行けなくもなさそうですが、さすがにリィン様と私《わたくし》の二人で人造天使《あの大きいの》13体を相手となりますと、エメリア軍を守りつつは少々厳しいかと思います』

エゼルウェルドたちと入れ替《か》わるタイミングで最前線に転移していたリィンとフレデリカが、今なお本陣《ほんじん》にルーナと共に座しているソルと、表示枠《ひょうじわく》を通して会話している。

二人ともその装備はいかにも冒険者の盾剣士《たてけんし》と拳闘士《けんとうし》といったらしいものではあるが、先のリィンが放った規格外の一閃《いっせん》からもわかるように、リィンの剣や盾、鎧《よろい》、フレデリカの巨大な手甲《てっこう》や格闘《かくとう》長衣などもすべて、超がつく高位魔導武装《ハイ・マギカウエポン》で固められている。今の2人のレベルと合わせれば、単独攻略《こうりゃく》でも50階層級の迷宮であれば最深部まで到達《とうたつ》可能な域である。

現在の冒険者たちがS級だのA級だの言ったところで、誰《だれ》も2桁《けた》階層を攻略完了《こうりやくかんりよう》できている者が存在していない以上、そのままでも人類最強といってもけして過言ではない。

だが常にソルと共に行動することによってそのレベルは『解放者《リベルタドーレス》』と称《しよう》されるほどに上昇し、それだけの装備で全身を固めているリィンとフレデリカを以てしても、聖教会の切り札である人造天使13体と互角以上に渡《わた》り合うのは厳しいと判断しているのだ。

あれだけの巨体《きよたい》を宙に浮《う》かせて運用する超兵器なのだ、その主武装がただの物理的な大剣だけであるはずもない。その上攻撃力《こうげきりよく》で言えば今やフレデリカの方が上とはいえ、リィンの通常装備における最大攻撃をあっさり弾《はじ》かれたからには、その判断は妥当《だとう》なものだろう。

一番とんでもないのは、そんな相手でありながらも強がりではなく1対1《タイマン》なら通常装備であってもなんとでもできると判断している、リィンとフレデリカではあるのだろうが。

『エメリア軍《こっち》の守りはルーナかエゼルウェルド王にやってもらうのもアリだけど、ここは二人が天使たちを完封した方がいいよね……よし、ここで『固有No.武装《ナンバーズ》』のお披露目《ひろめ》といこう』

そしてその判断にソルも同意しているとなれば、せっかく用意した切り札を出し惜《お》しみする意味もない。相手が外連味たっぷりな巨大人造天使であるだけに、それを全竜《怪物》ではなく、たった2人の女の子——人が叩き墜《お》とすことによる効果は確かにとんでもないだろう。怪物と同じことができる人をどう称するのかと問われれば、やはり怪物でしかないということになるのではあろうが。

『はい！』

『承知しました！』

嬉しそうに返事をし、ソルの承認を取り付けたリィンとフレデリカが一瞬《いっしゅん》も躊躇《ちゅうちょ》することなく、今現在における自分たちの最大戦力形態への移行を開始する。

二人がそれぞれ口にした『変身』のための第一キーワードによって全身が強い魔導光《エフェクト》に包まれ、まずは現在の通常装備群が『魔導制御衣《ファウンデーション》』のみを残して異相空間へと格納される。

二人の現在地はかなりの上空であり、互《たが》いの距離《きょり》も離《はな》れているためそのキーワードを耳にできる者は存在しない……はずだったのだが、表示枠で繋《つな》がっているソルにだけはしっかり聞こえてしまったようである。初期設定《デフォルト》では『格納』であったモノを二人がどんな文言に変更《へんこう》したのかは、今のところソルのみが知るところとなったのだ。

まあ割と思い切った文言にしているあたり、リィンにせよフレデリカにせよ、自身がまるで魔法《まほう》少女のように変身できることを喜んでいるのは間違《まちが》いないらしい。

続いてこれもまた初期設定の『召喚《しょうかん》』から変更された第二キーワードを口にすると同時、空中に浮かぶ二人の背後に魔法陣というよりも、巨大な魔導光によって描かれた美しい文様とでもいうべきものが浮かび上がる。

リィンはほんの少しずつズレながら、九重《ここのえ》に列《つら》なった蒼《あお》の円環。

フレデリカはシンプルな光輪の周囲に、5つに分割《ぶんかつ》された外輪が浮かぶ純白。

その文様の色に染められていくかの如く、一時的に『魔導制御衣《ファウンデーション》』のみ、つまりは全裸《ぜんら》に漆黒《しっこく》のボディペイントを施したようにしか見えない姿になっていた二人の姿が、丹田《たんでん》周辺からそれぞれ蒼と純白に幾何学《きかがく》段階的に染まってゆく。

次に頭部へ装飾品《アクセサリー》のようにも見える人造魔導器官《ニア・オルガナ》が光と共に顕現、装着され、大気中に漂う薄《うす》い外在魔力《アウター》を吸収、それぞれリィンとフレデリカの固有魔力波形である蒼と純白へと変換《へんかん》して供給を開始する。

人造魔導器官《ニア・オルガナ》はリィンのものは左側のみの機械的な髪飾《かみかざ》り、フレデリカのものはいつも付けている半冠《ティアラ》がこれもまた機械的になったものである。

それと同時に背後に描かれていた文様がその頭部装備の背後へと収縮しつつ移動し、まるで天使の輪のように浮かび上がる。

吸収され変換された外在魔力《アウター》と、リィンとフレデリカそれぞれが保有、生成する内在魔力《インナー》を消費し、『魔導制御衣《ファウンデーション》』を中心として両腕《りょううで》、両足に薄い装甲《そうこう》が順次召喚、展開され、今は異相空間へと格納されている巨大な各ユニットを制御するための基礎《きそ》部分を構築する。

それに続いて異相空間から転移魔法を以て召喚された主武装制御ユニットがリィンとフレデリカ、その周囲に展開されてゆく。それらはすべて浮遊魔法《ふゆうまほう》が常時展開されており、その超重量《ちょうじゅうりょう》をまるで無視して、華奢《きゃしゃ》な二人の身体をまるで護《まも》るようにして次々に装着、連結されてゆく。結果冒険者モードとは大きくその様相を違《ちが》え、リィン、フレデリカ共にその姿を時代錯誤《じだいさくご》的な機械化外殻《がいかく》の如きものへと変じさせる。

最後に自身をすら凌駕《りょうが》する、リィンの場合は9つの巨大な機械式大盾、フレデリカの場合は巨大な機械式外腕《がいわん》が両腕の外側に浮遊《ふゆう》した状態で顕現し、二人の『変身』が完了《かんりょう》した。

リィン専用の『固有№武装Ⅸ《ナンバーズ・ナイン》：型式九頭龍《タイプ・クズリュウ》』。

リィンの『魔導制御衣《ファウンデーション》』の色である深い蒼をベースとし、白の装甲と通常装備とも共通するオレンジの魔力線がスリット部を発光させている、いかにもな盾役《タンク》用装備といえる。

フレデリカ専用の『固有№武装Ⅴ《ナンバーズ・ファイブ》：型式百腕巨人《タイプ・ヘカトンケイル》』。

こちらもフレデリカの『魔導制御衣《ファウンデーション》』の色である純白をベースとして要所に蒼と金が配されており、武装でありながらフレデリカの王族めいた雰囲気《ふんいき》を際立《きわだ》たせている。

どちらも通常の鎧や盾、手甲などといった魔導武装の常識から遥《はる》かに逸脱《いつだつ》し、魔法を以て成立した強化外骨格《パワード・スーツ》とでもいうべき見た目となっている。

数百年にわたって禁忌とされた地を支配していた巨大《きょだい》魔物——固有識別領域主《ユニーク・ボス》を素材として現代に生み出された新物《アラモノ》の超兵器が、魔導具、魔導武装に関しては遺物級《過去のもの》の方が上とされている中でも突出《とっしゅつ》しているはずの、神代から引きずり出された超兵器と相対する。

だが『固有№武装』はどれも膨大な量の魔力を消費する準神殻《しんかく》外装、もしくは魔殻《まかく》外装ともいうべき代物《しろもの》である。その魔力消費量たるや、大魔導期《エラ・グランマギカ》と称された千年前とは違う現在の薄い外在魔力状況《じょうきょう》では、まともに運用することが不可能な域にある。

その消費量たるや、ソルの力によってレベルが3桁後半にまで至っているリィンとフレデリカの内在魔力を以てしても、さすがに賄《まかな》いきれないほどのとんでもない規模なのだ。

それをソルの『魔力の泉《マギカ・フォンス》』で核《かく》となっている巨大魔石《きょだいませき》に上限まで魔力を充填《じゅうてん》することによって、いわば無理やりに戦闘機動が可能な域にまで持ってきている状況である。

ソルお得意の『魔力回復』はリィンやフレデリカの内在魔力に対して機能するものであって、『固有№武装』の核魔石《かくませき》へ充填するためには『魔力の泉《マギカ・フォンス》』を使うしか手段がない。

つまり1日に1体であれば完全魔力充填状態に戻《もど》すことは可能だが、それ以上は不可能。

結論として現状では超強力《ちょうきょうりょく》であることは間違いないが、短期決戦限定仕様なのである。

そのため1秒たりとも無駄《むだ》にできない起動状態を十全に活用するために、リィン、フレデリカ共に『固有№.武装』の展開と同時に、『プレイヤー』から付与されている特殊《とくしゅ》能力である『思考加速』を並行して発動させている。

よって今リィンとフレデリカは常人と比べれば10倍以上の思考速度を可能としており、その状態でもごく自然に自分の身体を動かせるほど、レベルが4桁近くに至った身体能力は常人の領域を遥かに逸脱している。常人であればまるで水中にいるかの如く、思考に対して極度にゆっくりとしか自分の身体を動かすことができなくなっているはずなのだが。

まあ問題といえばこの状況下で声を発しての会話をしようと試みれば、周囲からは異音を発しているようにしか聞こえない点だろう。そのあたりはこれもまた『プレイヤー』の能力を活《い》かしての『念話』によってケアしているので、基本的に問題はない。稀《まれ》にリィンがそれを忘れて、周囲の人間にとっては超音波《ちょうおんぱ》を発してしまう事があるくらいである。

『リィン様、防御の方はお任せしてもよろしいですか？』

そんな主観的には周囲が10分の1のスピードでスロー再生されている様な状況下、フレデリカとリィンが今からの戦闘方針についての認識《にんしき》共通をはからんとしている。

ここで言うフレデリカの防御とは、自分たちの背後に展開しているエメリア王国軍に対してのものである。盾役特化装備であるリィン自身はもちろん、フレデリカとて現状では自分の防御であれば、回避《かいひ》するか殴り飛ばすことによってなんとでもできるからだ。同格以上を相手にするともなれば、防御は盾役に任せるしかなくなるのではあろうが今はまだ。

『大盾を砕かれる可能性はないと思いますけど、7対13だと正直ちょっとだけ不安です』

確かに『攻撃衛星《神の雷》』を苦もなく防ぎきった『固有№武装Ⅸ《ナンバーズ・ナイン》：型式九頭龍《タイプ・クズリユウ》』の大盾なのだ、人造天使の攻撃とて問題なく防ぐことができることは間違いない。

だがゆっくりとした動きの中とはいえ、防御特化の大盾は7つしかなく、対する人造天使の数は13。対複数攻撃手段を人造天使が保有していることを前提としても、その発動点を至近距離で潰せば完封も可能だろうが、13体が有機的に連携《れんけい》されれば取りこぼす可能性がないとはさすがに断言できないリィンである。

盾役《タンク》の読み違いや安請《やすう》け合いは、簡単に盾役自身だけではなく味方も殺す。

『黒　虎《ブラック・タイガー》』時代には常に感じていた、「自分が抜《ぬ》かれればソルを死なせてしまう」という恐怖《きょうふ》よりはいくらかマシとはいえ、その結果としてエメリアの正規兵を数百、数千の単位で死なせてしまうとなれば、万全《ばんぜん》を期さんとするのも当然のことだろう。

『ソル様』

『リィンとフレデリカの判断に任せるから、好きにやってくれていいよー』

リィンの答えを受けたフレデリカが、表示枠と念話を通じてソルの名を呼ぶ。

ソルもまた『思考加速』を展開させているので、意思の疎通《そつう》には問題ない。

当然先のリィンの判断も聞いていたので、それに対してフレデリカが自身の攻撃特化である『固有No.武装Ⅴ《ナンバーズ・ファイブ》：型式百腕巨人《タイプ・ヘカトンケイル》』の奥《おく》の手《て》を、初撃から使用する許可を求めていることも即座《そくざ》に理解できているのであっさり了承《りょうしょう》する

『ではリィン様、まずは問題ない域にまで相手の数を減らします。防御専用大盾の数《なな》つ以下まで減らせば問題はなさそうですか？』

『頑張《がんば》ります！』

『固有No.武装Ⅴ《ナンバーズ・ファイブ》』の素材となった領域主『百腕巨人《ヘカトンケイル》』はその名の通り百の腕を有しており、その1本1本が今フレデリカの両腕の動きを追随模倣《トレース》する巨大外腕へと加工されている。つまり今顕現《けんげん》している2本以外の残りの98本は今なお異相空間に格納されており、各種の装備固有技に応じてその都度顕現する仕組みなのだ。

その中でも文字通り最終奥義《奥の手》と称しても大げさではない装備固有技こそ、外腕1本を1発の弾頭《だんとう》として使い捨てる運用方法である。

当然弾頭として使用される外腕の補充《ほじゅう》は出来ず、使用した数だけその数は減少し、すべての装備固有技がその分だけ弱体化するというわかりやすいデメリットを有している。極論100発を撃《う》ち切ってしまえば、『固有No.武装Ⅴ《ナンバーズ・ファイブ》：型式百腕巨人《タイプ・ヘカトンケイル》』はその本質を失ってしまう事になる。だが当然その分、圧倒的《あっとうてき》な攻撃力を有してもいるのだ。

「外腕追加召喚。指定数6。召喚後、即時《そくじ》『百腕弾頭形態《対消滅弾頭》』へ変形開始」

フレデリカが己の眼前に浮かんでいる制御補助専用表示枠の情報に従い、あえて音声入力による起動手順《シークエンス》を進めてゆく。当然思考追跡《ついせき》モードも可能ではあるが、そのあまりの破《は》壊力《かいりょく》から誤操作、誤処理を防ぐため、あえて音声入力モードに固定しているのだ。

ソルやルーナ、リィンにはキチンと意味を持った言葉として聞こえているが、それ以外の者にとってはフレデリカが一瞬だけなにかの高音を発したようにしか聞こえまい。

意味圧縮高速言語状態《超絶早口言葉》とでも言うべきものであり、長い詠唱《えいしょう》が必要な高階梯呪文《じゅもん》などにはとても有効である。魔《ま》法使《ほうつか》いたちにとって『思考加速』と、それに追いつける身体能力の獲得《かくとく》は、高階梯魔法を自在に使用することを可能とする垂涎《すいぜん》の能力といえるだろう。

フレデリカの周辺に、指定された6つの外腕が魔導光と共に顕現する。

しかしそれらは今フレデリカの左右に浮かんでいる主外腕と形こそ同じではあるが、水平状態で顕れると同時に対消滅弾頭《ついしょうめつだんとう》へと変形を開始している。

魔導光を伴う実際の変形はかなりの速度で行われているのだが、思考加速を発動中のフレデリカやリィン、ソルにとっては詳細《しょうさい》な変形手順をゆっくり確認できる程度の速度でしかない。それでも体感時間ではものの十数秒で7つの外腕は完全に弾頭《だんとう》形態への変形を完了し、いつでも発射可能な状況を構築完了している。

「――完了。多重捕捉機構《マルチロックオン》起動。各弾頭、各自目標捕捉設定完了。対消滅《しょうめつ》範囲《はんい》設定完了」

次にそれらはフレデリカの視界と同期している多重捕捉機構《マルチロックオン》によって外周部の人造天使6体それぞれを己が攻撃対象として固定すると同時、対消滅弾頭を発動させる範囲《はんい》を球形で固定。

「安全装置解除。対消滅弾頭の使用を承認します」

その言葉の結果を示すように、フレデリカの視界にある捕捉印《ロックオン・マーク》及《およ》び、弾頭の各所で明《めい》滅《めっ》している魔導光が赤から青へと変化する。

「全弾追随模倣《トレース》同期《シンクロ》開始」

最後の音声入力に従って、フレデリカの手甲――外腕ではなく、実際の華奢で嫋《たお》やかな拳《こぶし》を覆《おお》っている精緻《せいち》な細工が施されたもの――に6つの魔導光が追加で燈《とも》った。初めから光っていた2つに合わせてその数は8つ。

「――完了」

これで最初からフレデリカの左右に浮かんでいるものと合わせて、8つの外腕がフレデリカの両腕と同期したということになる。そのうち6つはすでに腕のカタチをしておらず、対消滅弾頭と化している。各弾頭は自分がどの敵に向かうのかを設定され、その挙動はフレデリカの使用する技に同期した状態である。

いつでも使用可能になったことを再度確認《かくにん》して、フレデリカがいかにも拳闘士らしい、腰《こし》を落とした戦闘《せんとう》態勢へと移行した。

だが普通《ふつう》で考えれば弾頭の類《たぐい》である以上、自らの推進力で目標へと飛翔《ひしよう》するのが定番だろう。それこそ先刻『絶対障壁』に無効化された『焔の矢《ミサイル》』のように。

加えて多重捕捉機構《マルチロックオン》が機能しているのであれば、それが外部誘導《ゆうどう》であろうが、熱源誘導であろうが、自律誘導であろうが、超高速《ちようこうそく》で目標に襲《おそ》い掛《か》かりそれを破壊《はかい》する。

しかし今回の相手は人造天使である。人が創《つく》り出した兵器であるとはいえ、神の使徒の姿を真似《まね》た超兵器である以上、当たれば必殺の対消滅弾頭であれ、通常の方法では当てることそのものが不可能である可能性は否定しきれない。誘導を無効化する手段もまたいくつも存在するし、発射から着弾《ちやくだん》までの距離とそれに伴う時間が伸《の》びれば伸びるほど、躱《かわ》される、あるいは迎撃される可能性は増大するのは道理だろう。

だが拳闘士特化である『固有No.武装Ⅴ《ナンバーズ・ファイブ》：型式百腕巨人《タイプ・ヘカトンケイル》』の最終兵器でありながら、そんなわかりやすい単純な飛び道具であるはずもない。固有No.武装とはその装備者が本来持つ能力を強化することこそが、その真骨頂であるのだから。

フレデリカの視界に映る表示枠には、青い文字で『攻撃準備完了』と表示されている。

それを確認すると同時、フレデリカはソルから与えられた能力、職である『拳闘士』としてはそう高位という訳ではない技——とはいえレベルが2桁後半は必要なのだが——である『見撃・累《るい》』を行使する。

『見撃』とは使用者が視界に捉《とら》えた対象との距離を無視して、その箇所《かしょ》に己が行使する打《だ》撃《げき》技、その破壊力そのものを必中させる技である。『累』とはそれを複数同時発生させることを可能とする拡張要素。初期技である『遠当』を必中化、及《およ》び同時発動可能にした上位技と言ったところであり、その汎用性《はんようせい》の高さゆえにレベル2桁後半での習得となっている。

「——えいっ！」

鋭《するど》い呼気に反して間の抜けた掛け声と同時に繰《く》り出されたその拳撃《けんげき》は、つい最近まで魔物との戦闘はもちろん、対人での格闘など当然したことすらなかったお姫様《ひめさま》のものとはとても思えない。

レベルアップによって各ステータスが跳《は》ね上がっているとはいえ、修行《しゅぎょう》もしていないフレデリカにここまで見事な拳撃を放たせているのは、言うまでもなく職《ジョブ》・拳闘士としての技《スキル》である。装備の力を借りなくても、その一撃は標準的な冒険者《ぼうけんしゃ》や正規兵はもちろん、それなりの魔物であっても余裕《よゆう》を持って仕留めることが充分《じゅうぶん》に可能だろう。

だが今はその装備者《フレデリカ》が放った技を、『固有№武装V《ナンバーズ・ファイブ》』が追随模倣《トレース》して増幅《ブースト》する。

フレデリカの左右に浮いている主外腕がその装備者が放つ見事な一撃を完璧《かんぺき》に再現し、右外腕ユニットが空気を破裂《はれつ》させたような轟音と振動《しんどう》を発する。だがそれだけである。

違ったのは先に同期させていた6つの『百腕弾頭形態《対消滅弾頭》』であり、フレデリカが拳撃を行うと同時に距離を無視してそれぞれが捕捉していた6体の人造天使へと直撃《ちょくげき》したのだ。

『見撃・累』を弾頭に応用した、不可避《ふかひ》の攻撃。

回避はもちろん、防御《ぼうぎょ》もへったくれもない。一切《いっさい》の防御行動を許されずにキィン！　というような高い金属音と同時に発生した球形対消滅空間——範囲《はんい》制御《せいぎょ》された暗黒洞《あんこくどう》に呑《の》み込まれて、6体の人造天使たちは一瞬で消し飛ばされた。

あらゆるものを呑み込む対消滅空間が無制限に広がらないように展開された球形魔法陣《まほうじん》が空中に6つ突如として発生し、発生時とはまるで違う肚《はら》に響《ひび》く「ごんごんごん」という重低音を響かせながら徐々《じょじょ》に薄れて消えてゆく。

地上の兵たちはそれを見上げて、再び茫然とすることしかできない。敵も味方もそれは変わらない。双方《そうほう》とも圧倒的だと思わされた巨大《きょだい》人型兵器が、いきなりその数の約半分を一瞬で消し飛ばされれば、そうならざるを得ないだろう。

それぞれが魔物支配領域《テリトリー》の領域主級《クラス》の巨躯《きょく》を誇る人造天使たちはすべて、基本的にグレゴリオⅨ世の支配下に置かれているので、その感覚もまたほぼ完全に連結《リンク》している。つまり一瞬で消し飛ばされた6体の痛覚もまたグレゴリオⅨ世と連結《リンク》していたということだ。

地上から浮かんだ光の魔法陣の中で、グレゴリオⅨ世はすでに声にならない絶叫《ぜっきょう》を上げ全身を冗談のように痙攣《けいれん》させている。全身を消し飛ばされて死ぬ感覚を、それも6体分同時に『連結者《リンクス》』であるグレゴリオⅨ世に感覚還元《フィードバック》されたためだ。特殊《とくしゅ》な人体改造を施されてでもいない限り、普通の人に耐《た》えられるものではない。

そもそも死ねばそこで途絶《とだ》えるはずの死の感覚を、身体は傷一つないがゆえに途切《とぎ》れることのない状況で最後まで叩き込まれるという、生物である以上本来はあり得ない矛盾《むじゅん》を叩きつけられているのだ。どれほどの痛みを受けても当然物理的な損壊《そんかい》は共有しないので、死ぬほどの痛みを受けても死ぬことはない――死ねない。

ただ一方的に敵を蹂躙《じゅうりん》し、相手からの攻撃を歯牙《しが》にもかけぬ彼我《ひが》の戦力差があればなんの問題もなかったが、互角あるいはそれ以上の敵と戦うとなっては、13体すべてとの『連結《リンク》』は自殺行為《こうい》でしかなかったのだ。

最初の一撃だけで完全に発狂《はっきょう》し、泡《あわ》を吹《ふ》いて転げまわることしかできなくなったグレゴリオⅨ世は、残った7体の操作など当然できるはずもない。

それどころかもはや二度と再び正気に戻れることはないだろう。陸揚《りくあ》げされた海老《えび》のように跳ねまわり、今も白目をむいたまま泡を吹いているのだが、光の魔法陣にさえぎられて外部からは誰もその惨状《さんじょう》に気付くことができない。

だからこそお互いに茫然としながらもまだ、エメリア王国軍は一抹《いちまつ》の不安を、神軍に属する者たちは僅《わず》かな希望をその心に抱《いだ》くことを辛《かろ》うじて許されている。

神敵側が行使した攻撃は圧倒的であり、確かに人造天使になにもさせないままに6体を一瞬で消し飛ばすとんでもなさを誇っていた。現出した暗黒洞はまさに神に仇《あだ》なす悪魔《あくま》の所業そのものにも見え、あんなものを無数に叩きつけることが可能なのであれば、残りの7体の人造天使はもちろん、神軍7万など人に踏《ふ》みつぶされる蟻《あり》の群れにも劣《おと》るだろう。

だが無数に撃てるのであれば、なぜ13体を同時に消し飛ばさなかったのか。いや同時に行使できる上限が6だったのだとしても、すぐさま追撃《ついげき》が来ないのはなぜなのか?

つまりエメリアの不安と神軍の希望は、あのとんでもない攻撃は6が上限であり、もう同じことは出来ないのではないかという悲観、あるいは楽観によるものだ。幸い、あるいは最悪の状況として再発動《リキャスト》にかなりの時間を要するというのであれば、その間に残った7体の人造天使で蹂躙される、あるいはするという予測はそう意外なものでもないだろう。

まさか盾役が安全に完封《かんぷう》できる数まで人造天使を減らし、その上で人が天使を叩き墜とす展開を演出するために奥の手を限定的に使ったなど、敵味方共に理解しろという方が無理なのだ。

その双方の予想が間違いではなかったと証明するように、再度暗黒洞が生まれる前に残された7体の人造天使たちが行動を開始した。それを目《ま》の当たりにしたエメリア王国側からは動揺の声が、神軍側からはやけくそ気味の歓声《かんせい》が上がる。

現在の『連結者《リンクス》』であるグレゴリオⅨ世はすでに制御《せいぎょ》など不可能な状態に陥《おちい》っているが、敵性存在を確認すればある程度までは自律して連携、迎撃行動をとるあたり、さすがは究極の逸失技術《ロスト・テクノロジー》兵器というべきだろう。

だがその翼《つばさ》から追尾《ついび》性のある閃光《せんこう》を無数に撃ち出すが、魔導光を拡大展開された7つの大盾がその眼前に展開され、そのすべてを吸収、無効化してのける。1体につき1枚の大盾を振《ふ》り分けることが可能になったリィンが頑張っている結果である。

そして自身の左右に残り2枚の盾砲《たてほう》を浮かべたリィンが、7つの大盾が吸収した天使の閃光をエネルギーに変換し、その2枚の盾砲から螺旋状《らせんじょう》に束ねたような極太《ごくぶと》レーザーをぶっ放して空間を薙《な》ぎ払《はら》った。

それらは生き残った人造天使たちが周囲に常時展開している防御空間《バリア・フィールド》を割り砕きながら丘陵上空を幾度《いくど》も交差するが、ガラスが砕け散るようなその音と視覚効果《エフェクト》を周囲に拡散させはするものの、人造天使そのものを貫《つらぬ》くことは出来ずにその射出を終える。

『さすがに自分たちの攻撃を跳ね返されたくらいじゃ、落ちてくれないかー』

『ですが多重展開されていた防御空間はほとんど砕《くだ》きましたよ。というかやっぱりリィン様の『固有No.武装IX《ナンバーズ・ナイン》』が最強な気がしますけど……』

がっかりしたようなリィンの念話に、フレデリカがフォローというよりも本音で応《こた》える。

自身がソルに望んだ「拳闘士」の職に合致《がっち》した自分の『固有No.武装V《ナンバーズ・ファイブ》』に不満があるわけではないが、あらゆる攻撃を吸収、無効化するだけではなく、それを盾砲から跳ね返すことも出来る『固有No.武装IX《ナンバーズ・ナイン》』はやはり別格だと思うのだ。

人が己の剣《けん》や魔法による攻撃であってもあっさり死ぬように、それが魔物でも兵器でも自身が放った攻撃をそのままどころか、集約して叩《たた》き返される相手には勝ち筋が見えない。自身が放った攻撃は自身には効かないなどということは、ゲームならざる現実ではありえないのだから。そもそも盾役を抜けない戦闘に勝利はあり得ないとはいえどもだ。

『まさに『鉄壁《てっぺき》』の通り名《エリアス》に偽《いつわ》り無しって感じだよね。パーティーとしては盾役《タンク》が安定してくれていると、安心感が違うんだよなあ……』

『わかるー』

どうやらソルとジュリアも同意見のようで、戦闘において本物の『鉄壁』がいてくれることのありがたさを、表示枠を通してしみじみと語っている。さすがに迷宮攻略を年単位で行っていた元『黒虎』の指揮役《ソル》と回復役《ジュリア》という、盾役《リィン》の背後で常に共にいた者の発言の

重みが違う。

『えへへへ』

自分自身ですらもその盾役の限界を感じており、一時は冒険者引退まで考えたリィンは、一番守りたい相手から本音でそう言われたことに心底嬉《うれ》しそうにしている。

『では私は攻撃面でいいところをお見せしますね！』

すでに『黒虎』ではないとはいえ、ソルのパーティーに新たな攻撃役《アタッカー》として参加しているフレデリカとしては、盾役に負担をかけない速《すみ》やかな殲滅力が求められるのは普通のパーティーと変わらない。

エメリア王国の第一王女、ソルの側近の一人、なによりも一人の女の子としてもいいところを見せたいフレデリカが、あえてそう明言することによって気合を入れる。

――女の子として、ぶん殴《なぐ》る強さをアピールってどうかと思いますけれど……

いよいよもって御伽噺《おとぎばなし》の主人公『拳撃皇女アンジェリカ』に、普段《ふだん》の思考や悩《なや》みまでもが似通い始めている『拳撃王女フレデリカ』なのである。

『えーい！』

だがフレデリカが気の抜けた可愛《かわい》らしい掛け声とともに放った一撃はえげつない。ちなみにこの掛け声も天然ではなく、『拳撃皇女アンジェリカ』を真似てのものである。

フレデリカは再び『見撃・累』を発動。生き残りの人造天使7体に現在の同時捕捉可能《マルチロックオン》数の上限値である１０５６の10分の１以下である91を、１体につき13設定する。つまりは主外腕２本も含《ふく》めた、異相空間に現存している予備外腕の総数マイナス３である。

その状態で今度は前傾《ぜんけい》姿勢を取ってから、下向きに左右の連打を高速で撃ち出したのだ。左右の主外腕も先とは違い、フレデリカの左右から一瞬で消失している。その２本も加えた91もの外腕が異相空間から現出し、フレデリカの動きに連動して防御態勢を取っている人造天使たちを１体につき13本が頭上から乱打を開始したのだ。

最初の数撃こそ僅かに残っていた防御空間《バリア・フィールド》を砕く際の高い金属音が周囲に響き渡ったが、一瞬でそれらが尽《つ》きると直接人造天使を、巨大な外腕がぶん殴る轟音が聞く者の耳を劈《つんざ》く。

その一撃一撃《いちげきいちげき》の威力《いりょく》は尋常《じんじょう》なものではなく、ヒットの都度、誰も聞いたことの無い爆発《ばくはつ》音《おん》のようなモノを発生させて、空に浮かんでいた人造天使たちを一瞬で１体残らず地表へと文字通り叩き墜とした。

最初のなにかが爆発《ばくはつ》したかのような打撃音《だげきおん》に続いて衝撃波音響《ソニックブーム》が連続して発生し、直後に巨大質量が地に叩きつけられる轟音が響き渡る。

瞬間的《しゅんかんてき》な巨大地震《きょだいじしん》が発生したようなもので、相当な距離があるにもかかわらずその一瞬の縦揺《たてゆ》れと衝撃波《しょうげきは》だけで『神軍』の前線は大きく乱れ、前に出ていた聖教会の教会騎士団《テンプル・ナイツ》とイステカリオ帝国軍《ていこく》には少なからぬ犠牲《ぎせい》が発生している。

神旗も軍旗も薙ぎ倒《たお》され、人馬が吹き飛ばされて阿鼻《あび》と叫喚《きょうかん》がこだまする。

より近い距離に陣《じん》を構えているエメリア王国軍に一切の乱れが発生していないのは、リィンが防御専用大盾7つを最大展開して並列させ、1万全軍をすっぽりと守っているからだ。さすがに地の揺《ゆ》れ自体はどうしようもなかったが、衝撃波や吹き飛んでくる地表などはあっさりと完封している。

だが今の衝撃《しょうげき》で死ねた、あるいは負傷して状況《じょうきょう》を把握《はあく》できなくなった『神軍』側に身を置いている者たちは、あるいは運が良かったのかもしれない。

「ば、バカな。バカな、バカな、そんなバカな！」

「あぁあぁぁ……天使様が……天使様、なのか？　アレが？」

状況を確認《かくにん》できる位置にいて無事だった者たちは見てしまったのだ。

フレデリカの一撃にみえる無数の打撃によって彫刻《ちょうこく》のような美しい天使の仮面が破壊された結果、その下に隠《かく》されていた本当の人造天使のその顔を。

地に半ばめり込《こ》み、高所から落とされたマネキン人形のごとくありえない方向へ四肢《しし》を歪《ゆが》めている姿は奇妙《きみょう》だが、それだけで敬虔《けいけん》な信徒たちがここまで動揺《どうよう》したりはしない。

いや神の力を具現化したはずの天使たちの敗北には動揺はするだろう。だがそれは自身の命を失うことと、神が敗北することへの恐怖であり、今のような己の信仰《しんこう》そのものを揺るがされるような恐慌《きょうこう》とは質を異にする。

巨大な人造天使たちが機械兵器《カラクリ》だったのならばまだ良かった。

だが地に叩き墜とされ、確実に死んでいるとわかるその姿は、どう見ても人のものなのだ。それも特段美しくも醜《みにく》くもなく、街を歩けばそこらを歩いているようなありふれた隣人《りんじん》のようにしか見えない。

だが大きい。

見慣れたモノがただ並外れて巨大になるだけで、一定の不気味さや奇妙さを漂《ただよ》わせることになるのはなぜなのかはわからない。ただ確実に、人はそれを怖《こわ》いと感じてしまう。

それが魔物《モンスター》や動物ではなく自身と変わらぬ人ともなれば、その違和感《いわかん》は魂《たましい》の根源から震《ふる》えてしまうような嫌悪《けんお》、拒絶《きょぜつ》を生み出す。

天使らしい超然《ちょうぜん》とした静かな表情の仮面をかぶっていてくれたからこそ、巨大なヒトガタに恐《おそ》れを感じずにすんでいたのだ。その正体が、中身が巨大なだけのただの人だと知ってしまえば、天使様などと崇《あが》めてなどいられない。

しかもそこらのおっさんのような人造天使のその顔は、フレデリカの一撃《いちげき》によって無残な撲殺《ぼくさつ》死体とまるで変らない有様になっている。

大戦《おおいくさ》の経験こそないとはいえ、幾度かは戦場にその身を置き、魔物に喰《く》われる仲間を見たことも一度や二度ではない教会騎士《きし》や帝国兵たちである。鈍器《どんき》で殴られ頭の形が変わって目玉が飛び出し、四肢が奇妙に捻じれている死体くらいで本来は動揺したりはしない。

だがそれが聖教会の誇る逸失技術《ロスト・テクノロジー》兵器だと教えられていた人造天使、その中身ともなればあまりにも普通の人っぽさと、その巨大さがそれを見た者の正気を奪《うば》うのだ。

そしてこのまま人造天使が二度と起き上がらなければ、その天使を殺した力が自分たちへと向けられるのは明白である。だが奇妙な死体にしか見えなくなった人造天使たちが、再び起き上がることそれ自体も、神を信じる神軍に属する者としては悪夢でしかない。

そしてすべての人造天使たちの中の人が息絶えると同時、空中に浮かんでいたグレゴリオⅨ世を包む光が失われ、どこか粘着性《ねんちゃくせい》な水音を響かせてその中身が地上へと零《こぼ》れ落ちた。

それは元グレゴリオⅨ世であった血と肉と骨と臓物の汚泥《おでい》。人造天使の白亜《はくあ》の装甲を割り砕き、地に奇妙な巨人《きょじん》のオブジェとして叩きつけてのけたフレデリカの打撃。そのすべてを感覚還元《フィードバック》された結果として、まるで人の躰《からだ》を巨大な臼《うす》と杵《きね》で執拗《しつよう》に餅《もち》つきしたかの如く、グレゴリオⅨ世は人としてのカタチを完全に失って死ぬはめになったのだ。

それを目の当たりにした周囲を固めていた高位の神官や教会騎士たちは、悲鳴を上げるでもなく、どこか狂《くる》ったような引き攣《つ》った表情を浮かべることしかできなかった。

「これ……どうなるんだ、俺《おれ》たち。どうされるんだ？」

「蹴散《けち》らされる。今から逃《に》げても間に合わんな」

最前線に位置している教会騎士とイステカリオ帝国の兵たちは半ば放心している。

エメリア王国が勝った場合、聖教会とイステカリオ帝国に情けをかける必要などないことを理解できているので、絶望するしかない。自分たちが勝った場合、エメリア王国をどうしてやろうと思っていたかを考えれば、どんな阿呆《あほう》にでも自分たちの辿《たど》るであろう末路くらいはわかってしまうのだ。

「動くなよ！　一歩も動くな。軍旗は降ろせ。神旗は――揚《あ》げたままでいい。膝《ひざ》をついて頭を垂れろ。とにかく一歩もここから動くな」

一方でただ参戦しただけで後方に控《ひか》えていた汎人類《はんじんるい》連盟の国家に属する兵たちは、その指揮官が喚《わめ》き散らすまでもなく誰《だれ》もが皆《みな》その場に跪《ひざまず》いている。

空を駆《か》ける相手に今から逃げても逃げ切れるはずもない。こうなれば聖教会とイステカリオ帝国よりはまだマシな自分たちの立ち位置を信じて、脂汗《あぶらあせ》を流しながらどうせ自分たちには手出しなどできない相手の慈悲《じひ》に縋《すが》るしか、助かる術などありはしないからだ。

◇◆◇◆◇

俄《にわ》かに静かになってゆく戦場で聖教会とイステカリオの兵たちは絶望し、他《ほか》の国家の兵たちはなんとか見逃《みのが》してもらえる事だけをただ祈《いの》って固唾《かたず》を呑む中、空に一際《ひときわ》巨大な表示枠《ひょうじわく》が顕《あらわ》れた。誰もが見上げざるを得ないその表示枠には、厳《おごそ》かな表情をしたとある聖職者が映されている。

『聞こえていますか、神の愛《いと》し子たちよ』

ガルレージュ大司教区を担当する、イシュリー・デュレス司教枢機卿《カーディナル》。

一度は聖教会によって城塞《じょうさい》都市ガルレージュごと殺されかけ、今は一方的に背教者とされている彼《かれ》が、慈愛《じあい》に満ちた目とその声を以《もっ》てこの場にいるすべての聖教徒——正しい神を信じる者たちに語りかけたのだ。

『貴方《あなた》たちは——過《あやま》ちを犯《おか》しました』

下卑《げび》た表情を浮《う》かべれば醜いとしか言いようがないイシュリーの顔なのに、その目に本物の慈愛が、口調に労《いたわ》りが溢《あふ》れているだけで、ここまでイメージが変わるものか。

未《いま》だダイエットに成功していない、奢侈《しゃし》な暮らしによって肥え太り脂《あぶら》ぎったその身体も、清廉な緋色の聖職衣《カーディナル・レッド》を身に纏《まと》い、権杖《ジュスル》を携《たずさ》えた今の様子ならば、赦《ゆる》しを与《あた》えてくれる神の代行者を感じさせる姿にまで見えている。

恰幅《かっぷく》の良さとは、時に武器にもなるのだ。地獄《じごく》に仏ならぬ司教枢機卿とも言える今の状況では、見上げる敗者たちにはそう見えても無理はないだろう。

だが痛まし気に発されるイシュリーの言葉は敗者を断罪するものであり、やはり助かるなどという都合のいい展開などないのかと、誰もが思わず下を向く。

『ですが我らが神は寛大《かんだい》です。悔《く》い改《あらた》める者には必ず慈悲が与えられます。今この場で剣を収める者には、これ以上の罪は問いません。各々《おのおの》が帰るべき地へとまずは帰ることを赦しましょう』

だが一瞬《いっしゅん》の落胆《らくたん》――それが心に沈《しず》み込んで絶望と変わる直前、生き残っている教会騎士たちとイステカリオ帝国の兵たちが今、一番欲《ほ》しい言葉を朗々とイシュリーは宣言した。

ソルの力をこの一ヶ月で充分に思い知っているイシュリーではある。

だがソルと全竜《ルーナ》が出るまでもなく、普通であればソルのハーレム・メンバーだとしか思えないたった2人、リィンとフレデリカだけで聖教会の最終兵器を犠牲無く蹂躙するなど想定をはるかに超《こ》えていた。

つい先刻まで己《おのれ》のした選択《せんたく》を賭《か》けだと認識していたイシュリーの内心は今、人生最高に驚喜《きょうき》しており、敗残者共に本物の優《やさ》しさを向けるくらいお茶の子さいさいなのである。

自分が最強の味方側に付けているという安心は、宗教屋にとって一番重要な余裕と優しさを生成するには必須《ひっす》かつ最上の要素と言えるのだ。

「本気なのか……本当にイステカリオ帝国軍の俺たちも見逃してくれるのか？」

「彼我の戦力差がここまであれば、生かすも殺すも変わらない？」

「いや、汎人類連盟に属する国家群の兵は理解できる。教会騎士団もなんとかまだわかる。だが俺たちイステカリオ帝国軍を見せしめにしない理由はなんだ？」

「そんなこと知るか！　助かるんなら文句はねえよ！」

イシュリーの言を確かに耳にした敗残兵たちの間に、動揺と歓喜《かんき》がゆっくりと広がってゆく。助かるのであればなにを文句をつける必要があるのか、というのは真理ではある。

だが指揮官級、それもイステカリオ帝国の者たちが疑問を抱くのももっともだ。

汎人類連盟の兵たちはまだ理解できる。もともと聖教会の権威《けんい》に屈《くっ》して出兵していただけなのはわかっているし、なにも出来ぬままにただ突《つ》っ立っていただけの兵たちをわざわざ殺す必要などない。なによりも各々が国へ帰ってから、「絶対にソル・ロックとエメリア王国に逆らってはならない」という宣伝担当になってくれるだろうからだ。

教会騎士団《テンプル・ナイツ》についても、無理やり納得《なっとく》できなくもない。

ソルという絶対者がこれからも神の権威を必要と判断している、あるいは本当に神からの祝福を得ている者なのであれば、己の兄弟たちを勝負がついてなお虐殺《ぎゃくさつ》しようとは思わないだろう。その点についてはガルレージュ司教区のイシュリー司教枢機卿以下、聖教会に属する聖職者たちが丁寧《ていねい》に扱《あつか》われていることからもあり得ないとまでは言えない。イシュリーの立場であれば、今後配下とする者たちに貸しを作る意味でも、ソルに対して助命嘆願《たんがん》をするという判断が働いたのかもしれないとも思える。

だが自分たちイステカリオ帝国の兵についてはは慈悲が過ぎる。いや明確に甘《あま》いとしか言えない。蓋《ふた》を開けてみれば戦力的に取るに足りない存在だったとはいえ、聖教会と組んでエメリア王国を滅亡《めつぼう》させようとはっきり画策していたのだ。エメリア王国の諜報《ちょうほう》が無能なはずもなく、それくらいの裏はきっちり取っているのは間違《まちが》いない。

にもかかわらずあえて見逃される理由が理解できないため、安易に安心できないのだ。

だがその理由は後程《のちほど》、イステカリオ帝国の兵たち誰もが納得できる形で示されることになる。自分たちが戴《いただ》く皇帝《フィリッツ》が、その命を捧《ささ》げる代わりに絶対者に対してイステカリオ帝国の存続を嘆願し認められるからだ。それがソルとフィリッツにより茶番だなどと気付ける者などいはしない。

そして死に際してフィリッツが己の命を対価に救う者と救わない者を選別したとて、救わない者として選ばれる側に文句を言える道理などない。殺されて当然であった多くの者が救われる中で自称《じしょう》武断派の幹部たちその悉《ことごと》くがその姿を消していても、あえてそれに言《げん》及《きゅう》する者もまたいはしない。自分たちが助かるのであれば、この聖戦にイステカリオ帝国を導いた愚《おろ》か者たちを断罪したのが岐神《ぎしん》であろうがフィリッツであろうがどうでもいいのだ。

だが今はまだ、理性ががなり立てる不可避の死をねじ伏《ふ》せて、僅かな希望を以てイシュリーの言葉に耳を傾《かたむ》けることしかできない。

『……そしてこれまで共に歩んできた聖教徒《兄弟姉妹》たちよ。過ちを犯したのは貴方たちだけではなく私たちもまた同じ。私とてつい先日までは古い教義を遵守《じゅんしゅ》するだけが神の正義だと信じて疑わず、『禁忌領域』の解放を背教行為だと解放者《ソル・ロック》を詰《なじ》りさえしました』

誰もが聞き入っていることを確認し、イシュリーは与えられたシナリオ通りに、現聖教会の取り込みを開始する。たとえ傀儡《かいらい》とはいえ、聖教会の教皇になることはイシュリーの最大目標ではあるし、やりようによっては歴代教皇の誰よりも己の意志を世界に反映させることすらも可能となれば、この仕事にも熱が入るというものだ。

『だが今貴方たちが身を以《もっ》て知ったとおり、神の愛《いと》し子である我々には今、千年の昔に栄《えい》華《が》を誇った『大魔導期《エラ・グランマギカ》』を再現できるだけの力が神から与えられています』

少々芝居《しばい》がかったところで、その理屈《りくつ》によって自分たちの命を救ってくれるのであれば、人は心の底から感動することができる。

イシュリーが右腕《みぎうで》を突き上げて「うおー！」と叫《さけ》び、それに応じて自分たちも右腕を突き上げて叫べば救われるというのであれば、本気で感極《かんきわ》まりながらそうするだろう。それが13の不気味な天使を撃破《げきは》した、揺ぎ無い実力の上で語られるとなればなおのことだ。

『解放者《ソル・ロック》が12歳《さい》になる1月1日にその力を与えたのは我らが神です。私はそれを信じます。私は古き教義と決別し、新しい聖教会として解放者と共に歩む者です。そして私と共に歩んでくれる兄弟姉妹たちがいるのであれば、そのすべてを受け入れます』

その上で神を肯定《こうてい》し、新聖教会の立ち上げを宣言し、志を共にする者であれば誰でも受け入れることを表明する。

『また解放者《ソル・ロック》と新聖教会は従来の聖教会を否定しません。これだけの力を持ちながら人に苦難の千年を強《し》いたのには、必ず理由があると信じるからです。一司教枢機卿に過ぎないこの身には、これまでの聖教会の真意は計り知れません』

そして旧勢力に対しても配慮《はいりょ》を見せる。

単純な悪とはせず、今まで人を欺《あざむ》いてきたことには妥当《だとう》な理由があったはずだと見做《みな》すのは、なにもおためごかしではない。ソルやフレデリカの判断では、人を一定以上繁栄《はんえい》させないことには必ず相応の理由があり、それを突き止《と》めることは必須だと判断している。

ソルはすべての迷宮攻略《ダンジョン・アタック》と魔物支配領域《テリトリー》の解放を諦《あきら》めるつもりなどさらさらないが、その結果次第《しだい》では進め方を考える必要も充分にあるのだ。

『我々『新聖教会』は解放者と共に世界を魔物から解放するべく動きます。ですがその理由を探求してくれる者たちを『真聖教会』として認め、聖都アドラティオをその拠点《きょてん》として認定して解放します』

それに度を越《こ》した敬虔な信者という名の狂信者《きょうしんしゃ》は、必ず一定数が存在する。

彼らは権力などにはけして屈せず、自らが信じる教義のために殉教《じゅんきょう》することもまったく厭《いと》わない。そんな真の滅私《めっし》、無期待献身《けんしん》とも見えるその行為を世の多くの人が「狂信《きょうしん》」と見做すのは、その根底にあるのが神や教義の名を借りた、自己破滅《はめつ》に他者を巻き込む大義名分であると誰もが本能的に見抜《みぬ》けるからなのかもしれない。誰にも迷惑《めいわく》をかけず一人で行うのであれば、理解はできなくとも尊重することくらいはできるのだろうが。

そんな連中を野に放ち、一部の過激派がテロリスト紛《まが》いの行動をすることを警戒《けいかい》するくらいであれば、旧聖教会を真の聖教会として立て、その教義を深く研究することに予算と労力をかける方がよほど効率がいい。少なくとも確実に暴走する者の数は減る。その暴走者を焚《た》きつけ、裏で利を得んとする者もまた。

そういう連中はソル本人やその側近ではなく、その庇護《ひご》下で幸せに暮らしている力無き無辜《むこ》の民を「裏切り者」、「背信者」として害して、それを神罰《しんばつ》が下ったのだと嘯《うそぶ》くのだ。

そして正しいだけの教義や薄汚《うすよご》れた権力などではなく、大陸中で苦しむ弱者救済を最優先としてきた清濁併《せいだくあわ》せ飲める本来の聖職者たちには、真も新もなく経済的にも戦力的にも全面的に協力すればいいだけの話だ。

大陸規模で可能な限り人心を掌握《しょうあく》するのであれば、各国の王家を取り込むよりも信仰から寄り添《そ》った方がよほど効率的なのだ。戦力と経済力、その双方を惜《お》しみなくつぎ込めるのであれば、大陸中に張り巡《めぐ》らされている『教会』のネットワークは十全に機能する。

そこで動く膨大《ぼうだい》な資金に関《かか》わってイシュリーやその周囲の高位聖職者たちが多少の利益を得ることなど、どうということもない。実際に神罰をくだせる存在を思い知っている以上、分を弁《わきま》えて立ち回る程度の知恵《ちえ》はだれしも持っているからだ。

理念や理想、倫理《りんり》や道徳などといった、今はまだ本当の意味では到達《とうたつ》できない高尚《こうしょう》な絵に描《か》いた餅ではなく、そうした方が得だからという実利を以てこそ、はじめて人はもっとも正しく在れるのかもしれない。

自らを神の像《イコン》だと嘯《うそぶ》いたところで、所詮《しょせん》人もまた動物の一種にすぎないのだから。

『我々はすでに敵同士ではありません。ともに神の愛し子なのです。ゆえに地上に神が望まれる楽園を現出させるべく、ともにこれからの未来を歩みたいと願うのです』

イシュリーはそんな世界で高潔な教皇として振舞《ふるま》い、後世にも語《かた》り継《つ》がれる己を夢見て感極まっている。命を救われる教会騎士たちやイステカリオ帝国の兵たちはもとより、圧倒的な力の庇護下で人の再拡大時代が訪《おとず》れることを確信した者たちもまた、歓声を以《もっ》てイシュリーの言葉に応えている。

茶番だが真剣《しんけん》だ。その上命も救われるとなれば、なおのことだろう。『聖戦』は終わったのだ。神敵とされた岐神《ソル》と全竜《ルーナ》、それに与《くみ》したエメリア王国の圧倒的な勝利によって。

だが——

『実在する神など不要。苦しみのない楽園など不要。人は人のまま現世において人らしく在ればそれでよい』

イシュリーが映し出されていた表示枠を一瞬で割り砕き、淡々《たんたん》とした『旧支配者』の声がこの茶番の熱狂《ねっきょう》を完全に否定する。

前座が終わり、真打が登場したのだ。

空中に黒点が発生する。誰もがまたしても茫然《ぼうぜん》と見上げることしかできない中、それは漆黒《しっこく》の閃光を迸《ほとばし》らせながら徐々に人間大の暗黒洞《あんこくどう》にまで巨大化《きょだいか》したと同時、その位置に禍々《まがまが》しい漆黒の魔導光《エフェクト》を噴《ふ》き上げている人型を吐《は》き出した。

この現象は単なる転移とは明らかに違《ちが》っている。ただ移動の距離《きょり》と時間をゼロにしただけではなく、まったく異なった空間とこの世界を繋《つな》げるがためにこそ、特殊な手順を踏まれていることは間違いない。

吐き出されたその人型が人間だった時の名を、マーク・ロスという。

ソルの幼馴染《おさななじみ》の一人であり、元『黒虎《ブラック・タイガー》』のリーダー。今のソルがいるような立ち位置に憧《あこが》れてやはり届かず、その絶望に付け込まれて『人造勇者《ヒトデナシ》』に身を堕《お》とした、哀《あわ》れなただの『村人』の成れの果て。

　これを造り上げる時間を稼《かせ》げさえすれば、『旧支配者』たちにとっての聖教会は充分に与えられた仕事を果たしたとさえいえる。そしてこの場に今マークが投入されたということは、急造とはいえどうにか間に合ったということでもある。

　そして役目を果たし終えた聖教会など、『旧支配者』たちにとってもはや特段必要でもない。どうせこの後、人の数を極《ごく》わずかにまで間引きし、究極の混乱に叩きこんだ生き残りたちに千年前と同じような偽りの『勇者救世譚《クズィファブラ》』を騙《かた》るつもりなれば、この場で忌《い》むべき敵もろとも殲滅《せんめつ》してしまえばいいだけのことなのだ。

　全身から漆黒の雷光《らいこう》めいた魔導光を噴き上げ、翼こそはないが巨大な両角と朱殷《しゅあん》に染まった竜眼という人造魔導器官《ニア・オルガナ》が、マークがすでに人を辞《や》めていることを雄弁《ゆうべん》に物語っている。というか知り合いであってもこれがマークだとは気付くまい。その上『旧支配者』たちから与えられたいくつもの時代錯誤遺物《オーパーツ》級の特級装備を身に着けた今のマークは、とんでもない戦闘力《せんとうりょく》をその身に宿している。

　だがそれらの力と引き換《か》えに、まともな思考能力と残りの生命力をたった100時間余りに圧縮されるという代償《だいしょう》を強制的に支払《しはら》わされてもいるのだが。

もっともマーク本人はそんなことを知らされているはずもない。いや今のマークであれば、知らされていてもさほど気にはしないだろう。今マークを支配しているのは、増幅された憎《にく》しみを苗床《なえどこ》に植え付けられた、強烈《きょうれつ》なソルへの殺意だけだ。

もともとは整った顔をしていたマークである。だが今は無理やりに人造勇者に変えるために強引《ごういん》な改造を重ねて施《ほどこ》されたため、その顔はもはや人のものではなく竜人とでも言った方がよほどしっくりくるものとなっている。

それでもなお、元々の造形は異形なれども精悍《せいかん》といえる造りをしているのだが。

だが今はその表情に宿っている狂気《きょうき》と、落ち着かなげにしている姿勢の悪さがただただ不気味さだけを助長している。

なまじ容姿が整っている方が、奇行《きこう》の際の嫌悪感は高まるらしい。

「どこだ、どこにいるソル。俺は強く、すごく強くなったぞ。お前の力なんかに頼《たよ》らずにだ。どこだ、殺してやるから、はやく姿を…………あ、王女様だ」

当たり前のように空中に浮遊《ふゆう》しながら、マークはまるで子供のようにきょろきょろと周囲を伺《うかが》ってソルを捜していた。

だがマークは戦場のど真ん中上空に顕れたため、もっともその至近距離にいたのは人造天使を殴り落したまま、その位置に浮いていたフレデリカだったのだ。リィンはエメリア全軍をフレデリカと人造天使が行う戦闘《せんとう》の余波から守るため、後方に引いている。

だがフレデリカのその美しい姿を見つけて、マークの瞳《ひとみ》に僅かに理性の光が戻《もど》った。

「貴方はマーク・ロス……なのですか？」

だが視線を合わせてしまったフレデリカは、自分が震えないようにするのが精いっぱいだった。

もともとマークと接点などないフレデリカには、マークが元の姿をしていたとて知識にあるソルの幼馴染の一人と合致《がっち》させることは難しい。だがその発言の内容から生き残っている方の幼馴染であることを半ば以上確信しつつも、あまりにも人間離《ばな》れしているその姿から疑問形になってしまったのだ。

全竜《ルーナ》の幼女形態とは似ても似つかない、想像上の竜人とでもいうような外連味《けれんみ》たっぷりの今のマークの見た目を笑うことも出来ない。自分とてたかが一ヶ月という短期間でこれだけの力を身につけた——ソルに与えられた——のだが、敵側にはそれすら凌駕《りょうが》しうる手段があるとわかったからだ。

（……私《わたくし》では絶対に勝てませんね）

ソル一党の中でもまだ数人しかいないレベル３桁《けた》後半に至ったうちの１人でありながら、

いやそこまでの強さを身につけたからこそ、今目の前に平然と浮かんでいる落ち着かなげな男が、とんでもない戦闘力を有していることがわかってしまう。

彼我の戦力差が一定を超えてしまえば、どれだけ強くなっていても「自分を瞬殺《しゅんさつ》できるほどに強い」ということ以外わからなくなってしまう。今フレデリカが怯《おび》えてしまいそうになっているのは、強くなったからこそ理解できるようになった全竜《ルーナ》に感じる底知れぬ力と同種のものを、目の前のマークにも感じてしまっているからに他ならない。

だがなんとか自分を奮い立たせる。

「そうですよ、俺がマーク・ロスですよ。近衛に入って華々《はなばな》しく活躍《かつやく》し、貴方に見初《みそ》められて王配となる将来の夫です。ソルを殺したらそうなりますよね？　大丈夫《だいじょうぶ》まだ間に合います。あれ？　なんでお前俺の女なのにソルに媚《こ》び売ってんだこのクソ売女《ばいた》が」

もはやマークは理路整然とした思考ができなくなっている。最初は緊張《きんちょう》気味に、途中《とちゅう》からはへらへらと、最後は激昂《げきこう》して唾《つば》を飛ばしながら喚き出している。野望と妄想《もうそう》と希望と絶望と妬《ねた》みと憧れと怖《おそ》れと欲望と――そのすべてが現実に溶《と》けて狂気というカクテルに仕上がってしまっているのだ。それに酔《よ》っていなければ、ありとあらゆる負の感情に押《お》しつぶされて生きてさえいられない。

「――酷《ひど》いことを仰《おっしゃ》いますね。ですが初めから王女などという存在は、国の為《ため》に如何《いか》に高く自分を売りつけられるかが一番大事ですから、貴方の言うとおり売女なのかもしれません。だからこそ私は私のすべてをソル様に捧げますし、貴方の女になることはあり得ませんよ？」

圧倒的強者《あっとうてき》から叩きつけられた殺意にひるまず、フレデリカが自分らしく言い返す。

この場で情けない姿を晒《さら》すわけにはいかない。だから無理をしてでも、おもいっきり挑《ちょう》発《はっ》してのけてみせた。それに言っていることは別に嘘《うそ》でもない。

この一ヶ月の間にソルと親交を深めた結果、おためごかしや媚《こび》を嫌《きら》うわけでもないがそう好みもせず、逆に常にいかにも王女らしく優しく美しく振舞っているフレデリカが素をみせる、つまり二人の兄をも超える実際的《プラグマティック》にすぎる思考を口にした時にこそ、ソルは喜んでいるように見えた。

定番の純情初恋清楚系《はっこいせいそ》はリィン。圧倒的な力で代替《だいたい》の利《き》かない相棒&疑似《ぎじ》愛娘《まなむすめ》ポジションは全竜《ルーナ》。ソルにも本人にもその気はないとはいえ、いかにも愛人という立ち位置にはジュリア。ピグマリオン的育成枠《わく》はエリザ。

すでにソルの周囲は充分《じゅうぶん》にハーレムが成立している。

大国の王女様という立ち位置もハーレム物の定番ではあろうが、役が被《かぶ》るのはよろしくないというのは迷宮攻略《ダンジョン・アタック》パーティーでも、ハーレムモノの物語でも変わらないだろう。

だから敢《あ》えてフレデリカはいかにも王女様らしく可憐《かれん》純情に振舞いながらも、ソルに対しては実利こそを最優先において振舞う小賢《こざか》しい女ポジション、自分でもらしいと思える素の路線で攻《せ》めると決めていた。

そしてそれはこの一ヶ月の間、奏功していたと言っていいだろう。

だからこその先の物言いである。実際、ソルと出逢《であ》うまでのフレデリカであれば、一片《いっぺん》の曇《くも》りなく本気の言葉として口にすることが出来た内容ではある。

だが今はちょっと複雑だ。

朴念仁《ぼくねんじん》のソルにはそのあたりピンときはしないのだろうが、横暴に振舞わない絶対者の側に実際的思考の持ち主が居続ければ、実利を軸足《じくあし》にしてはいても、慕情《ぼじょう》というのはどうしたって生まれてしまうモノなのだ。王女であろうが傑物《けつぶつ》であろうが、フレデリカだって一人の女の子なのである。

そういう落差を時折垣間《かいま》見《み》せるのは強いよなあと、リィンやエリザからは強敵と見なされているフレデリカなのだが、自己評価はそう高くないらしい。

「殺す！　コロシテヤル！」

だがそんな内情などを知る由も、知ったとて知ったことではないマークにしてみれば、一番憧れていた女性から見下されたという激情が、あっさり殺意に直結する。今のフレデリカでは不可避《ふかひ》の一撃を怒《いか》りにまかせて叩きつけんと一瞬で距離を詰《つ》める。

だが信じられない轟音《ごうおん》を発生させながら、その一撃は遥《はる》か下方からの一撃で弾《はじ》かれた。

「よう言うた王女様。さすが主殿《あるじどの》の「はーれむ・めんばー」の一人よな」

完全に戦闘態勢に入っている全竜《ルーナ》が、全身から魔導光《エフェクト》を噴き上げながらマークの前に立ちふさがったのだ。当然のその背後にはソルも浮かんでいる。

「フレデリカらしいけど、あんまり煽《あお》ったら危ないよ。カッコよかったけど」

そう言って笑うソルに、そういうところですわーとフレデリカは思う。

御伽噺《おとぎばなし》の『拳撃《けんげき》皇女アンジェリカ』でも、主人公アンジェリカが恋《こい》に落ちるのはこういう展開からだった。

自他ともに強者となった自分が、それでも守られるという展開。普通《ふつう》の女の子などではなくなっている自分を、ごく当然のように女の子として扱える存在。

自分だって一人の女の子なのだ、こういう憧れのシチュエーションを再現されてしまえばコロッと行きかねないことを、ソルにはもっと理解して欲しいと思うフレデリカである。

「ソル！　そるぅぅうううぅぅぅぅ!!」

そんなフレデリカの甘酸《あまず》っぱい感情などお構いなしに、ソルの姿を視界にとらえて狂気とも驚喜とも恐怖《きょうふ》ともつかない叫びをマークがひしり上げる。

「なんだい元リーダー――しばらく見ないうちに、すごく雰囲気《ふんいき》変わったね?」

ソルの方もこのマークが真打だと理解しているので、落ち着いたものだ。

世界を裏から支配していると信じている者たちの、当面の切り札はこれだ。つまりこれを処理してしまえば、ソルの夢を阻《はば》むわかりやすい障害は取り除かれる。

そう理解しているからこそ、ソルのその表情には幼馴染が変わり果ててしまったことに対する憐憫《れんびん》よりも、邪魔《じゃま》を排除《はいじょ》できるという喜びを示す獰猛《どうもう》な笑いが浮かんでいる。

これより千年の時を超えて、『勇者救世譚《クズイファブラ》』の再戦が行われるのだ。

急造の二代目『人造勇者《マーク》』と、今なお真躰《アウゴエイデス》を封《ふう》じられたままの『全竜《ルーナ》』によって。

だが千年前と明確に違うのは、そこにすべての戦いの理《ことわり》を覆《くつがえ》す、『プレイヤー《ソル》』が介入《かいにゅう》していることである。

「ソルぅう! 俺は! お前よりも! 強くなったぞ!!」

「いや、それは初めからそうだったよね」

今さらマークに言われるまでもないと、ソルはため息をつく。

確かにルーナと共にすべての『仲間《NPC》』たちの強化レベルアップに付き合ったからには、ソルの素体レベルはとんでもない数値になってはいる。

戦闘態勢になった際には膨大な魔導光を噴き上げるし、未だソルと関わっていない冒険《ぼうけん》者《しゃ》や兵士といった『能力』に恵《めぐ》まれただけの者たちであれば瞬殺も可能だ。事実として、人造勇者《ヒトデナシ》になる前の『黒虎《ブラック・タイガー》』のリーダーだった頃《ころ》のマークであれば鎧袖一触《がいしゅういっしょく》できる。

だがソル自身には武技も魔法もスキルも、もちろんH.PもM.Pも付与《ふよ》することができず、つまるところ「ものすごくレベルが高いだけの人」の域を超えることは出来ていない。

相手に飛ばれれば見上げるしかないし、不意打ちで武技や魔法を当てられればいくら引き締《し》まっていようが、不可視の障壁《HP》に護《まも》られていないただの人の身体は簡単に壊《こわ》される。

さすがに戦闘態勢に入っていれば普通の人間が振《ふ》るう武器での攻撃《こうげき》くらいであれば弾き返せはするのだが、それだって油断していれば致命傷《ちめいしょう》を喰らってもおかしくはない。

つまり改めて宣言されるまでもなく、フレデリカですら勝てない今のマークにソル個人が勝てるはずなどはじめからないのだ。

今この場所にソルがいるのもルーナが行う戦闘には絶対に参加すると決めているからであって、浮遊ひとつとってもルーナに頼っている状況である。

またルーナが片時たりともソルの側から離《はな》れようとしないのもそのためだ。ルーナと離れている時にソルが単身で何者かと接敵《エンカウント》することを考えれば、常に共にいて危険を排除し、『全竜』でさえ勝てない相手の場合はともに敗れるだけである。

敵が単体でない以上、全竜《ルーナ》にとって戦闘の足手《あしで》纏《まと》いになるからという理由で、ソルから離れるわけにはいかないのだ。

ここまでマークが自分《ソル》を敵対視しているのは、おそらくアランを殺したことを聖教会から教えられたゆえだろうということくらいは想像がつく。だがソルにしてみれば先に自分を殺そうとしたアランを排除しただけであって、それをマークに責められてもさほど心が痛むこともない。

アランが無関係を断言したことによってマークを疑うことはやめたソルではあるが、それはあくまでもあの時点でのことであって、今改めて殺しにかかってくるのであれば降りかかる火の粉として払《はら》うだけだ。『黒虎』解散以降の選択、行動はすべてマーク自身が選んだことであり、そこにソルは一切《いっさい》の介入をしていない。

よってその結果として事がこうなった以上、マークの想《おも》いがどのようなものであれ、そんなものに付き合うつもりなどソルにはまったくない。

自分に悪いところなど皆無《かいむ》だったなどと嘯《うそぶ》くつもりもないが、少なくともソルはマークとアランを自分から殺そうと思ったことなど一度もない。

相手の方が先に殺そうとしてきたから排除する、ただそれだけだ。

もしもルーナと共に負けるのであれば、それは力を以て己の意志を通そうとした者が受け入れなければならない、結末のひとつというだけの話に過ぎない。

「まずは絶望させてやる！」

だがそれをソルの諦観《ていかん》と取ったのか、歪んだ笑いを浮かべてマークが喚く。

諦めて死なれるのではつまらない、ソルが死ぬ前にソルが大事にしているモノをすべて踏《ふ》みにじってやろうと思ったのだ。それはあの日、冒険者ギルドで引き攣った笑いを浮かべていることしかできなかった、己の惨《みじ》めな記《き》憶《おく》に起因する悪意なのかもしれない。

そのマークが漆黒の魔導光を13本発生させ、今は地に伏している13の人造天使へと繋げる。それと同時、もはや巨大《きょだい》なだけで無残に損壊《そんかい》した人の遺体と変わらなくなっている人造天使たちが折れた首や捻《ね》じ曲がった四肢のままに立ち上がり、再び黒い光の光輪《ニンブス》と背翼を発生させて空中へと浮かび上がる。

大量の血を垂れ流し、一部の臓物や眼球、千切れた四肢の一部を地に落としながらでも浮かび上がるその様子は悪夢そのものだ。

人造天使たちの遺骸《いがい》に再び込められた『勇者』の力も含《ふく》め、今なお地表で茫然としているただの人間たちには、なすすべなどない相手。それは自称『神軍』側もエメリア王国側もなにも変わらない。

ソルの仲間もそうでない者も、本来ならば一様に鏖《ミナゴロシ》にされて終わるしかない。

そうしてやると確信して、狂気に支配されたマークの顔が愉悦《ゆえつ》に歪《ゆが》む。だが――

「阿呆か貴様は。我を前にしてただ巨大化しただけの『人造勇者《ヒトデナシ》』の試作体などが役に立つわけがあるまいが」

呆《あき》れたようにそう全竜が口にすると同時、人造天使よりも巨大な槍《やり》が13本顕現《けんげん》し、なんの抵抗《ていこう》も許さずに脳天から13体すべてを貫《つらぬ》いて地にその巨体《きょたい》を縫《ぬ》い付ける。

轟音と爆風《ばくふう》。周囲に巻き散らかされる人造天使たちの損壊した躰と、深く穿《うが》たれた大地。巨大な槍に串刺《くしざ》しにされた13の巨大な人造天使たちの奇妙《きみょう》な遺骸は、高熱に浮かされた際に見るとりとめのない悪夢のオブジェのようにしか見えない。

皮肉なのは、悪意を以て人を――ソルが護ろうとしているはずの者たちを殺そうとしたマークに対して、全竜はそんな力では自分には通用しないと証明しただけだということだ。

つまり結果はあまり変わっていない。

死せる人造天使たちに蹂躙《じゅうりん》されるのではなく、それらを大地に縫い付けた巨大な魔《ま》創槍《そうやり》の余波に呑《の》み込《こ》まれて死ぬことになったというだけだ。さすがにエメリア王国軍はエゼルウェルド王の『絶対障壁《アブスルトウス》』によって事なきを得、イステカリオ本陣《ほんじん》のフィリッツたちはリインの『固有No.武装IX《ナンバーズ・ナイン》：型式九頭龍《タイプ・クズリュウ》』の7つの大盾《たて》が護っている。

それでもこの一幕だけで、『聖　戦《オラトリオ・タングラム》』開始よりこれまでで最大の死者を生んだことは間違いない事実なのである。

勇者と邪竜《じゃりゅう》の戦い――『勇者救世譚』の最終戦の再現に巻き込まれた人などは、特に殺意を以て攻撃などしなくても、ただ巻き込まれてあっさりと死んでいくしかないのだ。恐竜《きょうりゅう》同士の縄張《なわば》り争いが発生した場に運悪く存在した蟻《あり》の群れの如く。

「し、知っているぞ全竜！　いや邪竜ルーンヴェムト・ナクトフェリア！　貴様の真躰《アウゴエイデス》はいまだ封じられたままで、今はただの分身体だということをなあ！」

絶望を振り撒《ま》かんと再起動させた手駒《てごま》たちを苦もなく無力化されたマークが、引き攣った笑いを浮かべてルーナを指さす。『旧支配者』たちに人造勇者化されただけあって、必要最低限な知識もまた脳に焼き付けられているらしい。

「だとしても『人造勇者《ヒトデナシ》』のまがいもの程度に後《おく》れを取る我ではないわ」

だがマークの強がりをルーナは一蹴《いっしゅう》する。

ルーナは初代勇者を知っている。無理やりに調整した二代目などではなく、勇者となるべく生まれ育ち、それに相応《ふさわ》しい冒険譚《ぼうけんたん》を経て正しい成長、必要な要素をすべてそろえた上で『旧支配者』たちが望む『勇者』に、自らの意志でなった本物を。

それに負けたことによって千年の生き地獄を味わわされることになったのだ、「誰よりも」知っていると言っても過言ではないかもしれない。

だからこそ本来の『人造勇者《ヒトデナシ》』の本当の強さも、その力のからくりも知っているのだ。

カタチだけを、素体のスペックだけを再現した今の二代目《まがいもの》など、分身体の身であってもまるで恐《おそ》れるに足りないと、強がりなどではなく確信している。

『人造勇者』はそれ単体では、竜種が畏《おそ》れるような存在などではないのだ。

「違う！　俺《おれ》は真の二代目『勇者』だ！　初代よりも千年分進化している！」

「時間の経過が必ず進歩をもたらすとは限らんのだ、まがいもの」

だが今の自分の自信の軸《じく》を否定されたマークは黙《だま》っていられない。

自身が二代目の『勇者』だと確信できているからこそ、ソルを殺そうとその前に姿を現すことも出来ているのだ。そうでなければ恐ろしくて、とてもそんなことなどできはしない。

千年前に邪竜ルーンヴェムト・ナクトフェリアを封じ、世界を救った『勇者』の進化した姿。それこそが己だと信じているからこそ、マークはまだなんとか持っているのだ。

だがそのマークに答えたルーナの言葉は、僅《わず》かな自嘲《じちょう》を孕《はら》んでいる。

自身も同じ千年の時を閲《けみ》しながら、強くなるどころか狂気に囚《とら》われて自分を見失うほどまでに駄竜と化していたのだ。もしもソルに救われ《選ばれ》ていなければと考えれば、マークのことを嗤《わら》うことも出来ない。

「うるさい！　うるさい！」

「やかましいのは貴様だ」

だが駄々《だだ》っ子のように否定を続けるマークの懐《ふところ》へ飛び込み、全力で蹴《け》り上げる。

さすがにその一撃《いちげき》だけで、まがいものとは言え『人造勇者』を始末することは出来ないが、冗談《じょうだん》のような衝撃音《しょうげきおん》と共に雲を割って遥か上空にまで吹《ふ》き飛ばす。

それをソルと共に高速機動で追跡《ついせき》し、追撃《ついげき》を連続で叩《たた》き込む。

地表からはいきなりソルとルーナ、マークがいた位置から上空へ向けてまっすぐに、飛行機雲と同時に衝撃波音響《ソニックブーム》が幾重《いくえ》にも発生したようにしか見えまい。

「それ以上の芸がないのならもう殺すが、かまわんか？」

まともな反撃《はんげき》も出来ず、血と胃液を巻き散らかして吹き飛ぶマークを冷たく一瞥《いちべつ》し、ルーナが挑発する。

事実ただマークを始末するだけならば、最初の接敵時にそうしている。そうできる。

わざわざ待ってやっているのだから、出し惜しみせずにさっさと切り札を出せと、ルーナはそう言っているのだ。

「こ、このおおぉ！　ではこれを！　これを見てもまだそのすました顔でいられるのか邪竜！　千年前『全竜-1』であった貴様の真躰《アウゴエイデス》を以《もっ》てしても勝てなかった、こいつを！」

あっさりとその挑発に乗って、マークが巨大な球形魔法陣《まほうじん》を幾重にも展開させる。

たとえ挑発がなかったとしても、今の一連の打撃《だげき》を受けただけで『人造勇者』の素体だけでは全竜の分身体にも勝てないことを充分にマークは悟《さと》っている。

どちらにしても切り札を出すしかもう、マークに残された手はなかったのだ。

「だからさっさとそれを呼び出せと言うておるのだ、海老。我は主殿のために真の『全竜』とならねばならんのだ。さっさと鯛に喰《く》われろ」

今この瞬間《しゅんかん》からでも、うおおおなどといいつつ魔法陣を展開しているマークを屠《ほふ》ることなどルーナには容易《たやす》い。だがルーナにしてみればさっさと今の全竜分身体であれば倒《たお》せると確信している、『人造勇者《ヒトデナシ》』の真の力を呼び出してもらわねば困るのだ。

勇者としての知識を脳に焼きつけられたマークが口にした『全竜-1』。

ルーナ自身が口にした真の『全竜』。

その言葉が意味するとおりの存在が、マークが顕《あらわ》れた時と同じ、ただその規模を数百倍してその背後に発生している暗黒洞と、それを中心に幾重にも重なった巨大な球形魔法陣を介《かい》して、城の如きその巨躯《きょく》を亜空間《あくうかん》からこの地へと顕現させる。

天空に浮《う》かぶ城の如き巨躯。

天候さえ変えうる竜語魔法と、万の軍勢すら焼き払う息吹《ブレス》。

剣《けん》も矢も、魔法までをも通さぬ強固な鱗《うろこ》。

人も獣《けもの》も魔物《モンスター》も一切合切《いっさいがっさい》の区別なく、等しくただの獲物《えもの》として引き裂《さ》き喰らう爪《つめ》と牙《きば》。

捻じれた巨大な竜角と、背後に大きく展開された両の竜翼《りゅうよく》。

強大な四肢《しし》と長大な尾《お》を以て人の如く直立する、巨大な竜の真躰《アウゴエイデス》。

今この世界において、全竜《ルーナ》以外に唯一《ゆいいつ》現存する竜種の真躰《アウゴエイデス》をその素体《ベース》とし、ありとあらゆる逸失技術《ロスト・テクノロジー》によってその全身を固めた『人造勇者』が纏《まと》うべき絶対無敵の鎧。

それは『旧支配者』最大の切り札である『神殻外装』。

千年前に全竜を倒して封印《ふういん》し、その後も人類に敵対したすべての存在を屠ってのけた人の持つ究極の力。人が人であり続けるために、人を棄《す》てた『人造勇者《ヒトデナシ》』が振るう真の力。

岐《くなど》のモノの力を、人が無理やり取り込んだ歪《いびつ》な守護神。

それが今、ソルとルーナの狙い通りに『召喚《しょうかん》』されたのだ。

顕現した『神殻外装』の胸前あたりに浮かんでいる、半透明《はんとうめい》の球体に包まれたマークの周りにいくつもの表示枠《ひょうじわく》が浮かぶ。

背後には邪悪の樹《クリフォト》の象徴《しょうちょう》図が表示され、四肢には象徴文字による回転魔法陣、頭上には揺《ゆ》らめきながらこちらも回転する光輪《ニンブス》が発生している。

巨大な『神殻外装』には天上から幾筋《いくすじ》もの光の繰《く》り糸が伸《の》びており、それを以て連結者《リンクス》の動きを追従する仕組みとなっているらしい。

連結者を『神殻外装』内部に取り込むのではなく、外部に強力な結界魔法によって操縦席ともいうべき空間を構築するこの方法は、生体――竜種の真躰を素体としているからには最も理にかなっているようにも見える。

「――カッコいいな！」

『神殻外装』が亜空間から顕現し、マークと連結《リンク》する様子を見守っていたソルが思わずそう口にしてしまうくらい、その様子は外連味に満ちていた。

男の子であれば血が騒《さわ》がずにはいられない「強さ」の具現化、その極地。

究極の魔導生物とされている竜種の真躰と連結して、自身の身体の如く自在に操《あやつ》れるとなれば、『神殻外装』を最強の鎧と呼ぶことに異を唱える人間はいないだろう。そこに無数の逸失技術兵器《ロスト・テクノロジー》も搭載《とうさい》されているからには、『無敵』と呼称《こしょう》したくなるのもむべなるかな。

人間の意識や四肢だけでは不可能であろう竜翼や竜尾《りゅうび》、竜角や竜眼といった魔導器官《オルガナ》の制御《コントロール》は、連結者《リンクス》の周囲に浮かんでいるいくつもの表示枠が補助する。

意のままに「竜の力」をぶん回せるようになるというのであれば、己《おのれ》が『人造勇者《ヒトデナシ》』になることを厭う者などまずおるまい。

ただしその代償を知らされてさえいなければ、という前提付きではあるが。

「主殿もこういうのはお好きなのですか？」

「そりゃあ男だったら誰《だれ》でもそうじゃない？　まあ僕《ぼく》は遠慮《えんりょ》しておくけど」

「……さようですか」

ソルの反応に妙《みょう》に瞳を輝《かがや》かせたルーナが喰いついたが、返ってきた答えにわかりやすくしょんぼりしている。

ソルとしては竜の力を自身の意志で自由に行使できることに、確かに憧れはする。

だがソルは自身の『プレイヤー』という能力を正しく認識《にんしき》しており、自分が戦闘行為《せんとうこうい》に意識を割《さ》かれつつ各種の異能を行使するよりも、戦闘は専門家に任せてまさに『プレイヤー』として俯瞰《ふかん》し、戦局の指し手に徹《てつ》した方が総戦力で見れば「強い」のだとも理解している。

ルーナを自分の増幅器《ブースト》程度として使うのであれば、自律して動けるルーナを『プレイヤー』として十全に指揮、フォローした方がいい。

それにルーナだけであればまだしも、今のソルは無数の『仲間』たちを並列処理して指揮、制御できるようになっているのだ。

『プレイヤー』は『プレイヤー』らしく在る方が正しい。らしさとはそういうものだ。

とはいえまあ、ソルにしても状況《じょうきょう》に応じて選択《せんたく》して使えるというのであれば、ぜひ身に付けたい能力ではあるのだが。

「どうしてそんなに残念そうなの？」

「……神殻外装《アレ》の真価は連結者《リンクス》と竜が一体化することで発揮されるのです。たとえ主殿に制御される全竜《我》でも勝てない相手がいたとしても、凌駕できる可能性が生まれます」

ソルはわかりやすくしょんぼりしたルーナがおかしくて素直《すなお》に尋《たず》ねると、意外な答えが返ってきた。

「……だったら僕とルーナもできるようになっておいた方がいいね。ルーナの真躰《アウゴエイデス》を取り返したら練習しようか」

そういうことであれば俄然《がぜん》、話は変わってくる。

プレイヤーが完全に指揮、制御する無数の『仲間』たち——数でも勝てない相手ですら凌駕しうる、最後の切り札《ジョーカー》として機能するのであれば、できるようにしておかない手はない。

将来ルーナの真躰を奪還《だっかん》した暁《あかつき》には、真っ先に身に付けておくべき能力とさえいえる。

「はい！」

だがソルのその言葉に輝くような笑顔《えがお》を見せたルーナの想いを、今のソルはまったく理解できていない。

ソルが本気で「カッコいいな！」と思っている、今見ている人造勇者と神殻外装の連結《リンク》はまがいものにすぎず、ルーナが想定している『一体化』とは、実際に己が真躰の体中に連結者を取り込んで成立する『合一《セッション》』を意味しているのだから。

まあ竜種《ルーナ》の今の気持ちを人間に置き換えれば、「もう少し大きくなったらエッ○しようね！」という約束を取りつけたにも等しい。ルーナがそういう風に受け取る事をまるで理解できていないのはソルだけのせいとも言えないが、『真名《マナ》』の扱《あつか》いに続いて竜の純情を踏みにじる結果にならぬことを今は祈《いの》るのみである。

一方、今現在も頑《かたく》なに夜伽《よとぎ》を断られ続けているルーナにしてみれば、最終目標とさえいえる約束を取り付けたようなモノだ。そうとなれば自身では『全竜』と嘯《うそぶ》きながら、実際は『-1』などというみっともない身で一体化――合一の日を迎《むか》えるわけには断じていかない。

ここで確実に真の全竜となるべく、要《い》らん気合も含めてやる気は最大化している。

そんな呑気《のんき》なやり取りをしている間に、『神殻外装』が動き出した。

「やることが千年前から変わっておらんな」

連結《リンク》が完了《かんりょう》し起動した『神殻外装』が最初に取らんとした行動はソルと全竜の撃破《げきは》ではなく、その巨躯の全域から発生させた無数の光弾《こうだん》を地上全域に向かって射出することだった。

まずはこの大陸を焼き払い、人をほぼ滅亡《めつぼう》の域まで間引かんとしているのだ。

だがそのやり口をすでに知っている全竜《ルーナ》が、それを許すはずもない。

そのために『神殻外装』と連結する『人造勇者』をこの高度にまで蹴り上げ、自身の結界内に取り込むことで他者への攻撃を完全に封じ込めて見せたのだ。

直径が数千メートルを超《こ》える巨大な全竜の結界の内側に、『神殻外装』が発したすべての光弾が着弾《ちゃくだん》することによって強烈な光が飽和《ほうわ》する。

地上数百メートルあたりまで広がった全竜の結界内に満ちる破壊《はかい》の光の乱舞《らんぶ》は、雲海を吹き飛ばし成層圏《せいそうけん》まで届くかのような巨大な花火のように大陸全土から観測可能な規模となっていた。

大気圏《たいきけん》内に、第二の太陽が生まれたかのようなその現象。

だがただの一撃たりとも、『神殻外装』の攻撃は全竜《ルーナ》の結界を抜《ぬ》けることができなかった。

全竜の結界は自身のH．Pを転用しているので、今のルーナは『神殻外装』が放った大陸を焼き払えるだけの飽和攻撃《ほうわこうげき》をすべて一身で受けたということに他ならない。

「大丈夫？」

「この身での奥義《おうぎ》である『魔創義躰《アストラル》』では本来少々荷が重いですが、主殿の助力があれば問題にもなりません」

だがルーナは平然としているし、ソルも表示枠で全竜の膨大《ぼうだい》なH．Pが1割も減っていないことを確認《かくにん》できている。

つまり今の確認はこれから『神殻外装』が繰り出すすべての攻撃を一発たりとも避《さ》けることなく喰らい続けながら、こちらの攻撃で叩き伏《ふ》せることが可能かという確認だ。

いわばこの戦いはこちらだけが回避《かいひ》禁止のぶん殴《なぐ》り合いで勝利することを要求される、ハンデキャップマッチのようなものなのだ。

千年前に全竜《ルーナ》が敗北した理由の一つもこれである。

その上いかな急造の『二代目人造勇者《マガイモノ》』と魂《たましい》なき竜の真躰の連結《リンク》とはいえ、全竜の方も千年前とは違い、真躰を封じられている分身体である状況。

ただこの世界に分身体だけが解放された状態であれば、『神殻外装』には手も足も出ずに消し飛ばされるしかなかったことは疑いえない。

だがソルの『プレイヤー』の恩恵《おんけい》を受けた上で4桁のレベルに達した今の分身体は、解放直後には自身で真躰の0・1％程度という申告《しんこく》どおりだったとしても、すでに千年前の真躰状態をすら凌駕している。

それだけではなくソルが『プレイヤー』としてあらゆる有効なスキル、武技、魔法を付与し、今や数百人規模に膨《ふく》れ上がった『仲間』たちを上限まで増加した上で、余ったすべてのH.PとM.Pもルーナに与《あた》えている。かてて加えて、通常の戦闘の趨勢《すうせい》を根底から覆す『M.P全回復』や『再使用待機《リキャスト》キャンセル』といった奇跡《きせき》を、レベルが4桁を超えた今のソルはとんでもない回数が使用可能となっている。

一度の戦闘で言うのであれば、制限がないと言っても過言ではないだろう。つまりルーナがソルに答えたとおり、もはや『神殻《しんかく》外装』ですら二人にとっては問題にもならない。

膨大な魔力を消費しようが尽《つ》きる前に何度でも全快が可能である以上、一撃でルーナのH.Pすべてを消し飛ばせでもしない限り、高位回復魔法《まほう》で即座《そくざ》に元に戻せる。

そもそも『神殻外装』が間断なく攻撃を仕掛《しか》けて来ないのであれば、ソルの異能に頼らなくとも自然回復でH.P、M.Pともにそう時間も要することなく全快する。

事実、すでに今の『神殻外装』の攻撃でルーナが失ったH.Pはほぼ全快している。

巨大な魔導器官《オルガナ》を有して外在魔力《アウター》を常時取《と》り込み、桁外《けたはず》れの内在魔力《インナー》生成能力も併《あわ》せ持つ竜種が『プレイヤー』の仲間となったら、手が付けられないのだ。

そしてソルもルーナも、勝てる戦いを無駄《むだ》に長引かせるつもりもない。

確実に仕留められる一撃を以て、確実に『神殻外装』を仕留める。そのためのシミュレーションも、人知れずソルとルーナはこの一ヶ月繰り返してきていた。

「主殿、予定通り『魔創義躰《アストラル》』の多重展開で仕留めます」

「数は？」

「念のため10でお願いします」

「了解《りょうかい》」

紅茶受けのクッキー何枚いる？　程度の会話の後、ルーナが分身体の奥義である『魔創義躰』を発動する。膨大な魔力を消費し、すべてが魔力で構成されている以外ルーナの真躰となにも変わらぬ、それどころか今は失われているはずの竜角と竜眼、竜翼がすべて揃《そろ》っている『神殻外装』とも伍《ご》する巨躯が顕現する。

本来であればここから膨大な量のM.Pを消費し続けて、それが尽きる前に勝負をつけねばならない最終手段だ。あらゆる技や魔法にも当然M.Pは消費され、短期決戦を強《し》いられざるを得ない大技《おおわざ》。これで倒しきれねばM.Pを枯渇《こかつ》させ、戦闘継続《せんとうけいぞく》が不可能になる諸刃《もろは》の剣。

だがソルの――『プレイヤー』の力があればそんな定石《セオリー》はあっさり覆される。

ルーナが『魔創義躰』を発動した直後にソルが『M.P全回復』と『再使用待機キャンセル《リキャスト》』をルーナへと使用する。瞬《また》く間《ま》にそれを10度繰《く》り返せば、ルーナの分身体、その小《しょう》躯《く》に連動する10体もの『魔創義躰』の巨躯が、たった一体の『神殻外装』を包囲する。

1秒ごとに消費されるM.Pの数値はとんでもない桁になっているが、それも定期的に

ソルが『M．P全回復』を使用すれば問題にもならない。

1対1でも時間制限を除けば、ほぼ互角《ごかく》の戦いとなるのが不完全な『神殻外装』と分身体による『魔創義躰』の戦力。それが1対10となれば、勝負の帰趨《きすう》など語るに及《およ》ばない。

ソルが11度目の『M．P全回復』をルーナに使用すると同時、10体すべての『魔創義躰』が最大攻撃技である『竜砲《りゅうほう》』を発動し、『神殻外装』が展開している防御《ぼうぎょ》結界をあっさり貫き通してその巨躯をずたずたに引き裂いた。

『旧支配者』の切り札はまるで通用せずに排撃《はいげき》されたのだ。

「あれ？　魔創義躰でも捕食《ほしょく》できるんだ？」

10体からの『竜砲』すべてをその身に受け、もはや原形を留《とど》めていない『神殻外装』を1体だけ残しているルーナの『魔創義躰』が喰らい始めている。

分身体美少女《ルーナ》は腕《うで》を組んで宙に浮いているだけだが、『神殻外装』に施《ほどこ》された逸失技術《ロスト・テクノロジー》による艤装《ぎそう》を器用に除外して頭から喰らってゆく『魔創義躰《アウゴエイデス》』は完全にその制御下にある。

魔力で形成されているとはいえ、その姿は全竜の真躰となにも変わらない。それがほぼ同じ巨躯を誇《ほこ》る竜の真躰を喰らっている様子は、それだけで相当な迫力《はくりょく》があるものだ。

時折ぺっ、とばかりに吐《は》き出される逸失技術の塊《かたまり》が地上へ突《つ》き刺《さ》さる際に発する轟音を聞いているだけでも、その巨大さは窺《うかが》い知れるだろう。

まるでその真価を発揮することなく終わったそれらも冒険者ギルドが回収し、これからの人の世界の発展のために役立てるであろうことは疑いえない。

「そもそもこの我も分身体ですから」

「──そういえばそうだったね」

ソルの素朴《そぼく》な疑問に、少し首を傾《かし》げるようにして分身体のルーナが答えている。

完全に分離《ぶんり》制御《せいぎょ》することにまだ慣れていないためか、その問いに答えた際に『魔創義躰』も分身体と同じような仕草になるのが、可愛《かわい》いというべきかちょっと悩《なや》んでしまうソルである。ソルにとっては分身体のルーナこそが本物で、『召喚』の際に目の前《めのまえ》にした片眼片角《かため》、背の両翼《りょうよく》を失って鎖《くさり》に吊《つ》るされていた巨大な真躰の方が本物の「ルーナ」なのだという認識が薄《うす》いのだ。

「……あの時は淫魔《サキュバス》により絶望を与えるためにああしました」

「……なるほど」

ソルの疑問が前回の自身の「捕食」から来ているものだと察したルーナが説明するが、それを受けてソルはちょっと引いている。

竜種の敵に対する容赦《ようしゃ》のなさを改めて確認できたからだ。

まあ確かに『神殻外装』ほどの大きさを分身体で喰らい尽くすのは無理がある。

事実、同じくらいの大きさである『魔創義躰』で喰らっているからこそ、残すところあと3分の1程度になっているのだから。

「……なあ、ソル」

感心しつつ捕食の様子を見上げているソルに、瀕死《ひんし》のマークが話しかけてきた。

繰る者のいなくなった操り人形《にんぎょう》のように血まみれで吊るされているマークはもう絶命しているものだと思っていたが、どうやらまだ息があったらしい。

『人造勇者《ヒトデナシ》』化に伴《ともな》う狂気《きょうき》も死に瀕《ひん》し、『神殻外装』が喰らった竜砲の感覚還元《フィードバック》で、植え付けられた人造魔導器官《オルガナ》の大部分が破壊されたことにより解かれている。顔を覆《おお》っていた竜神《りゅうじん》の如き面も砕《くだ》かれ、血まみれではあれど本来のマークの顔がのぞいている。

常人であれば致命傷でしかない傷をいくつも受けながらもマークがまだ話せるのは、喰われつつあるとはいえ『神殻外装』の加護がまだ活《い》きているがゆえか。

「なんでしょう？」

であれば特に会話を拒否《きょひ》するつもりもないソルである。

一度見逃《みのが》したにもかかわらずこうして挑《いど》んできたからにはここで殺すことを今さら変えるつもりはないが、長い付き合いの元幼馴染《おさななじみ》が聞きたいことがあるというのであれば、それに答えることは吝《やぶさ》かではない。

「どうして……どうしてアランを殺したりなんかしたんだ?」

「アランが僕を殺そうとしたからです」

「ああ……」

一番聞きたかった質問に対して、一番聞きたくなかった答えが即答《そくとう》で返ってきた。

なんだってアランがあの時点でソルを殺そうとまでしたのか、今のマークでもわからない。アランが聖教会――フィオナに成り代わった淫魔《サキュバス》に唆《そそのか》されていたことなど、マークは知らないので無理もない。

だがマークはソルの性格をよく知っている。

自ら敵となった相手がたとえ幼馴染であれ、容赦することはないだろう。

そしてソルの言葉が嘘《うそ》ではないことだけは、マークにも理解できてしまう。

追放したことを恨《うら》んでのことや、元よりアランを殺してやろうと思っていたというのであれば、翌日冒険者ギルドで会うまでに十分そうするだけの機会はあった。全竜という絶対の力を手に入れている以上、ソルの側にそうする意思がはじめからあったのであれば、あの時点で生かされている理由はない。

なんらかの理由があったのだとしても、冒険者ギルドでのもめごとの際、『百手巨神《ヘカトンケイル》』たちと一緒《いっしょ》くたに始末してしまえば事は済んでいたのだから。

つまりアランも、自分も。殺すつもりなどなかったソルが、そう判断するように自ら動いてしまったということに他ならないのだ。

「どうして、初めから……教えておいてくれなかったんだ。そうすれば俺たちだって……」

追放を宣言した夜、同じ幼馴染であるリィンとジュリアがなぜ即座に『黒虎《ブラック・タイガー》』を見限ったのか、今のマークは理解できている。

自ら気付けなかった不明を恥《は》じるべきでもあるだろう。だが初めからそうだと教えてくれていたら、さすがにこんな事にはならなかったという恨み言はどうしても出てしまう。

「危険度《リスク》が高いと判断していたんです。ですが確かに僕もやり方を間違《まちが》っていました」

「――はは、は」

だがそういわれてしまえば確かにそうかもしれない、と思ってしまったマークである。

別にマークが率いていた『黒虎』は無敵のパーティーだったわけではない。ソルの本当の力が自分たちから漏《も》れた場合、全竜を手に入れる前のソルにどんな脅威《きょうい》が迫《せま》っても不思議はないというのは理解できる。

俺たちを信用してくれなかったのかという恨み言は、自らがソルを除名《クビ》しようとした選択をした以上、さすがに口にすることは出来なかった。

それにソルは別に、リィンとジュリアにだけこっそり事実を教えていたというわけではない。女性陣《じょせいじん》二人が言われずとも気付けたことを、力に溺《おぼ》れたアランとマーク《自分》は気付けなかったというだけのことだ。言葉を変えれば、ソルはマークやアランだけではなく、リィンとジュリアでさえも信用していなかったとも言えるのだ。

それでもまだ幼かったあの頃からソルが全竜という無敵の力を手に入れて、自分たちに力を与えてくれる絶対者として君臨してくれていたらと思ってしまうことは否《いな》めない。

もしもそうだったとしたら、卑屈《ひくつ》な想いを得ていたとしても、少なくともここで死ぬようなことにはならなかっただろう。

まさかソルが幼い頃の自分たちがした約束「この5人でちょうゆうめいパーティーになる」という誓《ちか》いを愚直《ぐちょく》に守り、あの解散の夜まで全竜を手に入れる手段を行使していなかったことなど、想像もできていなかったのだ。

力の行使、お互《たが》いの信用、真実の告白と秘密の厳守、その順序。卵が先か鶏《にわとり》か。

「……お前の夢、叶《かな》うと良いな」

どちらにせよ、今はもう言ってもせんないことではある。だからマークは最後の男の子としての矜持《きょうじ》を振り絞《しぼ》り、恨み言ではなく幼い頃のように最後の正直な想いをソルに告げた。

自分たちこそが足手纏いだったのだと、今なら嫌《いや》でも理解できる。あの子供の頃にみんなで誓った夢を叶えることにソルが拘《こだわ》っていたがゆえの、2年もの停滞《ていたい》だったのだ。

だが自分とアランが追放などと言い出したことがきっかけであれ、ソルにとっては要らん足枷《あしかせ》がなくなったのだ。

ならばせめて、ソルとリィン、ジュリアの3人だけでも、あの日5人で夢見た迷宮《ダンジョン》の最奥《さいおう》、魔物支配領域《テリトリー》の最果て、『塔《天上》』の彼方《かなた》を目にして欲《ほ》しいと素直に思う。

「俺の夢は……はは、初めから叶うはずのないもんだったなあ……なあソル、もしも、もしももう1度初めからやり直せたら、俺たちは——」

自分はもう助からない。だったらせめて偽《いつわ》りとはいえ元『黒虎』のリーダーらしく格好をつけて死にたい。そう思っていたのに、心はままならない。

死にたくない、ソルの今の力なら助けてくれることも出来るだろう、土下座してでも泣き喚《わめ》いてでも命乞《いのちご》いをせよと魂がひしり上げる。

だがだんだん早口になっていったマークの言葉は、不意に途切《とぎ》れた。マークの魂がなにをどう思っていようが、そんなことはまるで関係なく今の時点で命の灯《ひ》が消え果てたのだ。

マークの瞳《ひとみ》に宿っていた光が消えて失《う》せ、ただの死体になり果てる。

ルーナの『魔創義躰』が『神殻外装』を喰い尽くし、素体だけではとっくに活動停止していたマークを存《なが》えさせていた根源が失われたからだ。

最後の言葉も言い切れずに死んだことは、さぞや無念だろう。

だが死とは本来そういうもの。縦《たと》え他者にそれを強いようとしてなどいなくとも、それは誰にでも訪《おとず》れ得る絶対の終焉《おわり》。

「さよなら、マーク」

だからソルはもう、なにも語らなくなったマークに別れを告げる。

一度でも他者にそれを強いようとした者が、その理不尽《りふじん》から救われることなどないのだと、ソルもまた覚悟《かくご》を決めているのだ。

アランとマーク。

どんな理由があれど、二人にそれを強いた自分《ソル》もまたそれは同じなのだから。

だがそんなソルの心の在り様とはまるで関係なく、事態は推移する。

マークが死に、そのマークに与えていた能力が『プレイヤー』に戻《もど》ってくると同時、真《しん》紅《く》に染まった表示枠がいくつもソルの周囲に浮かび上がったのだ。

「やっぱり来たか！」

予想はしていてもどうしても驚愕《きょうがく》交じりの声を上げてしまったソルにかぶせるように、巨大なルーナの『魔創義躰《アストラル》』も突如《とつじょ》苦悶《くもん》の咆哮《ほうこう》をあげ、その漆黒《しっこく》の魔力《まりょく》の塊に真紅の閃光《せんこう》が幾重にも走り抜け始めている。ソルの周囲に複数出現した表示枠のすべてに徐々《じょじょ》に緑の領域が真紅に染められていく様子が映し出され、ソルにしか聞こえない警報音がけたたましく鳴り響《ひび》いている。

それらは明らかに『プレイヤー』が、外部からの干渉《かんしょう》を受けていることを如実《にょじつ》に物語っている。つまりソルたちがこの事態があることを予測していたとおり、『旧支配者』が仕掛けた最大の攻撃《こうげき》が今発動しているということだ。

『人造勇者《マーク》』と『神殻外装』で岐神《ソル》と全竜《ルーナ》を排除《はいじょ》できればそれでよし。

それが叶わず破れた場合にも、『人造勇者《マーク》』に付与《ふよ》されていた各種能力は岐神《ソル》――『プレイヤー』へと還《かえ》り、全竜《ルーナ》は己が真の全竜となるべく、『神殻外装』の核《かく》を成す竜種の真躰《アウゴエイデス》を捕食することは間違いない。

であればそこへ死毒を仕込《しこ》むのは当然のことだろう。

なにも力で勝てずとも、やりようなどいくらでもある。その力そのものを自在に使役《しえき》可能なように、取り込んでしまえばいいだけの話なのだ。人の敵の力をそうやって取り込むことによって、『旧支配者』たちが人の矜持を辛《かろ》うじて保ってきたのと同じように。

逸失技術《ロスト・テクノロジー》に詳《くわ》しいはずもない現代に生まれて間もない岐神《ソル》と、千年もの間封印されていた全竜《ルーナ》では、真の敵にすら通じたこの攻撃方法に抗《こう》する手段などない。

――はずだった。

「やっぱり僕がマークを殺すことと、『神殻外装』そのものが毒餌《どくえ》だったたね」

だが表示枠をじっと見つめているソルに、すでに焦《あせ》りの色はない。

『旧支配者』たちがこの必勝の手段を仕込むために要した時間は、ソルとルーナにも平等に与えられていたのだ。優《すぐ》れた賢《かしこ》さを持つフレデリカや王族たち、魔導具に関しては図抜《ずぬ》けた知識と発想を持つガウェインやサエルミアであれば、ソルの『プレイヤー』や全竜《ルーナ》に対して、逸失技術《ロスト・テクノロジー》に長《た》けた敵が仕掛けてくるであろう手段に、ある程度あたりをつけることは出来ていたのだ。

その後全竜が持つ呪術《じゆじゆつ》系の能力を総動員して各種実験を繰り返した結果、『プレイヤー』にはその手の攻撃に対する抵抗《ていこう》手段がある事は確認できているし、ルーナも『捕食』対象に毒を仕込まれる可能性をきちんと認識できるようになっている。

結果がどうなるかはこの時点でもなお賭《か》けではあるが、今の展開があることを予測、覚悟できているソルとルーナは必要以上に慌《あわ》てはしない。

そしてフレデリカたちが予想した通り、一時半分を超えて赤く染まった表示枠は、ゆっくりとではあるが徐々に緑に戻りつつある。外部からの侵入《しんにゆう》に対する防壁《ぼうへき》が機能し、相手を駆逐《くちく》し始めたのだ。そうなれば逆に、侵入者《しんにゆうしや》の尻尾《しつぽ》をつかまえることも出来るだろう。

危《あや》うい賭けではあったのは確かだが、どうやらそれにソルとルーナは勝ったらしい。

「主殿《あるじどの》!!」

「僕は平気——というか、次々と対抗措置《たいこうそち》が立ち上がっている」

赤光《しやつこう》を走らせて苦悶《くもん》する自らの『魔創義躰《アストラル》』など捨て置き、ルーナが心配しているのは己などよりも主であるソルのことが最優先である。

縦《たと》え自身が無事でもソルを失えばあの空間へ戻される可能性を残している以上、ルーナにとって今ソルを失うこと以上の恐怖《きょうふ》など存在しない。

今が最善とすれば、たとえ敗れて死んでも次善だと断言できるルーナにとって、再びあの空間へ封印されてしまうことこそが、文字通り最悪の終わりなのだから当然だ。

それを止める為《ため》であれば、手段を選びなどしない。たとえ星を砕いて人類諸共《もろとも》でも敵を倒せばソルが無事だというのであれば、躊躇《ちゅうちょ》なくそれを実行するだろう。

だがソルが落ち着いて答えたとおり新たな表示枠がいくつも現れ、その度に最初に表示され赤く染められていった部分が高速で駆逐され、加速度的に緑の表示に戻って行っている。『プレイヤー』への侵入に対する対抗《たいこう》手段が十全に機能している証だ。

そしてそれは駆逐するだけに留《とど》まらず、同時に侵入《しんにゅう》経路を辿《たど》って逆侵入するために必要な手段を構築もしている。今や減っていく赤い領域は本来の姿に復元されているというよりも、逃《に》げようとする侵入者を捉《とら》えて離《はな》さない状況を表現しているとさえいえるのだ。

「凄《すご》いですね」

その状況を見て感心しているルーナの様子を見て、ソルは思わず笑ってしまった。いや、凄いのはルーナとフレデリカの方だろうと本気でそう思うからだ。

ソルは理由があったとはいえ自身の能力である『プレイヤー』について詳しく語らなかったことが、幼馴染パーティー『黒虎《ブラック・タイガー》』の解散を招いたことを後悔《こうかい》している。特にマークとアランについては最悪と言っても過言ではない結末を迎えたが、そこへ至るまでの選択肢《せんたくし》の多くを選んだのは自分なのだと自覚しているのだ。

「プレイヤー」自身の弱さを理由に、自身の身の安全を優先してその能力を明かさない選択肢を選ぶのであれば、幼馴染たちを巻き込《こ》むべきではなかった。どうしても幼馴染たちと共に夢を追いたかったのであれば、真実を話すリスクを許容するべきだった。最悪でも『召喚』を最初に行使し、幼馴染たちだけで夢を果たすことに固執《こしつ》するべきではなかったのだ。

だからこそソルはその同じ轍《てつ》を踏《ふ》まぬため、『全竜《ルーナ》』という絶対の力を信頼《しんらい》することと相手を厳選することを前提に、今わかっている『プレイヤー』の情報を共有することを決めていた。

その対象はまず当然のこととしてルーナ。次いでリィンとジュリア。スティーヴ。ガウェインとサエルミアのバッカス工房組み。そしてエリザとフレデリカの8名だ。

今ソルがわかっている限りの『プレイヤー』の情報を得た仲間たちの中でも、捕食した相手の能力を奪《うば》う唯一能力《ユニーク・スキル》を持った竜種であるルーナと、あらゆる分野の歴史に精通しているフレデリカが自由に語り合う相乗効果が凄《すさ》まじかった。

加えて全竜《ルーナ》という規格外の力を得てからソルが行った各種実験により、新たに判明した

『プレイヤー』にできること、その情報はいくつもある。

ソル自身は同じパーティーに属していなくても、能力を付与《ふよ》したあらゆる相手が得た経験値をソルも得ることができる。その形で得た経験値は貯蓄《プール》可能で、戦闘《せんとう》を経ずとも任意の仲間を強化《レベルアップ》することに使用可能。最大6人で構成した1パーティーごとにリーダーを設定することができ、リーダーとパーティーメンバー、各リーダー同士による表示枠通信をさせることが可能。それにはいつでもソルは介入《かいにゅう》可能で、会話の履歴《りれき》を保存可能。「プレイヤー」の仲間となった者がその状態で一定回数スキルを使用すれば、『プレイヤー』自体がその能力を習得し、他者に付与することも可能になる。対象者のすべての行動についての履歴情報《ログデータ》を取得可能。

すべてを上げていけばきりがないが、これらの多くはソルのレベルが3桁《けた》を超えてから身につけたものがほとんどである。

だがそれぞれの機能やそれをどう有効活用するかよりも、まずルーナとフレデリカが着目したのは、『プレイヤー』の機能を逆手に取られる可能性に対してだった。

例えば最初にソルがアランを殺した際に確認できた機能。

『プレイヤー』にスキルやステータス値、H.PやM.Pを付与された対象が死亡した場合、それらはすべて『プレイヤー』に回収されるという、いわば当たり前とも言える仕組《システム》み。

ソルが「それなら気楽に仲間を増やせるな」と判断した部分に、ルーナとフレデリカは脆弱性《ぜいじゃくせい》を見出《みいだ》したのだ。

ルーナもフレデリカも「どうやって」かまではわからない。だが逸失技術《ロスト・テクノロジー》に長け、攻撃衛星《神の雷》などを今も使役する聖教会、あるいはその背後にいる何者かが『プレイヤー』の存在を知っていると仮定すれば、その特性を利用して罠をかけないはずがないとの結論は共通していた。ルーナは「捕食」の際に自身を害する要素が仕込まれている相手が過去にいたという経験から、フレデリカは自分が『プレイヤー』を知っており、それに抗するために自分ならどうするかという理詰《りづ》めでその結論に行きついたのだ。

その結論に基づき、『プレイヤー』に力を付与された者を全竜《ルーナ》が持つスキルで呪《のろ》い、その状態でそれを回収した場合どうなるかという実験を、あらゆるパターンで行うことにしたのである。

その結果、『縁《えにし》』を辿る呪いの類《たぐい》は『プレイヤー』――ソルにも伝播《でんぱ》することが判明し、ルーナも、最初の呪われ役を買って出たリィンも大慌《おおあわ》てするという事態に相成った。

だがそういう手段であればソルを攻撃することが可能だとわかった以上の収穫《しゅうかく》もあった。

『プレイヤー』がその手の攻撃に対して『学習』することが判明したのだ。

最初は綺麗《きれい》にソルに直撃《ちょくげき》していた呪いが、２度目以降はまともに通らなくなり、３度目は完全に無効化される。またそれは同じ呪いに対してだけではなく、『プレイヤー』への能力還元《フィードバック》を利用した攻撃という概念《がいねん》すべてに適用され、ついには全竜が持つあらゆる呪いすべてを無効化してのけるまでに至った。つまり敵を倒《たお》すことによる強化《レベルアップ》ではなく、『プレイヤー』という能力をあらゆる状況下で使《つか》い込むことによる進化、最適化に成功したのだ。

最終的には全竜への逆侵入——呪い返しまで行うようになり、その事実を以《もっ》て今回敢《あ》えて聖教会とその裏にいる者の攻撃を受けるという判断に至ったのだ。

聖教会が駆使《くし》する逸失技術とは全竜やその他の魔物《モンスター》、あるいは人が神から与えられる「能力」を模倣《もほう》したものだと考えられ、今の『プレイヤー』であればその攻撃を逆手にとれると判断した上での賭けである。そしてその賭けには、順当に勝ったとみて間違いなさそうだ。

「ルーナは平気なの？」

『魔創義躰《アストラル》』はともかく分身体の方は平気そうなのでさほど心配していないが、念のためソルが確認する。

「ええ。兄上の竜因子に制御機能を潜《ひそ》ませていますが、丸わかりなので特に害は。『眷属喰《が》い』が仕込まれる毒に気付かぬなどと本気で思っていたのであれば、おめでたい限りですね」

「――兄上？」

だが帰ってきた答えはソルの心配を斜《なな》めに突き抜ける、意外なものであった。

「？　『神殻外装』は我《わ》が兄竜のなれの果てです。千年前は生きた真躰《アウゴエイデス》で『勇者《義姉》』と合一《セッション》もしておりましたので敗北を喫《きっ》しましたが、抜け殻では話になりませんでした。これで晴れて我も完全な『全竜』です」

――自慢《じまん》げに胸をそらしているが、それでいいのかルーナ。

「……一度きっちり、ルーナから千年前の話を聞かなきゃだなあ」

この1ヶ月で千年前のいろいろな情報をルーナに確認はしたものの、細部については後回しにしていた。ルーナ視点でとはいえ千年前になにがあったのか、ソル一党の中核《ちゅうかく》メンバーはすでにある程度把握《はあく》できているが、まさか『初代勇者』とその『神殻外装』がそういう関係だったとは思いもしなかったソルである。

――抜け殻とはいえ兄竜の真躰《アウゴエイデス》を自らの『竜砲』でずたずたにして、もりもり喰《く》ってたのか……

ちょっと竜種の情緒《じょうちょ》が理解できないソルである。自分は敵対したとはいえ幼馴染を眉《まゆ》一つ動かすことなく殺していながら、なかなかに勝手な感想と言えるだろう。

「あ」

「ど、どうなさいました」

唐突《とうとつ》に間抜《まぬ》け気味な声を上げたソルを、律義《りちぎ》にルーナが心配する様子を見せる。

「これを仕掛けてきている相手をプレイヤーが捕捉《ほそく》した。四大迷宮《ダンジョン》の位置が表示されてる」

だがソルの答えはトラブルではなく、成果の報告だった。

『プレイヤー』が逆侵入に成功したのだ。相手のシステムを乗っ取ることまで可能かどうかは現時点では不明だが、少なくとも当面の敵がどこに潜んでいるのかを特定することは出来たというわけだ。

そしてそれらは幼い頃《ころ》からソルが最奥まで攻略《こうりゃく》することに憧《あこが》れ、ルーナの奪われた魔導《オル》器官《ガナ》――竜角、竜眼、そして左右の竜翼《りゅうよく》が封《ふう》じられている場所でもある。

「それぞれの最奥にいるということでしょうか」

「たぶんね」

「であれば準備を整えねばなりませんね」

「そのための障害は取り除《の》けたといっていいんじゃないかな」

つまりどうあれ絶対に辿り着かねばならない場所なのだ。

そこに敵のボス級がいようが、ルーナの魔導器官《オルガナ》が封じられていようが、それはソルにとっての軸足《じくあし》ではない。

そこへ辿り着くことそのものがソルの夢の一部であるからには、やるべきことに変わりはない。たとえこの情報が化かし合いの果ての愚か者の罠《ブービー・トラップ》であったとしても、必ずソルはそこを目指すのだから。

そしてソルの言うとおり、地上でそのための準備を十全に整えるための条件はそろったといっていいだろう。支配者気取りたちが迷宮の底に籠《こも》って手出しができないというのであれば、地上を安定させて万全《ばんぜん》の態勢で迷宮攻略《ダンジョン・アタック》に挑めるようにするだけだ。そのために必要なことであれば、たとえどんなことであれ骨惜《ほねお》しみをするつもりはないソルなのである。

目的のために世界征服《せいふく》が必要なのであれば、ソルは躊躇《ためら》いなくそれを実行する。というか実際の統治方法はどうあれ、『聖戦《オラトリオ・タングラム》』に勝利した時点でソルが大陸を支配することは確定路線といっていい。その治世が多くの人々にとって幸せを意味にするものになるかどうかは、フレデリカたちの腕の見せ所といったところだろう。

ソルは進んで世界を滅《ほろ》ぼそうという精神性は持ち合わせてはいないが、邪魔《じゃま》だと感じればエメリア王国どころか、城塞《じょうさい》都市ガルレージュのみを残して他は要らないと言える精神性の持ち主ではあるのだ。

それは勇者や英雄《えいゆう》というよりも、わりと魔王《まおう》寄りの思考だと言えるだろう。

◇◆◇◆◇

『させぬよ。人が人らしく在れぬのであれば、今一度世界が終焉《おわり》を迎えることもやむを得ぬ。確かに汝《なんじ》らには我らの攻撃は通じぬようだ。だが戦闘力《せんとうりょく》――暴力で解決できぬ滅びには、たとえ『全竜』となったとて抵抗できまい』

自分たちがこうなってなおこの世界に干渉するための根幹である逸失技術《ロスト・テクノロジー》の中枢《ちゅうすう》へ『プレイヤー』の侵入を許しながら、『神殻外装』の投入直前以降、沈黙《ちんもく》を保っていた『旧支配者』が再び介入してきた。

「わりとしゃべるよね」

「そこは千年前からあまり変わりませんね。黒幕気取りの傀儡《かいらい》どもですから」

だがそれに対するソルとルーナの対応は辛辣《しんらつ》というよりも、もはやそっけない。

ソルにしてみればこういう黒幕系は沈黙を保ち、意志の疎通《そつう》が可能かどうかすらわからない方がずっと怖《こわ》い。こんな風に話しかけてくる相手であれば、自らの『プレイヤー』と全竜の力がある以上、なんとでもなるような気がしてしまう。

実際がどうかというよりも、そう思わせてしまうことそのものが悪手じゃないのかなー、と思ってしまうのだ。

そもそも千年前を知る全竜にしてみれば、ラスボス気取りの前座程度にしか思っていないようだ。ルーナがソルにそう告げたように、真の敵は迷宮の最奥と『塔』の最上にいるのだろう。

『…………終わるがいい』

確かにこの期《ご》に及んで言葉は無粋《ぶすい》と悟《さと》ったものか、『旧支配者』たちはシンプルな一言だけで実力の行使を開始した。

それはべつに負け惜《お》しみのハッタリというわけではなかったらしい。

逸失技術《ロスト・テクノロジー》によって竜脈《りゅうみゃく》を支配し、外在魔力《アウター》の根源である地表近くの竜穴《魔力発生点》をすべて掌握《しょうあく》している『旧支配者』の最後の手段。一時的に地表の生命体、そのすべてを無に帰してでも正しい世界の在り方を護《まも》るための、再生を前提とした終焉《おわり》のはじまり。

俄《にわ》かに海や湖、河の水は血の色に濁《にご》りはじめ、草木は枯《か》れ果て、空気は澱《よど》み地が割れ山脈は火を吹《ふ》かんと鳴動を始める。

「――なるほど」

天から巨大《きょだい》な星が降ってくるだの、雲を突き抜《ぬ》けるほどの巨躯《きょく》を誇る魔物《モンスター》が発生するだのであれば、『プレイヤー《ソル》』と『全竜《ルーナ》』を以《もっ》てすればなんとでもできる。

『戦闘』という土俵であれば、ソルが最初に選んだ手札《カード》との組み合わせに勝てる者は、少なくとも今の地表には存在しないのだ。

「あ、主殿。我は本当にこういうのは、あの」

だがルーナが言うとおり、どれだけ強力な攻撃手段を持ってはいても、今この大陸――惑星《わくせい》の表面に発生しようとしている竜脈の暴走による『自然災害』を止める手段を『全竜』は持ち合わせてなどいない。この惑星を砕けと言われればできなくもないのだろうが、壊《こわ》れゆく世界を護れと言われても『全竜』にはそんなことは不可能なのだ。

明確な『敵』がいなければ、十全に機能することができない。

「うん、わかってる。でもこの展開、僕《ぼく》には仕込みにしか思えないんだけどな」

「？」

それはまた、別の手札《カード》の役割なのだから当然だ。そしてその手札は今、ソルたちの手の内にある。だからこそそれすらも見越《みこ》した何者かによるシナリオの存在を、ソルは疑わざるを得ない。だから「仕込み」と称《しょう》したのだ。

千年前、戦力でいえばはるかに劣《おと》るはずの人類を勝利に導き、『封印《ふういん》されし邪竜《じゃりゅう》』、『囚《とら》われの妖精王』、『死せる神獣《しんじゅう》』、『虚《うつ》ろの魔王』、『呪われし勇者』を生み出した存在が、今回はソル――『プレイヤー』を手駒《てごま》に、飽《あ》きた現体制を壊そうとしているようにも思えてしまう。

あるいはその逆か。いやソルは今、真の敵とやらを一つに限定してしまう危うさにも思い至り始めている。旧支配者とその後ろにいる者は繋《つな》がっているわけではなく、お互いも敵対しているのかもしれない。となれば敵の敵を味方とできる可能性も否定はできない。

「とはいえまあ、こっちとしては今やるべきことをやるしかないんだけどね」

ソルが独り言《ご》ちるとおり、どうあれ今はその流れに乗るしかない。

その手札を使わずして、この状況《じょうきょう》を収める手段などソルには思いつけない以上はそれしかないのだ。

『フィリッツ』

ソルが表示枠《ひょうじわく》を通して、すでに自分たちの仲間となっている者の名を呼ぶ。

それはイステカリオ帝国《ていこく》の現皇帝《こうてい》であり、その命と人造魔導器官《ニア・オルガナ》を以て、『囚われの妖精王』の最後の封印を担《にな》っている者。

『――畏《かしこ》まりました』

即座《そくざ》に答えるその声は、やはり僅《わず》かに緊張《きんちょう》で震《ふる》えている。

それも当然だろう。今世界が滅んでいく状況を止めるためとはいえ、己《おのれ》の死を以て『妖精王』を解放することを指示されたのだから。

◇◆◇◆◇

「イシュリー・デュレス司教枢機卿様《カーディナル》」

自分とクルト以外には悟られないままにソルからの連絡《れんらく》を受けたフィリッツが座していた指揮座から立ち上がり、空中へ向かってイシュリーの名を呼ぶ。

『なんでしょう、フィリッツ・ライフェルデン・イステカリオ皇帝陛下』

上空の誰《だれ》からも見える大きさの表示枠に、その呼びかけに即座に答えるイシュリーが映し出された。その隣《となり》には上空を見上げるようにしている、呼びかけたフィリッツを映し出した表示枠も並んで顕《あらわ》れる。

「今始まっている世界の崩壊《ほうかい》は、妖精王が解放されれば止めることが可能ですか？」

会話が成立し、それがこの聖戦に参戦して今なお生き残っている者たちすべてに共有されていることを確認《かくにん》したフィリッツが、ソルからの指示を実行すべく己が役割を開始する。

先刻から『旧支配者』が発動させた「滅び」の様子は空中の表示枠でこの地にいるみなに共有され、人造天使たちに続いて神殻《しんかく》外装が叩《たた》きのめされた後、戦どころではなくなっていた兵たちに動揺《どうよう》を強《し》いていた中での会話である。

確かに神話や伝説では自然を統《す》べるとされている妖精王が復活すれば、世界が紅《あか》く染められながら終わって行っているこの状況を覆《くつがえ》せるかもしれないと、誰もが期待するのは自然なことだろう。

『……そう聞いております。ですがそれには――』

イシュリーはその希望は確かに残されていると答えながらも、言い淀《よど》んでいる。

妖精王を解放するためには今その問いを発した者の死が必須《ひっす》となることを、イシュリーはソルから教えられる形ですでに知っているからだ。

「であれば是非《ぜひ》もありません。今ここですぐにでも私の命を絶ち、妖精王を解放致《いた》します」

『さ、さすがは大国を統べる皇帝陛下。世界のための滅私《めっし》、感服致します』

もちろんイシュリーにとってもこの流れは、ソルから指示されているがゆえの茶番に過ぎない。だからこそフィリッツからの呼びかけに、瞬時《しゅんじ》で応じることも出来たのだ。

このやり取りを、この場から生きて各国へ帰還《きかん》する者たちの目と耳、何よりも心に焼き付けることが大事なのだとソルから厳命されている以上、イシュリーは用意されたシナリオに沿って完璧《かんぺき》に己の役どころを遂行《すいこう》する心算《つもり》ではある。

だが大国の皇帝であると同時に、間違いなくまだ年端《としは》もいかぬ少年でもあるフィリッツが、世界のためとはいえここまで静かな目で己の死を受け入れていることに内心で驚嘆《きょうたん》を禁じ得ない。たとえこのまま戦後を迎《むか》えても、どちらにせよ妖精王を解放するために、絶対者《ソル》の命令によって死からは逃《のが》れられぬと理解してはいてもだ。

「いえ、滅私などとんでもない。私は愚かな皇帝でしたが、それでも私なりに祖国を愛しているのです。ソル様とエメリア王国を神敵と見做《みな》して滅ぼす旗頭《はたがしら》となった愚行《ぐこう》の贖罪《しょくざい》を、己が命で贖《あがな》えることを期待しての浅ましい行動に過ぎませんから」

苦笑いを浮《う》かべながら、フィリッツは本音を口にする。

自分がここで命を投げ出すのは、滅私の英雄的《えいゆうてき》行動などではないのだと。

『残念ながらそれを決める権利は私にはございません。ですが私の立場でできる限りの努力を払《はら》い、イステカリオ帝国に温情が与《あた》えられるように動くことをお約束致します。それはいまこの表示枠を見ている、すべての国家の方々も同じであると信じます』

「感謝致します」

イシュリーにしても、確かにフィリッツの言っている内容は理解できるものだ。

最大戦犯として、あるいはこの展開がなかったとしても妖精王を解放するために死からは逃れられない己の命を、最も高値で売りつけるにはこのタイミングこそが最高だろう。

すでにフィリッツがソルの軍門に降っていることを知っているイシュリーとて、フィリッツが生き存《なが》らえる目がないことは理解しているし、初めから自分の命を少しでも高く売りつけるために、ソルに従ったのだと思ってはいた。

だがどう計算高く立ち回った結果であれ、どのみち己という存在は消えてしまう事には変わりはない。恥ずかしながらイシュリーが同じ立場であったとしたら、己の死で世界を救うよりも、巻き込んでともに滅びることを選んでしまうかもしれないと思うのだ。

人とは、いや少なくともイシュリーという個人は、そこまでの滅私を徹底《てってい》することなど不可能だと断言できる。愛する祖国のためなどと言ったところで、自分という存在が消えてしまっては元も子もあるまい、と思ってしまう事はどうしても否定できないのだ。

だからこそ、そうではないフィリッツに対して、演技ではない畏敬《いけい》の念が生じる。

今述べたイシュリーの言葉はソルのシナリオ通りのものであるとはいえ、そこに込められた想《おも》いは嘘偽《うそいつわ》りない本気のものであった。

またせっかく勝者からの慈悲《じひ》を与えられて生き残ることができると胸を撫《な》で下ろしていた各国の兵たちも、世界が滅んでしまうのであればここで生き延びたとて意味などない。だからこそ固唾《かたず》を呑《の》んでこのやり取りを見守っていたのだが、大国イステカリオの皇帝が本当にそれで生き残れる者たちのために命を投げ出してくれるのであれば感謝しかない。

ある意味ソル・ロックという絶対者がその気になればこの瞬間《しゅんかん》にでも殺せるとはいえ、皇帝自らが命を差し出そうとしていることを尊敬し、感謝する気持ちが生まれるのもまた確かなことなのだ。

実際、裏側を知らぬ者たちには、今なおそうしないソルもまたフィリッツの決意を尊重しているようにも見える。全竜はもちろん、リィンやフレデリカという『固有No.武装《ナンバーズ》』を身に纏《まと》った超人《ちようじん》たちどころか、エメリアの現国王であっても、イステカリオ帝国軍２万ごとフィリッツを殺すことなど児戯《じぎ》にも等しいはずだからだ。

イステカリオ帝国の兵たちにしてみれば、今自分たちが肉眼で捉えることが可能な高度にリィンとフレデリカが顕《あらわ》れているということは、万が一フィリッツが翻意《ほんい》した場合は容赦《ようしや》なく消し飛ばすつもりなのだろうとも思っている。

「ではクルト。お願いします」

だがそのフィリッツは気負うこともなく、無駄《むだ》に引っ張ることもなく副官であるクルトに己をすぐ殺すように命じる。

その命令を受けたクルツは数秒間だけ、己がこれからすることを誰も止めようとしないことをどこか寂《さび》しそうに確認した後、一切《いつさい》の躊躇なく正確にフィリッツの心臓をその手に持った刃《やいば》で貫《つらぬ》いた。

「後は……貴方《あなた》たちに任せます。世界を、イステカリオ帝国を……」

当然の激痛を堪《た》え、目からは涙《なみだ》を、口《くち》の端《は》から血を零《こぼ》しながら最後まで言葉を続けることが出来ずに、フィリッツは息絶えた。

あまりにもあっさりとした死。躊躇いが無さすぎるとしか言えない副官の行動。

それがとりもなおさず世界というよりも自分の命を救ってもらったという意味である事にもかかわらず、自分で手を下す必要がなかった者たちにどこか非難めいた感情を揺《ゆ》り起こしていた。それは他者を犠牲《ぎせい》に己が助かるという罪悪感が生み出した、自己防衛とも言える感情なのかもしれない。

だがそこへ、フィリッツの最後の言葉が突《つ》き刺《さ》さる。

生き残った者たちは、生き残らせてもらった者たちは、そのために己の死を受け入れてくれた者に恥《は》じない行動を取らねばならないのだと、我知らず自覚させられたのだ。それは死んだフィリッツの為などではなく、生き残らせてもらった自分が、恥知《はじし》らずとならないために。己とてなにも出来なかったくせに苦渋《くじゅう》の決断の末に手を下した者を責めることなど、それこそ恥知らずの生きた見本にしかならないのだ。

そしてフィリッツが完全に息絶えただの死体になったと同時、その額から第三の目のような人造魔導器官《ニア・オルガナ》、イステカリオの皇族のみが継承《けいしょう》可能な神器『帝印《ていいん》』が自ら外れ、空中へと浮かび上がった。

常であればイステカリオ帝国を継《つ》ぐ者が、即座の儀式《ぎしき》によってその額に埋《う》め込まれるべきもの。だが今回はその対象は定められていないにもかかわらず、帝室《ていしつ》の血を引くクルトに引き寄せられている。

だがクルトは当然、それを受け入れるつもりなどない。周囲のイステカリオ帝国兵たちも、本来であれば赦《ゆる》されざる『帝印』の破壊《はかい》を、固唾を呑んで見守っている。生きていれば自己保身のために、言葉だけでそれに反対したかもしれない自称《じしょう》武断派の軍閥《ぐんばつ》貴族たちは、これまでの混乱の中でその全員がすでに『八葉蓮華《キルクルス》』によって始末されている。

よってクルトの鋭《するど》い一閃《いっせん》をどのような形であれ止める者はなく、千年にわたってイステカリオの帝室を守護、あるいは呪い続けてきた『帝印』は見事なまでに両断されて地に落ちた。

◇◆◇◆◇

それはつまり、最後の枷《かせ》が解かれ『囚われの妖精王』が解放されたことを意味する。
エルフの里――千年前に朽《く》ちた世界樹《せかいじゅ》の残された樹洞《じゅどう》に魔力の光が満ち、ものすごい勢いで再生を始める。それと同時、その樹洞の中心に目を閉じたまま浮かんでいた妖精王の目が僅かに開かれ、無数の花弁を空中に巻き散らし始めた。

千年の時を経て今、真に自然を支配する妖精の王が解放されるのだ。

『馬鹿《ばか》な！』

格好よく「終わるがいい」と告げて消えたにもかかわらず、再び『旧支配者』の光が顕れて、今起こっていることが自分たちの想定外である事をわざわざ伝えてくれる。

――ホント、この黒幕（笑）たち、ただ黙《だま》っているだけでも数段凄味《すごみ》というか怖さが増すのにな―。

ソルたちは相手がゲームの盤上《ばんじょう》で勝てないとなれば、その盤《ばん》そのものを破壊に出ること も想定内としてはいた。だがそれに対して『妖精王』の復活という対抗手段を用意していたとはいえ、実際に今世界は人為的《じんいてき》に起こされた大災害によって滅ぼうとしているのだ。

今の状況ひとつをとってみても、沈黙を維持《いじ》されるだけで充分《じゅうぶん》ソルたちへの重圧《プレッシャー》として機能する。今の段階で沈黙を守られていれば、この対抗手段が正解なのかもわからないし、相手がさらなる手段を保有しているかどうかも不明のままだ。それがこんな風に慌てられては、自分たちの対抗手段が正鵠《せいこく》を射ていると教えてくれているようなものである。

「なにが馬鹿な、なんです？」

ソルはもう、半ば以上可笑《おか》しくなって素直《すなお》に問いかけてみた。

『枯れ果てた『世界樹』の復活はつまり『妖精王』の復活を意味する！　イステカリオの

などありえない！』

皇族にかけられたもののみならず、幾重《いくえ》にも重ねられた『呪い』がすべて解除されること

――ほんとに答えてくれた。

あるいは現時点でも進行し続けている『プレイヤー』による逆侵入によって、『旧支配者』

はソルによる問いかけを無視することができなくなっているのかもしれない。

「ああ、なるほど。それはイステカリオの皇帝と連動していたもの以外は、僕が『プレイ

ヤー』ですべて解除可能だったからですね」

『なん、だと……』

ソルが『囚われの妖精王《アイナノア》』と初邂逅した際、その『妖精眼《グラムサイト》』を封じていた呪具《じゅぐ》と、全身

を縛《しば》っていた呪糸は、『解呪』によってあっさりと解除してしまっていた。

だがどうやら『旧支配者』たちにとってはそっち二つの方が強力な呪いであったらしい。

皇帝の方は保険のようなものに過ぎなかったと言うわけだ。

まあ確かに言われてみれば、それも当然なのかもしれないとソルも思う。

人造魔導器官《ニア・オルガナ》によって時の皇帝に『魔導皇帝』とまで呼ばれる力を与えるとはいえ所詮《しょせん》

人に過ぎず、妖精王の封印も兼《か》ねていると露見《ろけん》すれば殺す手段などいくらでもあるのだ。

そんなものを最後の鍵《かぎ》とするとは確かに考えにくく、それを信じた妖精族《エルフ》たちがイステ

カリオの皇帝を手にかけてなお囚われたままであり、『妖精王』が覚醒《かくせい》しないままに報復として滅ぼされるよう仕向ける罠と見た方がよほど得心が行く。

事実、『プレイヤー』の『解呪』がなければ、咒具と呪糸をどうやって解除したものかなどソルにもわからない。あるいは囚えて二度と解放しないつもりで仕掛《しか》けられた、鍵なき錠《じょう》であったのかもしれないのだ。

だが『旧支配者』にしてみれば詰《つ》んでいたはずの盤面《ばんめん》、そのすべては『プレイヤー』が御破算《ごはさん》にしたということでもある。まさに遊戯《ゲーム》で定められていた物語《シナリオ》の展開をすら破壊する、不正行為《チート》の如く。

確かに不正行為《チート》を行使するのは――できるのはいつだってプレイヤーなのだ。

まあ同時に運営《神様》側が、プレイヤーに可能であれば覆したいようなクソ展開を押《お》し付けているとも言えるのだろう。クソ展開な物語を運命と呼ぶのであれば、それを覆す不正行為《チート》はなんと呼ばれるべきなのか。神が定めた摂理《せつり》を人が覆すことを不正行為《チート》とされるのであれば、それこそが人の意志や意地と呼ぶべきものなのかもしれない。

「つまり『妖精王《ようせいおう》』――アイナノア・ラ・アヴァリルの復活によってこの滅びを止められるということは、仕掛けた側が保証してくださるというわけですね」

最後の手段、それも岐神《ソル》と全竜《ルーナ》の力ではどうにもできないことを確信しての「滅び」の発動だったのだ。それはたとえ『妖精王《アイナノア》』の身柄《みがら》がソル陣営《じんえい》にあったとしても、けしてすべての呪いが解かれることはないという前提に立っている。

つまりソルが破顔して口にしたとおり、『妖精王』が復活してしまえば今進行している世界の終焉《おわり》は止めることができるのだと、『旧支配者』が保証してしまったようなものなのだ。

『くっ……』

そのとおりですと同義の一言を残し、今度こそ完全に『旧支配者』を示す光が消失する。

すべての仕掛けを力技で食い破られた以上、今この瞬間にも続いている『プレイヤー』からの侵入を防ぐことに総力を挙げることにしたらしい。

もはやなんの抵抗を受けることもなく、『妖精王』の解放と『世界樹』の再生が進む。

それは2つで1つともいえる現象である。

エルフの里にある朽ちた世界樹の樹洞に魔力《まりょく》の光が満ち、巨大な幹が絡《から》まり合いながら雲海を突き抜ける高さにまであっというまに成長する。だが地表で起こっているそのとんでもない現象よりも、地下で世界樹の根が起こしている現象の方が実は重要なのだ。

地表に近い部分では竜脈に沿ってその根を伸《の》ばし、すべての竜穴をその支配下に取り戻《もど》している。

エルフの里の直下に向かってはもっとも深い迷宮《ダンジョン》の最下層よりもなお深くその根を伸ばし、星の中核にまで届いてその根源から膨大《ぼうだい》な量の純魔力を吸い上げて地表へと汲《く》み上げる。

それを放出するべく地上へ生い茂《しげ》った枝葉はとんでもない距離《きょり》を伸びて、未《いま》だ宙に浮いたまま完全には覚醒していない『妖精王』の周囲を覆《おお》い、天空の舞台《ぶたい》の如く形を整える。

地上から見ていれば、正に神話の光景にしか思えないだろう。

エルフの里の方向から雲を突き抜けて伸びる巨木《きょぼく》の連なりが生まれたかと思えば、その枝葉が自分たちの直上まで伸びてきたのだ。

現代に生きる人間たちにはにわかに理解などできるはずもない。本当ではないと信じていた神話に語られていた世界樹の姿が、なんの誇張《こちょう》もなく「宇宙にまで届き、世界すべてを覆うことも可能な大樹」と記されていたそのままだったということなど。

あるいは天上まで届くといわれていた『勇者救世譚《クズィファブラ》』で語られている『塔《とう》』もまた、この世界樹を人の技術が模倣して生まれたものなのかもしれない。

その天空の舞台の上で、『妖精王』は千年の囚われから解放される。

星の中核から汲み上げられた膨大な純魔力が枝葉を通じてその小躯《しょうく》に注《そそ》ぎ込まれる。

その背後には魔導光《エフェクト》によって巨大な生命の樹《セフィロト》の象徴《しょうちょう》図が描《えが》かれ、基礎《イエソド》から一つ一つ座《セフィラ》と小経《パス》へ魔力が満ちてゆく様子が示されている。

星の鼓動《こどう》に合わせるように波を伴《ともな》って注ぎ込まれるその魔力に伴い、『妖精王』の黒く染まっていた肌《はだ》と髪《かみ》が本来の白磁《はくじ》とエメラルド・グリーンの輝《かがや》きをとりもどしてゆく。白を基調とした衣装に刺繍《ししゅう》された金色の細工文字がすべて輝き始め、己が身長よりもなお長く伸ばされ、ツインテールに結えられた髪がまるで意志を持った生き物のように、本体を護って空へ螺旋《らせん》を描く。純白に戻った肌も気のせいではありえない輝きを発し始め、『妖精王』の全身が星から吸い上げられた純魔力を伴って光り、魔力による無数の花弁を生み出して空中を色とりどりに染めてあげてゆく。

そして光が最大限に達し、背後の生命の樹《セフィロト》の象徴図が示す10の座《セフィラ》と22の小経《パス》そのすべてに魔力が満ちると同時。

ゆっくりと、千年間閉じられたままであったその美しい瞳《ひとみ》が完全に開かれる。髪と同じエメラルド・グリーンを基に、金の光が瞬《まばた》くようなその瞳。

開かれたその瞳が世界を映した瞬間、すべての滅びはぴたりと制止した。

妖精王アイナノア・ラ・アヴァリルの瞳に映る世界が、終わりゆくものであっていいはずがないとでも言わんばかりに。

A――AH――♪

とてつもなく美しい、だが感情の感じられない無表情のまま、覚醒した『妖精王』アイナノア・ラ・アヴァリルが声を発する。

世界樹が星の中核から汲み上げた膨大な純魔力が注がれる波、あたかも星そのものが発しているかのようなゆっくりめの鼓動《パルスリズム》に合わせてその声――人のものとは思えないほどに澄《す》んだそれが、言葉ではなく旋律《メロディ》を紡《つむ》ぐ。

振付《ふりつけ》があるはずもなく、星の鼓動と自らの発する旋律に合わせて華奢《きゃしゃ》な躰をゆったりと律動させ、時に無邪気《むじゃき》にくるくると回転する。それに合わせて『妖精王』の指先や、回転によって広がったツインテールの先端《せんたん》から無数の魔導光が迸《ほとばし》り、世界中へと広がってゆく。

それは大陸――星中に散在している竜穴へと繋がり、そこまで広がった世界樹の根と呼応して巨大な魔力の循環路《じゅんかんろ》を成立させた。

たかが地表付近の竜穴のいくつかを暴走させただけに過ぎない『旧支配者』たちの世界の終焉はそれであっさりと停止され、赤く染まった海も、枯れ果てた草木も、ひび割れた大地も、鳴動を始めた山々も、その悉《ことごと》くが元の姿を取り戻してゆく。

いやそれだけではない。

『妖精王』を中核として世界中に広がってゆく魔力のネットワークが星を覆い互《たが》いが呼応し、この千年の間に荒《あ》れ果てていた荒野《こうや》や、砂漠化《さばくか》していた地域にすら緑を再生させてゆ

く。

２００年前に『国喰らい』によって不毛の地と化した広大な領域も例外ではなく、滅んだ7つの国の廃都《はいと》を、すべて木々に覆われ苔生《こけむ》した古代からの遺跡《いせき》のように変えてゆく。

この千年間、常に枯渇《こかつ》していた外在魔力《アウター》が再び世界に満ち、星が元より持っていた再生機能を増幅《ぞうふく》されて、あっという間に在るべき姿へと復元されていっているのだ。

『妖精王』――自然を統べる王の名に恥じない奇跡《きせき》の顕現《けんげん》。

今この星は見惚《みと》れずにはいられない『妖精王』の単純な舞踏《ぶとう》と、意味なさずとも美しく響《ひび》くその声によって膨大な魔力に覆われ、すべての綻《ほころ》びを癒《いや》されていっている。

この大陸以外の今は人の住まないあらゆる地にも、舞《ま》い散る花弁のように、あるいは空から降り落ちる光の雨のようにして魔力が満ち、そこに生きるすべての生命体が空を見上げて奇跡をその目で捉《とら》えている。

「――これは?」

その奇跡の中心点にいるソルは、さすがに想定をはるかに超《こ》えるこの現象に声を失っていた。

自分たちの狙《ねら》い通り『旧支配者』たちによるこの世の終焉《おわり》を止めてくれたことは理解できるが、あまりの美しさ、まさに神々《こうごう》しいという表現こそが相応《ふさわ》しい光の乱舞《らんぶ》と世界の再生に心を奪《うば》われるのは仕方のないことだろう。

先刻まで自分たちが繰《く》り広げていた神話の如き戦闘《せんとう》すら遥《はる》かに凌駕《りょうが》するこの現象は、さすがにソルを以てしても想定外が過ぎたのだ。

「妖精王アイナノア・ラ・アヴァリルの『歌』ですね。世界のすべてを調律し調和させるまさに奇跡の力。こうなっては道化《どうけ》どものしかけた『終焉』などないも同じです」

ソルの疑問に対して、端的《たんてき》にルーナが答えている。

意味のある歌詞などがあるわけではない。だがその文言によらぬ『妖精王』の声そのものが世界の歪《ひずみ》を調律するかのように、世界は在るべき姿へと回帰するのだ。

だがすでに千年前からこれを知っている全竜《ルーナ》は落ち着いたものだ。

今は世界を癒すために行使されているこの力が、世界に仇《あだ》なすものとして自身に向けられたからこそ、『全竜-1《ぜんりゅう》』にまで至っていたにもかかわらず敗北を喫し、『邪竜』として封印されることになったのだ。

比喩《ひゆ》ではなく「世界が敵になる」という現象を我が身《み》をもって経験しているルーナにしてみれば、今のこの光景は穏《おだ》やかなものに過ぎないのだろう。

「……これを、自在に操《あやつ》れるの？」

世界規模の環境《かんきょう》改変を意のままに操るとなれば、『プレイヤー』をすら凌駕していると思わざるを得ないソルである。

素直に味方になってくれればそれでいいが、万が一にでも敵対することになれば全竜という最強の戦力を有していても互角《ごかく》、あるいは後《おく》れを取る可能性も充分にある。

「アイナノア・ラ・アヴァリルは稀代《きたい》の器ですが、さすがに『妖精王』を自在に駆使《くし》することは不可能ですね。彼女《かのじょ》は全自動《オートマチック》なのです」

ソルの警戒《けいかい》を理解したルーナが、再び端的に説明してくれる。

つまり『妖精王』とは星の魔力を司《つかさど》るシステムの名前なのだ。

今ソルの――世界中の生物の眼前で行使されている奇跡を司る仕組みそのものが『妖精王』と呼ばれ、それを収める器が妖精族《エルフ》の中から生まれいずる。それが今ソルの目を奪っている華奢な美少女、アイナノア・ラ・アヴァリル。

『妖精王』とは、そうやって成立しているのだ。

だからこそ千年前、『旧支配者』はアイナノアを「囚えた」のだろう。

器を壊せばいずれ次の器が生まれ、次も『妖精王』を封じられるという保証がないのであれば、間違《まちが》い無《な》くそうするであろうことは理解できる。

そしてそれは倒《たお》したルーナを殺さずに封印した事と相似《そうじ》している。

ほぼ全竜に至ったルーナを殺せば再び竜種が地に満ちるのであれば、全竜-1と『神殻外装』を封印しておく方がまだしも簡単だ。

事実、ソルによってルーナが解放されるまで、この世界から竜種は失われていたのだから。

つまりアイナノア・ラ・アヴァリルには確立された人格がないということらしい。

生まれおちた瞬間から『妖精王』の器として機能するため、人としての人格が形成される余裕《よゆう》もなければ環境もない。ただ妖精族《エルフ》たちの女王、象徴として君臨し、世界を調律する装置として妖精族としての長い生を過ごすのだ。

だからこそルーナと同じ千年という時を囚われの身であっても狂《くる》わず、解放された直後であっても世界の状況に応じで己がなすべきことを即座になせたのだろう。

――なるほど。あの妖精族の二人が『妖精王』を「この子」と呼んでいたのも、自らを封じた相手にもかかわらずルーナが敵対心を持っていなかったのもそのせいか……

『妖精王』が世界を調律する自動装置であり、アイナノア・ラ・アヴァリルが意志なきその器だという事実を知り、それらのことにもやっと得心がいったソルなのである。

「なるほど……でもそれって、器であるアイナノア・ラ・アヴァリルが普通《ふつう》ならありえない強化を経たらどうなるんだろう？」

そしてソルは思いつく。

世界の在るべき姿を全自動で護らんとするからこそ、千年前のルーナとも敵対したのだろうし、その後護ったはずの人類にも牙《きば》を剥《む》いたのだ。

亜人種《デミ・ヒューム》や獣人種《セリアンスロープ》を率いてという部分については、『勇者救世譚《クズィファアブラ》』における創作の可能性が高いだろう。

となればソルがこれから行うすべての迷宮《ダンジョン》の攻略《こうりゃく》と魔物支配領域《テリトリー》の解放、『塔』の最上を目指す過程において、そのトリガーを引かないという保証はどこにもない。

であれば、『妖精王』を支配、制御《せいぎょ》できるようにアイナノア・ラ・アヴァリルという器を強化し、意志疎通を可能にして味方につけようとする方がいくらか現実的だと思える。

本来ならそんなことは不可能だが、ソルの『プレイヤー』、それも4桁《けた》を超えてとんでもなく強化された今の状況であればそんなことすらも可能かもしれない。

「その身に『妖精王』を宿らせ、自在に使いこなせる『プレイヤー』の仲間。ルーナと組めば破壊と再生を司ることも可能、か」

思わずそう口にして笑うソルの顔は、あまり善人には見えない。

破壊だけではなく再生も司れるとなれば、少なくとも地上——人の世界を統べることなど容易《たやす》いはずだ。

時に人は信じられないほどの矜持《きょうじ》を以《もっ》て、理不尽《りふじん》な破壊には抵抗《ていこう》する。それはどうせ世界が終わるのであれば、己が在り方を貫かんとするからなのかもしれない。

だがその後の再生が絵空事ではなく立証されているとなれば、その覚悟《かくご》は揺らがざるを得ない。邪魔者《じゃまもの》だけを排除《はいじょ》して、都合のいい選ばれた者たちだけによる世界が再生されて継続《けいぞく》すると知っていれば、そこに選ばれたいと願ってしまうのは生物の性なのだから。

「問題なくプレイヤーの『仲間』にはできるね。とりあえず3桁までレベルを上げてみるから、ルーナは一応戦闘態勢の維持をお願い」

「畏まりました」

そして今、ソルは任意の仲間に対してプールした経験値を付与《ふよ》することすら可能になっている。

各種実験によって、ソルも所属すると判定される第1パーティー以外が得た経験値の一部は、『プレイヤー』に蓄積《ちくせき》されることが確認されている。そしてこの一ヶ月で、その量は対象人数が1人であれば、ソルと同レベルまで一気に引き上げることが可能なほどの数値となっている。

それを今、世界の再生を終えようとしている『妖精王』の器、アイナノア・ラ・アヴァリルに行使しようとしているのだ。

世界の修復を終えた『妖精王』は、世界樹が創《つく》り出した天空の舞台の上にいまだ浮いている。その美しい瞳に感情の色はなく、生理現象として定期的に瞬くだけで、今はもう自身が元通りに修復した世界の姿を映してはいても、見てはいないのだということが傍《はた》からでもわかる。

ルーナ曰《いわ》く、本来であればこのまま世界樹の中心――樹齢《じゅれい》数千年規模にまで一瞬《いっしゅん》で育った大木が幾重にも絡まってつくられた樹洞の中で、竜脈の中核《ちゅうかく》として世界に満ちる魔力を循環《じゅんかん》し続けるのが『妖精王』の役割らしい。

有事には自動的に動き出し、修復すべきを修復し、倒すべきを倒すのだ。

だが今はその全身が吹きあげる魔導光に包まれたまま、微動《びどう》だにしていない。

ソルの『プレイヤー』によって強制的に強化《レベルアップ》を施《ほどこ》されているからだ。

だがそれはルーナの説明通りだとすれば器である『アイナノア・ラ・アヴァリル』という妖精族《エルフ》の美少女に対するものであって、『妖精王』に対してではない。

いかに優《すぐ》れた器とはいえ『妖精王』が担う役割に応じた膨大な権能ゆえに、本来その器に満ちるはずであった人格が形成される余裕などない。ゆえに全自動で『妖精王』としての権能を行使するだけの『妖精王アイナノア・ラ・アヴァリル』が出来上がっていたわけだ。

それを聞いたソルが直感的に器――アイナノア・ラ・アヴァリルをこれまでなかった域で強化《レベルアップ》すれば、『妖精王』という権能を支配下に置いた妖精族《エルフ》の少女を創り出すことができるのでは、と考えたのだ。

「3桁になってもまるで変らないね……」

だが慎重《しんちょう》に10単位で強化《レベルアップ》を続け、表示枠に示されるそのレベルが3桁に達しても『妖精王』の様子に変わったところは見受けられない。ただ淡々《たんたん》とその場に浮かんでいるだけだ。

「主殿《あるじどの》。万が一に暴走した場合でも、今の我であれば即座に無力化は可能です」

自身の背後に巨大な魔創義躰《アストラル》を臨戦態勢で顕現させているルーナが、緊張感を切らすことなくそう告げる。油断などまったくしてはいない。

『初代勇者』と『神殻外装』という強大な戦力と連携《れんけい》してのこととはいえ、千年前に『全竜-1』であったルーナを倒してみせた『妖精王』の力を甘《あま》く見ることなどできはしない。

だが今のルーナは『神殻外装』――最後の一体であった竜の真躰《アウゴエイデス》を捕食《ほしょく》して完全な『全竜』となっている上、分身体とはいえど『プレイヤー』の恩恵《おんけい》を受けてそのレベルはソルと並んでこの世界における最大の数値に至っている。

今ソルがプールしている経験値のすべてを注ぎ込《こ》んだとしてもアイナノアのレベルはソルとルーナには届かず、それでも自我《じが》が生まれないのであれば行使できる権能は強化レベルアップとは無関係な『妖精王』としてのものだけのはずだ。

であれば真の『全竜』たる己と、ソルの『プレイヤー』による補助で完全に上回ることも可能だと判断している。自在に使いこなせればこそ絶対に欲《ほ》しい戦力ではあるが、制御下におけないのであれば勝てる時に完全に無力化しておくことも重要なのだ。

「じゃあもう、この際一気にぼくらと同じレベルまで引き上げるか」

それはソルも同意するところであるらしい。

中途半端《ちゅうとはんぱ》に強化したまま放置することも出来ないとなれば、己の直感を信じていけるところまで行ってみるべきだと判断したのだ。

――ルーナが『妖精王』を吹《ふ》っ飛ばしたら、妖精族《エルフ》たちとは敵対だなあ……

できればそれは避《さ》けたいソルではある。

己の直感どおりにならず、器を強化したことがトリガーになって『妖精王』が敵対しませんようにと祈《いの》りながら、現在プールしていたすべての経験値をアイナノアへと注ぎ込む。

これで変化がなければ今のルーナによって始末するか、いつ動き出すかわからないまま『妖精王』を放置するかしかない。

だが――

「あ」

ソルとルーナが同時に声を上げたとおり、『妖精王』に変化が現れた。

いやその美しい瞳に意志が宿り、無表情ではなくなった時点でそれは『妖精王』ではなく『アイナノア・ラ・アヴァリル』という一人の妖精族《エルフ》の少女であるはずなのだ。

戸惑《とまど》ったように自分の躰を確認し、自身を抱《かか》え込むようにして震えながら空中で丸まってしまっている。『妖精王』であったときはなにも感じていなかった強化《レベルアップ》にともなう女性特有の感覚がなんなのか理解できなくて、本能的にそうするしかなかったのだろう。

「行けたっぽいけど……なんか様子が変だな」

「これは……」

レベルとしては3桁後半に至り、現在アイナノアのレベルを確実に上回っている者はソルとルーナだけであり、リィンやジュリア、フレデリカとほぼ同格の数値となっている。

強化《レベルアップ》が終了《しゅうりょう》し、強化に伴う感覚も消失したアイナノアは今、恐《おそ》る恐るという様子で周囲を伺《うかが》っている。

なにやら知らない場所で目を覚ました野生の小動物が、周囲に脅威《きょうい》がないかどうかを確認しているかのようなその様子は、幼いというよりも動物的にすぎる。

ソルが違和《いわ》を感じ、ルーナが嫌《いや》な予感を覚えた理由がそれだ。

そしてそのルーナの予感は的中する。

優れた魔力感知でソルとルーナの存在を捉えたアイナノアは、畏《おそ》れるどころか満面の笑《え》みを浮かべて一直線にソルのところへ飛んできたのだ。

「えっと、これは？」

かなりの勢いでとつげきされ、ほぼ押し倒されるようにして首元に抱き付かれているソルは動揺を隠《かく》し切れない。

そのありさまは無理をすれば子供の無邪気な様子、ストレートに言えば子犬が飼い主にじゃれついているようにしか見えないものだが、アイナノアは華奢とはいえ妖精族《エルフ》の女性としては充分に成長した姿である。

そしてフレデリカやリィン、ジュリアですら見惚れるの程の美貌《びぼう》を誇《ほこ》っているのだ。

身に着けている衣装も清楚《せいそ》なイメージのわりには随分《ずいぶん》ときわどい。そんな美女に無防備に抱き付かれて、虚心《きょしん》でいられる男などいはしない。

この際胸が薄《うす》いことはあまり救いにはならない。

助けを求めるように、アイナノアの抱き付きを阻止《そし》しなかったルーナに説明を求めるソルである。

「アイナノア・ラ・アヴァリルという妖精族の少女――肉体的にはそんな歳《とし》ではありませんが――の自我《じが》はたった今芽生えたばかりということでしょう。妖精族は亜人種の中でも特に魔法に長《た》けた魔導生物種です。自身に強大な力を注いでくれたのが主殿だということは完全に理解しておりますね」

「……つまり？」

珍《めずら》しく仏頂面《ぶっちょうづら》で早口で説明するルーナに、結論を求めるソル。

「刷《す》り込みのようなモノです。いま主殿は赤子……というよりも子犬同然のアイナノア・ラ・アヴァリルにとって、親や飼い主にも等しい存在ということかと……」

「思ってたのと違《ちが》う！」

まさに子供というよりも、子犬やひな鳥の反応というわけだ。

なまじ身体は育ち切っているだけにその行動はより具体的で、抱き付いたりじゃれついたりという親愛の情を表現することが可能なだけに質が悪い。

ソルにしてみれば無感情な少女の人格が生まれるような感じを想定していたので、本気でこの状況《じょうきょう》は想定外である。

これでは大人の女性の身体を持った、ソルを大好きな子犬が突如《とつじょ》発生したようなものだ。

子犬なら可愛《かわい》らしいが、妖精族の美少女に顔を舐《な》められ胸元《むなもと》に顔を押し付けられてぐりぐりされても対処に困る。

「……まんざらでもなさそうですが」

「ルーナ？」

だが引き剥《は》がすのに協力してくれるわけでもなく、初めて聞く冷ややかなルーナの声にソルは慌《あわ》てた。

人間相手であればそんな反応を示していなかったルーナだが、ソルにとっての巨大《きょだい》戦力同士となればまた勝手が違うのかもしれない。

「主殿の狙い通りではありませんか。言葉から教える必要はありますが、アイナノア・ラ・アヴァリルが『妖精王』を御《ぎょ》している限り、主殿の意のままに使えるでしょう」

鼻をならして悪い笑顔《えがお》でそう言うルーナをあっけにとられるような表情でソルが見つめていると、胸元でふがふがしていたアイナノアも不機嫌《ふきげん》そうなルーナの方を見た。

「――♪？」

その瞬間、自分より小さなルーナに向かって突進《とっしん》し、ソルにするのと同じように顔を舐め、胸元に顔を埋めてぐりぐりし始める。

「やめんか」

どうやらアイナノアにとって、ソルとルーナは絶対的な自分の味方だと認識《にんしき》されているらしい。小さな手でなんとか引き剥がそうとするルーナの様子にもめげず、アイナノアは心の底からご機嫌《きげん》そうである。

「ははははルーナは母親だと思われてるんじゃゃない？」

「冗談《じょうだん》ではありません」

「まんざらでもなさそうだけど？」

「っ――」

先の自身の言葉を主《ソル》にやり返されて、従僕《ルーナ》の顔が珍しく朱《しゅ》に染まる。

ルーナにしてみればソルから弱い者として扱《あつか》われるのと同じように、誰《だれ》かから無条件で味方だと見做《みな》される、警戒なくじゃれつかれるという扱いに対する耐性《たいせい》がないのだ。

孤高《ここう》の最強魔導生物たる竜ゆえの弱点と言えるかもしれない。

そしてソルは自分が美女に抱き付かれるよりも、ルーナとアイナノアという竜種亜人《あじん》と妖精族のとんでもない美少女同士がじゃれているのを見る方が目に麗《うるわ》しくて楽しいのだ。

まあ最終的にはアイナノアはソルの首にぶら下がり、ルーナは対抗《たいこう》するようにソルの左手を離《はな》さない状態で深刻な空気が満ちる地上へ帰還《きかん》することと相成った。

それを見たフレデリカが、これからソルの後宮候補たちへの重圧を考えて遠い目になってしまったことは仕方がないだろう。

とにかくこれでソルは手に入れたのだ。

すべての迷宮の攻略と魔物支配領域を解放し、最終的には『塔』の最上を目指すために自分が必要だと判断した、『召喚《しょうかん》』の際に示された5枚の手札の内の2枚目。

壊《こわ》れゆく世界ですら再生し、戦場においては自分たちに最も有利な領域《フィールド》を創造する回復、支援《しえん》、弱体に特化した怪物《かいぶつ》の一体。

2つの意味で捉われていた、『妖精王アイナノア・ラ・アヴァリル』を。

そしてこれより破壊――『全竜《ルーナ》』と、再生――『妖精王《アイナノア》』を手にした『プレイヤー《ソル》』による、人の世界の再構築が始まるのだ。

第七章 『ニューノーマル』

The boy who rules the monsters

聖教会が大陸中の国家を巻き込んで起こした聖戦《オラトリオ・タングラム》に圧勝するのみならず、旧支配者の手による人造勇者《マーク》と神殻外装《しんかく》による襲撃《しゅうげき》を全竜《ルーナ》が叩《たた》き伏《ふ》せ、やけくそ気味に発動された世界の滅び《リセット》すら妖精王《アイナノア》を解放にすることによって完全に止めてみせる。

それがたった1日の間に起こったのだ。

その今日を「激動の1日」だと表現しても、それはまったく過言ではないだろう。

少なくとも今後記される歴史書の類《たぐい》では、間違いなく似たような表現をされる。

もしくはこれだけのことがたった1日で起こるわけがないと常識的に判断されて、「救世の7日間」あたりに改竄《かいざん》されるかだ。

とにかく敵味方を合わせれば2桁に近い万単位の軍勢と、それに留《とど》まらぬ聖教会の逸失《ロスト》・技術兵器群《テクノロジー》の投入、旧支配者たちによる大規模介入《かいにゅう》など、とんでもない規模で人材と資金、資材が僅《わず》か1日で消費されたのは間違いない。

勝った側も負けた側も、戦後処理に忙殺《ぼうさつ》される状況となるのはいわば当然のことだろう。

聖戦には大陸中の国家が関《かか》わっていただけに、戦後会議で取り決めなければならない内容は多岐《たき》にわたる。それらあらゆるすべてが完全に決着するまでに必要とされる期間が年単位で必要となっても、まったくもって不思議ではない。

だが勝者側、それもその勝利の立役者たちともなれば、その煩《わずら》わしい作業は免除《めんじょ》される。それがどれだけ大変なことであろうとも、そのような些事は実務者たちに任せ、後日報告とそれに対する承認《しょうにん》をいただければそれでよく、まずはゆっくり休んでいただく。大勝利に沸《わ》くエメリア王国の貴族や高級官僚《かんりょう》たちがそう判断するのもまた、至極《しごく》当然のことだろう。

結果としてソル本人はもちろんのこと、その一党と見做《みな》されている全竜《ルーナ》、妖精王《アイナノア》、リィン、ジュリア、フレデリカの4人と2体プラスαは、その日のうちに王都マグナメリアまで帰還している状況である。

本来であれば、イステカリオ帝国《ていこく》側に近い元は禁忌領域№02《タブ・ドウオ》と呼ばれていた大丘陵地《きゅうりょうち》帯《たい》から王都マグナメリアまで、その移動には馬車を使っても数日を要するだけの距離がある。だがそんなものは全竜の魔創義躰《アストラル》に皆《みな》で乗れば、小一時間で飛翔《ひとっとび》可能だったのだ。

「じゃあお言葉に甘えて、お先に失礼させてもらいますね」などと普通にエゼルウェルド王たちへ挨拶《あいさつ》しつつ、巨大な全竜《ルーナ》の魔創義躰《アストラル》に美女たちを乗せて飛び去って行くソルの姿を至近距離でみたエメリア兵たちも、遠くからその飛翔する様子を見ていた敗残兵たちもみな、その思いは同じだった。曰く「神話の一幕《ワンシーン》にしか見えないよな……」である。

また聖戦に乗じて内部で混乱を起こさせないために裏社会を牛耳《ぎゅうじ》る組織を支配、管理していたエリザも終戦の報告を受けて帰参しているので、今この場には久しぶりにソル一党における女性全員が揃《そろ》っている状況なのだ。

新入りの怪物として『妖精王《アイナノア》』が、女性ではないが仲間として、元イステカリオ帝国皇帝《ていこくこうてい》であったフィリッツ少年が増えてはいるのだが。

ちなみにフィリッツは妖精王を解放するために一度死んだ直後に、それに備えていたジュリアによってすぐさま蘇生《そせい》されている。その奇跡としか思えぬ光景を目《ま》の当たりにしたイステカリオ帝国本陣《ていこくほんじん》にいた兵たちに、今更《いまさら》ソル一党に逆らう気も力もなかったことは言うまでもない。当然そのままフィリッツの身柄をジュリアが確保することも、黙認《もくにん》するしかなかったのだ。抵抗したところでジュリアに蹴散《けち》らされるだけだっただろうが。

まあそのあたりの後処理は、イステカリオ帝国に残っているクルトがソルたちのシナリオに従ってうまくまとめてくれているだろう。

今後フィリッツはソルの仲間、皇帝《こうてい》ではなく一人の少年としての人生が始まるのだ。

さすがに冒険者《ぼうけんしゃ》ギルド役員のスティーヴ、ソル専属兵器工廠《こうしょう》総責任者ガウェインとその助手である妖精族《エルフ》古老の一人サエルミアは、実務の総責任者として現場から離れることができないでいる。当然エゼルウェルド王、フランツ王子、マクシミリア王子も同様だ。王族としての責務よりも、ソルの側のいることこそが最優先とされるフレデリカが例外なのだ。

もっともガウェインとサエルミアは、人造勇者の試作品である人造天使素材を回収できたことでテンションがおかしことになっており、しばらくは専用工房《こうぼう》に籠りっきりになることがほぼ確定している。いずれ二人によって天使型の『固有No.武装《ナンバーズ》』同格品が創り出されるのかもしれないが、人造天使の正体を知ってしまっているソルたちにしてみれば、「ちょっと装備するのやだなそれ」というのが正直な感想ではあるだろう。

「…………」

そんなソルは今、わりと本気で絶句している。

エゼルウェルド王たちから先に王都へ帰っておいて欲しいと言われたので、素直《すなお》に自分専用居室が用意されている王城へ戻ろうとしていたのだ。だがフレデリカに言われて、いつものわかりやすく屹立《きつりつ》している本城の裏手側へ、全竜に着陸してもらったその直後である。

表示枠《ひょうじわく》での指示に従い、先にこの場についていたエリザもソルと似たような様子で茫然《ぼうぜん》としている。仕事を終えて消えゆく魔創義躰《アストラル》の背から、転移でソルの背後に移動させてもらったリィンやジュリアもそれは同様である。

平然、というよりもなぜか突然《とつぜん》固まったソルとリィン、ジュリア、最初から固まっていたエリザの様子を怪訝《けげん》そうに見ているのがルーナとフィリッツであり、アイナノアは相変わらず嬉《うれ》しそうにルーナの背中に抱き付くようにして浮《う》かんでいるだけだ。

一方フレデリカはそのソルの様子に対して、何か問題があったのかと慌て始めていた。

「あの、フレデリカ？　言われたとおりの場所に降りたと思うんだけど……いやまあ、ある程度は予想もついているんだけど、それでも一応聞くけど……コレナニ？」

「ソ、ソル様の仮宮です……あ、あの、やはり新造した方がよかったでしょうか？　いえそれが当然だとは私たちにもわかってはいたのですが、さすがに一月《ひとつき》では間に合いませんでしたので、現在は閉鎖《へいさ》されている王家の後宮を急ぎ整備させたのです、けれ、ど……」

ソルたち元庶民《しょみん》一派は、そのあまりの規模と瀟洒《しょうしゃ》さ、豪華《ごうか》さに呆《あき》れていただけだ。

元皇帝であるフィリッツはソルの仮宿としてはまあ妥当《だとう》なものだろうと判断しており、ルーナとアイナノアに至ってはハナからまったく興味がない。

その中で内々にこの仮宮の用意を進めていたフレデリカだけが、大国の王族らしい誤解、つまりはソルがエメリア王国のためにこれだけの尽力《じんりょく》をしてくれているにもかかわらず、仮宮とはいえ既存《きそん》物の流用で済ませようとしたことに不満を覚えたのかと慌てているのだ。

とんでもない互いの認識の乖離《かいり》ではあるが、エメリアの王族であるフレデリカにしてみればそう考えてしまうのもそこまで不思議なことではないのだ。

ソルにはそんな自覚がないとはいえ、エメリア王国はこの大陸の支配権を、ソルから一方的に与《あた》えられたのも同様の状況なのである。その対価として差し出しているものといえば、今のところ第一王女であるフレデリカの身一つだけでしかない。

聖戦に勝利して大陸の支配を確定的にしたばかりか、本来であれば避け得ない滅びからも救ってもらっておきながら、数世代前の歴史に名を残すほどの放蕩《ほうとう》王が奢侈《しゃし》の限りを尽《つ》くして作らせたものとはいえ、旧後宮をあてがう程度ではまったくバランスなどとれていないのは確かなのだ。

ソルがそんなことを言うはずがないとはいえ、イステカリオ帝国やアムネスフィア皇国、ポセイニア東沿岸都市連盟ならどう酬《むく》いてくれていたのかな？　などとでも問われれば、フレデリカには返せる言葉などない。

思わず早口で多弁に言い訳を並べ立ててしまうのも、無理なからぬところではあるだろう。その言い訳を聞いているソルの表情が曰く言い難《がた》い、呆れたようなものへ変じていっているとなればその動揺《どうよう》も大きくなっていかざるを得ない。最後はとうとう口をパクパクさせるだけで、黙《だま》り込んでしまう始末である。

ソルと出逢《であ》って以降、ここまでフレデリカが慌てたのは初めてのことである。

あるいは元とはいえ、長年敵対していたイステカリオ帝国の皇帝もこの場にいることで、エメリア王国の恥《はじ》を晒《さら》してしまったと思ってのことなのかもしれない。

「いやフレデリカ、逆だよ、逆！　豪華すぎて、というより大きすぎてちょっと呆れただけ」

とうとう絶望の表情を浮かべて震《ふる》えはじめたフレデリカに、慌ててソルがフォローを入れている。それだけで九死に一生を得たようなフレデリカの心情に、この場で寄り添《そ》うことができるのはあるいはフィリッツだけなのかもしれない。フィリッツとて今のフレデリカの立場であれば、似たようなリアクションをしていたような気がするのである。

ソルたち元ロス村出身の庶民派《しょみんは》と、ガルレージュのスラム出身であるエリザにしてみれば、やはり王族だの皇族だのといった連中の価値観とか経済観念ってとんでもないなー、と感心《あきれ》しているだけなのだが。

ともかくソルが聖戦に勝利したことによって、この程度の贅沢《ぜいたく》は贅沢などではなくなった。今後はこの非日常の極《きわ》みのような暮らしを、新たな日常《ニューノーマル》としていくことになるのだ。

それとてまだフレデリカがそう口にしたとおり、あくまで仮のものに過ぎないのだ。

聖戦に勝利したことで本格的に建造が開始される、ソルが君臨することになる新たな国の王都となる都市は、こんな程度ではない豪奢《ごうしゃ》なものになるだろう。

なんとなれば大陸中のあらゆる国家が、その都市の建造に金と技術と自国の特色を提供しようと競《きそ》い合うことになるのは間違いないからだ。

絶対者として君臨するというのは、そういうことである。

だが今は復活した古の大後宮をひとまずの生活の場として、絶対者らしい暮らしに慣れることから始めなければならないソルなのである。

◇◆◇◆◇

当代であるエゼルウェルド王から6代前のエメリア王は、当時軍事的にも経済的にもエメリア王国を安定、大発展させて四大強国の筆頭となるほどの功績を残した先代の大王から継《つ》いだ圧倒的《あっとうてき》な国力を、自分が愉《たの》しむことのみに費やした放蕩王として有名である。

贅《ぜい》の限りを尽くした料理や珍味《ちんみ》、美酒や希少酒ももちろん好んだが、中でも女色には最も溺《おぼ》れた。大陸中から選《よ》りすぐりの美姫《びき》たちを集めて愛《め》でるための大後宮を、王城の後庭であった大庭園を改造して創り出したことがつとに知られている。

王城内にある従来の後宮の規模を数倍したそれは大後宮、またの名を大浴場宮殿《きゅうでん》として今も多くの者に知られている。現在は歴史書の類《たぐい》で、という意味においてだが。

大浴場宮殿の名が示すとおり、エメリアのものはもちろん、大陸のあらゆる国家の特色ある風呂《ふろ》を再現して各所に設置されており、中でも本殿《ほんでん》と呼ばれた中央にある巨大浴場は、天界を地上に再現したと称《しょう》されるほどに奢侈を極めていたと記されている。

当時の王はその大浴場で美姫を侍《はべ》らし、美酒に酔《よ》って日がな一日暮らしていたと伝えられている。

自国民はもちろんのこと、他国民でもエメリア王国と聞けばまず思い出すトップ3には必ず入っている、わりとエメリア王家の者にとっては恥《は》ずかしい艶話《つやばなし》の一つなのだ。

「その本殿が、ソル様の邸宅《ていたく》となることとなります」

一通りの説明を終えたフレデリカが、事実少々恥ずかしそうな表情を浮かべている。自分もその血を継いでいる以上、数代前とはいえ身内の恥は恥なので当然なのかもしれない。

誤解が解けてお互《たが》いにほっとした後、大げさが過ぎる大門を抜《ぬ》けて大後宮内へ入り、まずはソルが暮らすことになる最も大きな屋敷《やしき》、その迎賓室《げいひんしつ》で皆で茶を飲みながら、フレデリカがこの大後宮の由来を説明していたのだ。

すでに侍女《じじょ》たちも配置済みであり、お茶程度に限らず食事をはじめとした、ここで暮らしてゆくのに必要なサービスはすべて提供可能な状態になっている。

一から新築でこの規模を完成させることはたった一月ではさすがに不可能だったが、聖戦を一日で完勝する可能性が高いと知っていたフレデリカが、どれだけ予算を使ってもいいから今日からの運用を間に合わせるように、あらゆる部署へ指示徹底《てってい》した成果である。

建物はまるで新築のように磨《みが》き上げられ、家具や装飾品《そうしょくひん》なども完璧《かんぺき》に設《しつら》えられている。

「はー。とんでもないね……」

ソルがため息をついて見回し、そう口にするしかないほどの豪奢さである。

王宮の迎賓室を私室として与えられていたソルは、王族の暮らしって……と少々引いていたのだが、ここはそれすらも凌駕しているのだから当然だろう。

フレデリカやエメリア王族たちにしてみれば、ソルがこれから暮らす場を、自分たちのものより程度の低いものにするなどもはや論外なのだが、そのあたりにはまだピンと来ないソルなのである
「説明されると、なんか艶《なま》めかしく感じるから不思議よねー」

「ジュリア!」

過去の王様が酒色の限りを尽くしていた、淫靡《いんび》な場所。

確かにフレデリカに説明されれば、エメリア国民であるソル、リィン、ジュリア、エリ

ザは御伽噺《おとぎばなし》の類として、聞いたことはある場所と名前だったのだ。

それだけにジュリアが悪い笑顔でそう言った言葉に、リィンは声に出して突《つ》っ込まずにはいられなかったし、フレデリカとエリザも赤面して思わず下を向いてしまった。

お風呂場《ふろば》を舞台《ぶたい》としたそういう艶話が無数に残されており、ここがその実際の場所だったのだと思うと、いろいろ想像してしまうのだ。主にその艶話の登場人物たちを、ソルと自分たちに置き換《か》えた上で。

『放蕩王』などという通り名《エリアス》を遺《のこ》すくらいの傑物《けつぶつ》がやらかしまくった艶話なのだ、わざわざ後世にまで残り伝わっているそれらが、ノーマルな情事の話であるはずもないのがより質が悪いと言えるだろう
「ええと、ソル様の都市建造は可及的速《かきゅうてきすみ》やかに開始する予定です。ですが完成、少なくとも住めるようになるまで最短でも1年はかかるのは間違いありません。その間はここを仮宮とすることを御《お》許《ゆる》しいただければと……」

「いや、特に問題はないよ。だけど維持《いじ》するのも大変じゃない？」

ややもすればピンク色の妄想《もうそう》に支配されそうな己《おのれ》の思考をリセットするように、フレデリカが咳払《せきばら》いを一つして改めてソルに承認を求める。

ソルとしてもエメリア王国がここまでしてくれていることを、無下にするつもりはない。

ただ冒険者としてそれなりの贅沢を当然とできるようになっているソルであっても、このレベルの環境《かんきょう》を維持するにはとんでもない費用が掛《か》かるであろうことが気がかりな程度である。

「一部を除けば王宮とそう変わりませんのでそれは大丈夫《だいじょうぶ》です。それに聖戦に勝利されたソル様には、らしさも求められると申しましょうか……」

「あー、まー、それはある程度しょうがないか。別に嫌なわけじゃないし」

「ありがとうございます」

だがフレデリカの提案に乗ってソル自身が政治の表舞台《おもてぶたい》に出ることを受け入れた以上、そういったらしさが必要なこともソルには理解できるので納得《なっとく》する。立場に応じた身嗜《みだしな》み、所作、言動、暮らしぶりというのは、確かに必要なものなのだ。

ソルとても別に清貧を追求する徒などではなく、冒険《ぼうけん》の合間に贅沢を愉しむことが嫌《きら》いなわけでもない。その維持費《いじひ》も大国の王族にとっては知れたものだというのであれば、甘えさせてもらえるのはありがたいのだ。

「また先ほどフィリッツ様も仰《おっしゃ》っていたとおり、ここはソル様の仮宮であると同時に仮の後宮も兼《か》ねることになります。ソル様の御意思《ごいし》に従い如何《いか》様《よう》にでも変更《へんこう》することは可能なことを大前提に、一応はその決め事を説明させていただいてよろしいでしょうか？」

「……お願いします」

再び頬《ほお》を染めつつそう言うフレデリカに、ソルとしてはそうお願いするしかない。

さすがは元皇帝というべきか、フィリッツは瞬時《しゅんじ》にこの施設《しせつ》がなんなのかを理解していた。ゆえに男である自分が足を踏《ふ》み入れるわけにはいかないと固辞し、フレデリカが用意してくれていた王城の一室へ自ら向かっていったので、すでにこの場には居ない。

その際にぴんと来ていなかったソルに、「ここはソル様の後宮にもなるのです」と周囲にもあえて聞こえるように耳打ちし、澄《す》ました笑顔を残して颯爽《さっそう》と去っていったのである。

その後宮という言葉にジュリアのみが悪い笑顔を浮かべているが、リィンとエリザはその一員となることがすでに決定しているので、やはりフレデリカと同じく赤面している。

超高級《ちょうこうきゅう》なお菓子《かし》とお茶を際限なくがつがつと喰《く》らっている全竜《ルーナ》と妖精王《アイナノア》だけが、どこか生々しさの漂《ただよ》う今の空気をまるで無視していると言えるだろう。

フレデリカは簡潔にこの場と、エメリア王国における後宮の規則をソルとそこへ入ることが確定している女性たちへと説明する。

まずはこの大浴場宮殿にはその名の通り無数の風呂が設《しつら》えられており、ほぼその数だけそれなりの邸宅から小さな離《はな》れまでが存在している事。ほぼといったのは風呂の数の方が上回っているからであり、その中には庭園に設えられた露天風呂《ろてんぶろ》の類も複数あるからだ。

過去はそのすべての建物で美姫たちが暮らしており、当時の王はその日の気分で入る風呂と抱く美姫を選んでいたという訳だ。そしてそういう気分の時は己が本殿にすべての美姫を集め、全員で大浴場に入っていたということらしい。

人数の差こそあれ、いずれ自分たちも似たような関係になることを想像すると、思わず生唾《なまつば》を呑《の》み込みそうになるのを我慢《がまん》せざるを得ないソルと女性陣《じょせいじん》である。

また正妃《せいひ》であろうが側妃《そくひ》であろうが、ソルの許可がなければ本殿には立ち入れないこと。ソルにはすべての邸宅、離れの鍵《かぎ》が渡《わた》され、その訪《おとず》れを妨《さまた》げるものは一切《いっさい》ないこと。当時後宮に入る美姫たちは、そのたびに専用の邸宅や離れを用意されていたが、今回はソルが決めたところでリィン、フレデリカ、エリザが暮らすことになると説明された。

それについてはあとで見て回り、3人の意見も聞いた上で決定しようということになった。

その後やはりフィリッツが察した通りこの場は男子禁制であり、使用人は女性しかいないこと。ソルが決めればその限りではないが、一応は来客レベルであっても男性は入ってはいけないことなどの、いわば後宮としての常識的なことを伝えられる。

あとは戦後会議の終了を待って、この後宮に屋敷を与えられることを望む各国が用意した美姫たちの面接が始まるであろうこと、一応は規則としてここで働く侍女たちはソルのお手付きになることを全員が了承《りょうしょう》しており、彼女《かのじょ》らの身元も確認《かくにん》済みであることを伝えられ、ソルが盛大に茶を噴《ふ》き出すハメになった。

「……以上となります」

「……思った以上にガチだったよね」

さすがにジュリアでさえも、フレデリカの説明を聞いた後は軽く引いている。

今までなんとなく、ソルはそういう立場になるんだろうなあとふわっと思っていたことが、ここまで具体的になってくればさすがに生々しさが半端《はんぱ》ないのだ。

そして新参も受け入れないわけにはいかない以上、それまでに古参とはそれなりの関係を築いておかねば拙《まず》いというのは、なんとなく男女共に理解できる。より焦《あせ》りが強いのは、そうでなければ新参たちから甘くみられることを避け得ない女性陣の方だろう。

「……ところで、どうしてここは今まで閉鎖されてたの？」

「それはその……正妃と側妃を合わせましても、1桁《けた》以内であれば王城内の本来の後宮で充分《じゅうぶん》こと足りると申しましょうか……」

「あ、ああ、なるほど、ね……」

だが漂う気まずさを紛《まぎ》らわすために発したソルの疑問は、なかなかにより気まずい空気を呼ぶ答えで返された。フレデリカの答えはつまり、ソルもまた1桁程度では済まない正妃と側妃を侍らせることになると見做されているということに他ならないからだ。

要はソルが顕《あらわ》れるまでは、大国の王とはいえども常識的な範疇《はんちゅう》に収まっている限りは不必要な規模の代物《しろもの》だったという訳だ。大国とはいえ無限の予算など望むべくもない以上、当代の王が望んでいないのであれば、閉鎖されているのも当然のことでしかないだろう。

余計なことを聞くんじゃなかったと、ソルは自分も赤面していることを自覚しながら内心で唸《うな》ることしかできない。

「それに先に申し上げた『一部』の負担が、近年のエメリア王国の財政事情では少々厳しかったというのもあるかと思います」

「へー！　それは意外」

だがフレデリカからの追加の情報に、ソルは素直に興味を持った。

それはどうやらリィンやジュリア、エリザも同じようである。

エメリア王国の財力があるとはいえ、無駄《むだ》を削減《さくげん》するという意味で閉鎖されているということに納得した直後なだけに、大国であっても負担が厳しいほどの理由もあるとなれば興味も湧く。

普通《ふつう》に考えれば人件費が最も高くつくだろうし、お手付きも前提となればその額がより跳《は》ね上がることくらいは想像がつく。だがそれとても一度納得《なっとく》してしまえば、大国の経済力の前には端金《はしたがね》でしかないというのも、もっともな話なのだ。

ではこの大浴場宮殿を稼働《かどう》させることの、なににそんなお金が掛かるのかは興味深い。

「えっと、その件でソル様の御力《おちから》をお借りしたいのですが、よろしいでしょうか？」

「どういうこと？」

すでにエメリア王国はその厳しい負担をわかった上でもこの大浴場宮殿をソルの仮宮兼《けん》後宮として再稼働することを決定している。その上でソルに協力を求めるということは、ソルにしかできないなにかがあるということなのだろう。

まさか金を出してくれというはずもないのだから。

「最も負担が大きいのが、魔力《まりょく》の確保だったのです。この大浴場宮殿のお風呂はすべて魔力で稼働する魔導具《アイテム》の一つでして、普通のお湯ではないのです」

「そ、それはすごいな……ああ、なるほど！　僕《ぼく》がその制御魔石《せいぎょませき》に魔力を充填《じゅうてん》すればいいのか。いいよ、さっそくやろう！」

「ありがとうございます」

フレデリカの説明を聞いて、ソルは即座《そくざ》に自分に対するお願いの内容を悟《さと》った。

なるほどこの世界において最も重宝されており、冒険者や軍が魔物《モンスター》を倒《たお》さなければ入手不可能なのが魔石――つまりは魔力なのだ。それは冒険者ギルドが世界的な組織として成立するだけの経済力を持てる根幹をなす最重要物資であり、とんでもなく高くつく。

ただの湯であればどれだけ膨大《ぼうだい》な量を使用するといっても水源も豊富なエメリア王国においては知れたものだろうが、そのすべてを魔力が生み出すものに限定しているとなれば、確かに予算がいくらあっても足りまい。

当時のエメリア王国にそれだけの金を王の放蕩に使えるだけの余裕《よゆう》があったと考えれば、大国が持つ力がいかにとんでもないかを思い知らされるソルたちである。

だがそれはソルが持つ『プレイヤー』の能力を使えば、実質無料となるのだ。

そういう意味では『プレイヤー』という能力もまた、大国や世界規模組織が持つ力をすら凌《しの》ぐほどにとんでもないのだということが、別の角度から理解できた気がするソルである。

とはいえそういうカラクリなのであれば、すぐにでもこの大浴場宮殿に存在している、すべての魔法風呂《まほうぶろ》を復活させたくなる。ただの薬湯や温泉程度ではない以上、記録に記されている美肌《びはだ》や疲労《ひろう》軽減、中には若返りまである効果は眉唾物《まゆつばもの》ではない可能性が高いのだ。

すでにソルよりも女性陣の方が興味津々《きょうみしんしん》となっていると言っても過言ではない。

特にフレデリカは王家の記録で大浴場宮殿のことを知ってから、女性王族の自分にはそんな機会などないと知りつつ、可能であればすべてのお風呂に入ってみたいと思っていたたので軽く興奮気味ですらある。

すぐに案内された大浴場の、あまりの広大さにまずソルたちは驚《おどろ》かされた。

だがソルによってその巨大な制御魔石に魔力が充填されると同時にすべての湯舟《ゆぶね》と噴水《ふんすい》、滝《たき》のようになっている中央湯殿《ゆどの》から流れ出した色とりどりの膨大な湯量は、まさに天界を地上に現出させたと記されている書物が、大げさではないと思い知らされるものであった。

「これは……」

「すっごい」

「王侯《おうこう》貴族って、やっぱり桁違《けたちが》いだよねぇ……」

その様子にソルが呆《あっ》気《け》にとられ、リィンが素直に感心し、ソルの力が無くてもこれを毎夜稼働させていたという当時のエメリア王家の財力にジュリアが少々引いている。

エリザはつい最近までの自分の暮らしとはあまりにもかけ離れたこの光景に、さっきからずっと魂《たましい》が抜けたような表情を浮かべて沈黙《ちんもく》したままだ。

フレデリカは知識として知っていたことを自分の目で見られた感動に、両手を重ね合わせてぷるぷると震えて感極《かんきわ》まっている様子。

「わー！」

「♪～」

水辺を愛する生き物である全竜と妖精王は膨大な量の魔力を含《ふく》んだ水量に本能を刺激《しげき》されたものか、竜種や妖精族としての沽券《こけん》を放《ほう》り出して、まるで子供のようにはしゃいでいる。さっきのお菓子と紅茶のドカ食いもあわせて、どこからどう見てもこの2体が破壊《はかい》と再生を司《つかさど》る怪物同士には見えまい。

「こらルーナ、アイナノア。服着たままお風呂に入っちゃダメ！」

一番大きな湯船に、服を着たまま無邪気《むじゃき》に飛び込《こ》んでいる2体に、ソルもまたどこかズレた注意をしている。

「はーい！」

「♫！」

興奮状態であっても主の言葉には従順な全竜がその注意を受けてまずはポンと己の服を消して全裸《ぜんら》になる。それをけたけたと笑いながら妖精王もまね、躊躇《ためら》うことなく素《す》っ裸《ぱだか》となった。女の子の姿であっても、その正体が全竜と妖精王であるからには、一般的《いっぱんてき》な羞恥《しゅうち》は存在していないらしい。

「……ああ、なるほど……そうなるのか」

ある意味素直に自分の指示に従っただけのルーナとアイナノアを、ソルはそれ以上叱《しか》ることができなくなってしまっている。

ソルにとってはルーナはもちろん、ぎりアイナノアも幼女、少女の範疇に入っているため、直接抱《だ》き付かれてでもいない限りは、全裸を見たとてそこまで羞恥を覚える対象に入っていないらしい。

「……ねえソル君、私たちも入っちゃダメ？」

頭を抱《かか》えているソルに、頬を染めたリィンが思い切って今この場にいる女性陣の想《おも》いを代表して許可を求める。

その勇気に対してフレデリカとエリザは本気で感謝している。ジュリアは笑いを堪《こら》えるのに必死だが、自分の立場でソルにこのお風呂に入ることを要求するべきではないと判断しているので、その役を担《にな》うことは出来ないのだ。

「さっきのフレデリカの説明からすると、それには僕も入らないといけないってことになるんだけど……」

「わかってるってば！」

自分でも意地が悪いとわかっているソルのその返しに、リィンが本気で顔を真っ赤にして言い返す。

ソルとてわかっているのだ、今リィンが言っているのはけして性的な意味などではなく、エメリア王国の歴史に記されている魔法《まほう》風呂に入ってみたいという、純粋《じゅんすい》な興味故だということくらいは。それが魔法由来の湯であり、それに伴《ともな》うあらゆる効果も望めるとなれば女性としてはそれは入ってみたくなるだろう。

男であるソルでもそうなのだ、その気持ちはよくわかる。

「うーん、まあルーナやアイナノアの真似《まね》をしないいんならいいか」

しかもみんな一緒《いっしょ》なのだ、いきなり互いに全裸でという訳にもいくまい。

だが幸いといっていいのか、ソルたちはガウェインが造ってくれた魔導制御衣《ファウンデーション》がある。

あれは湯浴着には丁度いいだろうと思い、ソルは混浴を承認したのである。

◇◆◇◆◇

「あまかった……」

だが男ゆえにさっさと魔導制御衣《ファウンデーション》以外を脱《ぬ》ぎ捨て、一番最初に大浴場に入ったソルは己の認識《にんしき》が如何《いか》に甘《あま》かったのかを、あえて言葉に出して反省している。

ソルが入ってすぐにルーナとアイナノアが案の定纏《まと》わりついてきてはいたが、広大な空間にすでに満ちた湯気の効果と、自分は全裸ではなく魔導制御衣《ファウンデーション》を身に着けていることも相まって、そこまで動揺せずに落ち着いて一緒に湯船につかることができていた。

その時点では妙《みょう》に気持良い入浴感に、「いい湯だなー」と思う余裕さえあったのだ。

だが「脱ぐだけでそこまでかかるか？」とソルに疑問を抱かせる程度には時間が経過した後、４人同時に入ってきた女性陣の破壊力《はかいりょく》が、ソルの想定を遥《はる》かに上回っていたのだ。

各種実験や訓練、今日の実戦を経て、中でもリィンとフレデリカの魔導制御衣《ファウンデーション》姿にはある程度は慣れていると、ソルはまさしく油断していたのだ。

別にそれは過信という訳でもなく、全裸に漆黒《しっこく》のボディペイントをしただけにしか見えないとはいえ、やはり全裸とは違《ちが》う。激しい動きを伴いさえしなければ、大事なところはきちんと隠《かく》れてくれているし、艶《つや》があるとはいえその漆黒さが躰《からだ》の輪郭《シルエット》はともかく、その立体感をわかりにくくするため、ある程度平気になってきていたのは事実なのだ。

だがここの魔法の湯に反応したものか、４人の魔導制御衣《ファウンデーション》は戦闘《せんとう》時の如くそれぞれの固有魔力波形色――リィンは蒼《あお》、フレデリカは純白、ジュリアは桜白、エリザは真紅《しんく》に染まっていたのだ。こうなると元々艶感がある素材も相まって、輪郭《シルエット》だけではなく光の反射による濃淡《のうたん》によってその立体感を暴力的に主張してくる。漆黒時には本当にわからなくなっている、細部までがしっかり確認できてしまうのが本当に拙い。

しかもそんな格好の美女たちが湯気に包まれ、それが水滴《すいてき》化したものと本人のかく汗《あせ》が見えている素肌《すはだ》と魔導制御衣《ファウンデーション》の区別なく高密度で浮かび、時にころころと雫《しずく》となって流れ落ちてゆく様子がとんでもなく艶めかしい。

結果今、ソルは湯船から立つことができない状態とあいなっている。

「ソル様？　な、なにか仰いましたか？」

「うぅ……」

「…………っ」

さすがに女性陣も恥ずかしいのか、巨大《きょだい》がゆえになんとか同じ湯船に入っているとはいえ、ソルとの距離《きょり》はまだかなり確保されている。あるいはルーナやアイナノアの位置に行きたいのかもしれないが、まだそんな度胸はないといったところだろう。ソルと同じように、首元までしっかりと湯につかってそれ以上動けなくなってしまっている。

自分が見られていることもさることながら、ソルの裸体《らたい》も魔導制御衣《ファウンデーション》越《ご》しとはいえはっきりとみえていることも女性陣には刺激が強い。

男であるソルとすれば、下半身はまだしも自分の上半身を見られることに当然羞恥などはない。だが漆黒のままの魔導制御衣《ファウンデーション》に覆《おお》われた冒険者として引き締《し》まった身体が、その輪郭《シルエット》と立体感を主張し、汗と水滴を滴《したた》らせていれば女性とて目のやり場には困るのだ。

広いとはいえ、互いに同じ風呂に入っているのだという認識も大きいだろう。それにお互いが照れて動揺していることを確認し合えば、それは相乗効果となって互いのそれを加速させるのだ。

「でもこれはすごいねぇ。さすがに私はここには住めないけど、リィンのところへ遊びに来るのは別にいいんだよね？」

今の様子を見られただけでも十分に満足できているジュリアが助け舟《ぶね》を出す。

ソルとリィン、フレデリカ、エリザが互いに意識し合い、今日からここで暮らすということは、いつ何時そうなってもおかしくないのだときちんと認識できているのを確認できたので御機嫌《ごきげん》なのである。

ソルがすでに自分をそういう対象とは見ていないことも理解しているので、魔導制御衣《ファウンデーション》を身に着けたままであることもあって、自分の姿を晒すことにもさほど抵抗《ていこう》もない。

縦《たと》えそういう対象ではなくても、自分のこういう姿には男として反応してしまうソルの慌《あわ》てった様子を揶揄《からか》う余裕すらあるのだ。

この4人の中では最も暴力的な輪郭《シルエット》と立体感を誇《ほこ》るジュリアなだけに、男としてどうしてもそれに反応してしまうソルを非難するのは、流石《さすが》に理不尽《りふじん》だと言えるのだが。

「えーっと？」

「はい、それはソル様の許可を取っていただければ」

このままでは気まずい沈黙に支配されかねなかった状況《じょうきょう》を打破してくれたジュリアの助

け舟には乗るものの、自分では判断できない質問ゆえにリィンはフレデリカに確認を振《ふ》る。

やはりそれにも後宮の主の許可が必要なのだと、当然の答えをフレデリカが返す。

「ソルー」

「ジュリアはまず彼氏《かれし》に許可を取れって！」

「ちぇー」

それをそのままソルに投げるジュリアだが、その答えはもっともだとしか言えない。

今更ジュリアとどうこうなる可能性などないとソルもまた思っているとはいえ、仮にも後宮に自由に出入りするなど外聞が悪すぎる。今でさえ世間様からはジュリアもまたソルの女の一人だと見做《みな》されているのだ。

ソルにしてみればジュリアが結婚《けっこん》まで考えているという彼氏、セフィラス・ハワード・ウォールデン子爵《ししゃく》の許可を取ることは絶対条件である。まあその彼氏がいいというのであれば、リィンと一緒に風呂《ふろ》巡《めぐ》りをするくらいはかまわないだろう。

自分が一緒に入ることなど、まず間違《まちが》いなく今日だけのことなのだから。

「しかしこれは一気に攻《せ》めやすくなったね。ソルの方から今夜にでも来るかもしれないし」

ソルらしいわねえと内心で笑いながら、ジュリアはリィン、フレデリカ、エリザを同時に言葉の槍《やり》で遠慮《えんりょ》なくつつく。自分たちもまたそう考えていることを敢《あ》えて言語化されて、

3人ともに顔の半分まで湯船に沈《しず》まざるを得ない。

「わざと聞こえるようにいうなー！」

「ほほほ」

こっちによって来ることすらできない臆病者《ソル》からの突っ込みをわざとらしい笑いで聞き流し、ジュリアはこれから始まる我慢合戦の結果を楽しみにしている。

ソルはまあ当分は立ち上がれないだろう。

だがこっちの女性陣も、ソルの目の前で湯船から立ち上がり、その体表を膨大な量の湯と汗が滑《すべ》り落ちる様子を晒す勇気はまだもらえないと見える。

どっちものぼせたら自分が順番に連れ出してあげないとね、などと思いながら、ジュリアもまた長風呂《ながぶろ》に付き合うつもりなのだ。

第八章『大陸会議』

The boy who rules the monsters

世界の情勢は一日にして劇的に変化した。

いや変化というよりはこれまでの在り方が一度完全に瓦解《がかい》し、一から再構築しなければならないほどの更地《さらち》になったといった方がより正しいだろう。

大陸において表裏《ひょうり》共に最も力を持っていた聖教会の旧主流派は、最もわかりやすい敗者としてそのすべての権益をすでに喪失《そうしつ》している。組織としてもそこに所属していた個々人としても、勝者であるエメリア王国――いやソル率いる『解放者《リベルタドーレス》』からの指示にはすべて従わねばならない立場に堕《だ》しているのだ。

『聖戦《オラトリオ・タングラム》』の戦場でイシュリー・デュレス司教枢機卿《カーディナル》が宣言した真だの新だのというおためごかしなど、その後の『偽勇者《にせゆうしゃ》』と『神殻《しんかく》外装』の出現、それに続いた世界の終焉《しゅうえん》未遂《みすい》によって、もはやほとんどの国家はまともに考えてなどいない。新旧問わず、すでに聖教会などその支配力を完全に喪失しており、お飾《かざ》りにすぎなくなっていることは明白なのだ。

狂信者《きょうしんしゃ》の類《たぐい》は内々に粛清《しゅくせい》され、聖教会と人の歴史の真実を探求したい敬虔《けいけん》な信者たち程《ほど》、真であろうが新であろうが絶対的な力を背景に制限なき研究の場を与えられることを渇望《かつぼう》している。

失った権益を再び求める宗教屋の連中は、各々《おのおの》が持つ最大限の力を挙げてイシュリー司教枢機卿《カーディナル》とのつながりを持とうとしており、フレデリカたちによって順調に取捨選択《しゅしゃせんたく》、再編が進んでいる状況だ。

今まで聖教会が隠し持っていた世界を滅《ほろ》ぼし得るほどの逸失技術兵器《ロスト・テクノロジー》の行使と、それどころではない自然環境の崩壊《ほうかい》すら厭《いと》わなかった聖教会の暴走。そんなどうしようもない状況でありながら逸失技術兵器をも軽く凌駕《りょうが》してみせた破壊の力――『全竜《ルーナ》』と、滅びを否定する再生の力――『妖精王《アイナノア》』の力を以《もっ》て、大げさではなく世界を救った存在は誰《だれ》なのか。

ソル・ロック。

もはや世界はその個を揺ぎ無き一強として、国家を含む組織であろうが個人であろうがすべてが皆《みな》弱であることを、現実として受け入れざるを得ない状況に至っているのだ。

そんな存在を『神敵』呼ばわりして『聖戦』を引き起こし張り倒された聖教会と、それに歩調を合わせて挑《いど》んだイステカリオ帝国《ていこく》が最大の敗者、つまりは再構築される世界において冷遇《れいぐう》されることになるのはいまさらどうしたところで避《さ》け得ない。双方《そうほう》とも実質はどうあれ組織の頂点であった教皇と皇帝《こうてい》を『聖戦』――戦後には『エメリア王国侵略《しんりゃく》戦争』とその名を変えられた戦いの中で失っており、トップ不在というのもかなり厳しい。

だが聖教会はソル陣営《じんえい》にイシュリー司教枢機卿がそれなりの待遇《たいぐう》で所属しており、イステカリオ帝国はその皇帝フィリッツ自らが死ぬことによって『妖精王』を解放し、世界を終焉《しゅうえん》から救ったという功績がある。ゆえに明らかな最大戦犯である両組織は、まだしも生き延びられる可能性を残しているとも言えるだろう。

ある意味一番不味《まず》いのは、唯一《ゆいいつ》ソルの側に付いたエメリア王国と国境を接しており、聖戦のどさくさに紛れてエメリア王国へ攻め入ろうとしていた国々である。

『聖戦』を『エメリア王国侵略戦争』と勝者によって置き換えられても誰も文句が言えないのは、イステカリオ帝国を除いてエメリア王国と国境を接する8つの国家、そのうちの半数となる4つの国が開戦と同時にエメリア王国内へ攻め入ったという事実があるからだ。

いや実際には攻め入れてなどいない。

開戦前に『プレイヤー』の加護を得たエメリア王国の個人戦力たちに一方的に蹂躙《じゅうりん》され、聖教会から派遣《はけん》されていた教会騎士団《テンプル・ナイツ》諸共《もろとも》に鏖《みなごろし》にされたに過ぎない。

だが死人に口なし。

完全武装した各国の兵士と教会騎士たちの死体の山と、回収された聖教会秘蔵の逸失技術兵器の数々を証拠《しょうこ》として提示されれば、反論の余地などありはしない。

もはや攻め入ろうとしていただけなのか、実際に攻め入っていたのかなど、当事者となる4つの国家も含めた汎人類《はんじんるい》連盟の国家群にとっては別にどちらでもかまわないのだ。

イステカリオ帝国と同じく聖教会の吹《ふ》く笛に乗って踊《おど》った結果、その気になれば一夜で己の国を物理的に焦土《しょうど》にできる相手に喧嘩《けんか》を売ってしまったという事実は、もはや変えようもないのだから。

とはいえそのような程度の差こそあれ、『エメリア王国侵略戦争』において敵として軍旗を立てたすべての国は、自国の兵士たちが現場で目《ま》の当たりにした力を本国に向けられても、文句など言えないという点で本質的には同列ではある。

たとえそこまで積極的に滅ぼそうとされなくとも、次にまたあの天変地異が起こった際に『妖精王』の加護を得ることが出来なければ、その国はそれだけで終わる。

なによりも重要なのは、そういう戦争責任とその代償《だいしょう》というマイナス方面の話などはただの前座に過ぎないという事実だろう。

仮に侵略戦争に関してエメリア王国とソルから一切のお咎《とが》めを受けなかったとしても、今後始まる大陸中の魔物支配領域《テリトリー》の解放と迷宮《ダンジョン》の深部攻略《こうりゃく》への協力を取り付けることが出来なければ、国力の差がどうなるかなど語るまでもないからだ。

ソル・ロックは本物の現人神《あらひとがみ》であり、その両腕《りょううで》として『全竜《ルーナ》』が破壊を、『妖精王《アイナノア》』が再生を司る。それはいい。ソルこそが揺《ゆ》るぎ無い一強で、自分たち人類が皆弱である事を受け入れるのは当然のことだ。

だが聖教会が勝利を確信していた根拠《こんきょ》であったはずの13の人造天使たちを張り倒したのは、ソルの加護を受けるまでは同じ人間の域にいたはずのたった2人の女の子なのだ。それ以前に、ソルとルーナ以外を一掃《いっそう》する予定であったであろう『焔の矢《ミサイル》』による飽和《ほうわ》攻撃《こうげき》をすべて無効化して見せたのはエメリア王国現国王であるエゼルウェルドであり、その仲間の老人たちはたった3人で教会騎士団《テンプルナイツ》を蹂躙してもいる。

エゼルウェルド王は世にも名高い唯一魔法《ユニークまほう》『絶対障壁《アブスルトウス》』の遣《つか》い手《て》として有名であり、その元仲間たちの実力も各国に広く知られていたので、まだ「別格」だと見ることも出来よう。

だがフレデリカは軍部に人気があり多少頭が切れるとはいえ、やはり美しさこそが最大の価値と見なされていた普通のお姫様《ひめさま》だったことを、各国の上層部こそがよく知っている。

それがたった一月の間に空を駆《か》け、領域主《ボス》さえ凌ぐであろう人造天使をまとめて殴《なぐ》り殺せるまでに強くなれたという事実。

それはつまり、誰でもが同じようになれるということを雄弁《ゆうべん》に物語っているのだ。

ソルという絶対者に気に入られさえすれば、という大前提があるにしても。

よって本来は、無用な駆け引きをしている余裕など各国にはないはずなのだ。

とくにやらかしてしまっている4つの国家はなおのことである。

「確かに攻め入る準備はしていたが、実際には国境を越《こ》えてはいない。逆に国境を越えて一方的にわが軍を殲滅《せんめつ》したのはエメリア王国の方で、うちは悪くない」などというクソの役にも立たない言い訳を今さら囀《さえず》る暇《ひま》があるのであれば、王族自らが地面に頭を擦《す》り付けてでも助命嘆願《たんがん》するほうがいくらかマシである。

というかことがここに至ってなおそんなことすらもできない支配者など、支配者であり続けられるわけもない。軍部からも財界からも市井《しせい》の民からも見捨てられ、ソルに従属することを錦《にしき》の御旗《みはた》にしたそれらの集合体に吊《つ》るされることになるのは火を見るよりも明らかである。であればまだソルが――エメリア王国が自分たちをそれぞれの国の代表として扱《あつか》ってくれている今のうちに、なんとしてでも友好的な関係を構築しておく必要があるのだ。

実際に王家や貴族に対するある程度の身分の保証を引き換えに、エメリア王国の属国となることを申し出ている国もすでに多い。

四大強国と呼ばれた国家群もそれは同様である。

明確に敵対したイステカリオ帝国についてはすでに語るまでもないが、自国領内に聖教会の聖地である聖都アドラティオを抱えるアムネスフィア皇国の立場もかなり苦しい。『エメリア王国侵略戦争』に参戦した兵力はイステカリオ帝国に続いて多く、今まで領内に聖地を抱えるがゆえに「神の御威光《ごいこう》」を都合よく利用してきたことも間違いない。ゆえにソルにアムネスフィア皇国は聖教会と同一と見做すと断じられても、正論として異を唱えることも出来ない状況に置かれている。

だからといってポセイニア東沿岸都市連盟が優位かというとそれもない。

四大強国の一角としてイステカリオ帝国、アムネスフィア皇国に次ぐ兵力を供出していたという事実もあるし、聖教会による神敵認定《にんてい》と聖戦宣言以降、エメリア王国との国際貿易においてわりと露骨《ろこつ》な圧力をかけていたことも今となっては頭が痛い。

海千山千のエメリア王国第一王子フランツが、今思えば対抗策《たいこうさく》らしい対抗策を講じずにその横暴を受け入れていたのはこの結果が見えていたからだと思うと、交易国家としては完敗という言葉が頭に浮《う》かばざるを得ない。敗者としてではなく圧倒的《あっとうてき》な勝者の立場から、「困っている時に約束を反故《ほご》にするような相手とは、今後まともな商売などできない」と言われても、返せる言葉などありはしないのだ。

エメリア王国が――ソルがこれを機にポセイニア東沿岸都市連盟の瓦解を望んでいるの

であれば、あっという間に干上《ひあ》がらされるだろう。

これまで四大強国の一角という強者の立場で交易を行って来ていたことが、中小国家群がソルのその意向に従ういい大義名分となってしまうのだ。

よって今、元四大強国も含めたすべての国は、勝者であるエメリア王国に考《かんが》え得《う》る限りの利益を差し出し、その歓心《かんしん》を得ることに全力を挙げている。

ポセイニア東沿岸都市連盟を中心とした世界的な財界筋は、第一王子であるフランツに。

歴史あるアムネスフィア皇国や絶対的敗者であるイステカリオ帝国の帝室《ていしつ》や大貴族たちは、交渉《こうしょう》の窓口を持っていた第二王子であるマクシミリアに。

各国の軍部や国付きの傭兵《ようへい》団は、今ではエメリア王立軍の代表者と目されている第一王女であるフレデリカに。

もはやそれは交渉などではなく、ソルという絶対者に対してなにを差し出せば自分たちの身分をある程度は保証してくれるのかという助命嘆願申請《たんがんしんせい》といった方がいい状況である。

それも当然、ソル一党という怪物《かいぶつ》たちは自分たちがそうしようと決めた時点で、皇帝であろうが国王であろうが殺すことが可能なのだ。

しかもそれは暗殺という手段ではなく、軍どころか国ごと消し飛ばせるという意味である。それをすでに聖戦どころではなくなり、世界が滅びかねない状況下で実行してみせているからには疑う余地はない。

いつなんどき自分の首も落とされるかわかったものではない権力者たち程、真顔になって交渉を重ねるしかない。

他《ほか》にも聖教会関係者であればイシュリー司教枢機卿《カーディナル》に、各国の裏社会を牛耳《ぎゅうじ》っていた大手組織たちはソル直下であると言われている新興組織『エリザ組』に渡りをつけるのに血道をあげている。大陸中に存在している冒険者《ぼうけんしゃ》ギルドとて、すでにその総代表をスティーヴ・ナイマンとすることを内定している。

要はソルとつながりのある人間こそが、今この大陸において最大の重要人物たちだと見做されているのだ。

最重要人物ではあるが、今更《いまさら》直接接触する手段などない『解放者』ソル・ロック。その両翼《りょうよく》と見做されている本物の怪物である『全竜《ルーナ》』と『妖精王《アイナノア》』など、今までの権力者であり、保身を図《はか》らんとする者たちが自ら望んで会いたい相手であるはずもない。

幼馴染《おさななじみ》であり最側近でもあるリィン・フォクナーとジュリア・ミラーの二人は一見御《ぎょ》しやすくも思えるが、田舎《いなか》の村出身で冒険者をやっていた者たちの地雷《じらい》がどこにあるかなど予想もつかないので手を出しにくい。二人とも勝手にソルの情婦だと思われていることもあり、君子のつもりである貴顕《きけん》の方々はあえて危《あや》うきには近づきたくもない。

となれば勢い、ある程度の安心感を以て交渉に臨《のぞ》める相手は限られてくる。

冒険者ギルドからの代表でもあるスティーヴ・ナイマン。

裏社会を束ねることをソル直々に指示されているエリザ・シャンタール。

表社会を束ねることを期待されているエメリア王家の4人、現国王エゼルウェルド、次代国王フランツ、一冒険者マクシミリア、そしてソルの側近の一人でもあり、「大陸会議」の議長を指名されているフレデリカ。

言い換《か》えればそれぞれの世界に対して、専門の窓口が用意されている状況だとも言えなくもない。だからこそエメリア王国中枢部《ちゅうすうぶ》は多忙《たぼう》を極《きわ》めており、謁見《えっけん》の間を対応本部として構え、昼も夜もなく、王族も貴族も官僚《かんりょう》もなく必死で働いている。

クソ忙《いそが》しくぶっ倒れそうな激務のわりには誰もが明るい文句程度しか口にしないのは、今この瞬間《しゅんかん》こそが、人が再発展する分岐点《ぶんきてん》だと理解できているからだろう。

だがその結果あらゆる交渉が想定以上に上手《うま》くいき、絶対者がそこまで横暴ではないことを知れば、人とは油断して増長を始める生き物でもある。

基本的に下手に出つつ、常に理性的な対応をする絶対者に対して、その正体は思い上がりでしかない「交渉」とやらを仕掛《しか》け始める。戦後の『大陸会議』が開かれるまでの間に、各国の意識が弛緩《しかん》するには充分な時間、というよりも理性的すぎる対応こそが、そうさせるに足るだけのものだったとも言えるだろう。

フレデリカの実際的《プラグマティック》すぎる交渉内容は、大陸の各国家にソル・ロックという絶対者が常に正しく在りたい、人の社会を繁栄に導きたいと考えている英雄的《えいゆうてき》な人物なのだと誤認《ごにん》させるには充分過ぎたのだ。

ソルとエメリア王国が利益を得る内容に関しては一切《いっさい》反対などしない。だがその支配下に入ることを前提とした上であれば、各国間の調整に時間がかかるのはある程度仕方がないという理屈《りくつ》が通用すると思ってしまったのだ。

そして世界は間違えた。

どうあれ今後はソル・ロックという存在が君臨する国際社会において、初手として自分たちがどう立ち回るのが正しかったのかを。

◇◆◇◆◇

時は当初『聖戦《オラトリオ・タングラム》』と呼称《こしょう》された『エメリア王国侵略戦争』が、僅《わず》か1日で終結してからほぼ一ヶ月後。所はエメリア王国王都マグナメリアの中心にある王城、その大会議室。

今そこではここのところ連日、この大陸に存在するすべての国家の代表が馳《は》せ参《さん》じての初回となる『大陸会議』が執《と》り行われている。

四大強国筆頭と見做されていたエメリア王国と、聖戦を経てもなお世界宗教であることを認められた『聖教会』による、呼びかけという名の命令によって歴史上はじめて成立したこの『大陸会議』には、独裁国家や一部の土地を占有《せんゆう》しているにすぎない自称《じしょう》国家の代表たちも含めてそのすべてが参加している。

建前はどうあれ、ソルの持つ圧倒的武力を背景に持つエメリア王国と現聖教会の呼びかけに対して、応《こた》えないわけにはいかないというのが実際のところだ。名前がどう呼ばれようがそれは間違いなく戦後会議であり、エメリア王国以外のすべてが敗戦国となる、勝者による落とし前の付け所を決定する会議である事は疑う余地もない。

聖教会と共に神軍として聖戦に加わっていた国家群はもちろんのこと、正確な情報を入手できていない小国や独裁国家、自称国家の類《たぐい》も、実質的な支配者である国家《親分》からの絶対の指示によって渋々《しぶしぶ》ながらも参加している。

エメリア王国以外の四大強国と呼ばれたイステカリオ帝国、アムネスフィア皇国、ポセイニア東沿岸都市連盟はもちろん、この会議で提示された内容に正面から異議を唱えるなどという愚《おろ》かな真似はなどするはずもない。

四大強国だけではなく、それなりの大国であってもそれは変わらない。

現時点で提示されている条件で十分な利益は保証されているし、『聖戦』において敵として軍旗を立てた罪を問われないのであれば、まずはそれで御《おん》の字《じ》なのだ。

イステカリオ帝国は皇帝不在、しかも明確にソルの敵に回っていたと見做されているので、大人しく俎板《まないた》の上の鯉《こい》であることを弁《わきま》えている。

だがソルが望み、それを基にエメリア王国首脳部が組み上げたその平和的な再編——言い方を変えれば甘い処遇《しょぐう》は、イステカリオ帝国以外の各国の上層部と外交巧者《こうしゃ》気取りたちを図に乗らせる結果となっていた。

安全が保障されているのであれば、それを失わない範囲《はんい》で最大限の利益を求めるのはある意味において当然とも言える。そうでなければ外交官など務まらないし、彼《かれ》らが仕える王や皇帝たちとて、いままで見事に外交を回してきた才人たちの意見を受けて、「ぎりぎりまでエメリア王国から譲歩《じょうほ》を引き出す」方向を是《ぜ》としているのだ。

だが今までは正しかったその判断は、すでに決定的に間違ってしまっている。

神と呼んでも違和感《いわかん》のない絶対的な存在が君臨した今の世界において、それまでの常識などクソの役にも立たなくなっているということを、まだ本当の意味では誰も理解できていなかったのだ。

そしてそれはソルを味方としてこの世界を取り仕切る立ち位置にある、エメリア王国側であっても本質的に変わらない。だからこそ会議は踊り、ソルの望むカタチでの決着をいつまでたっても見ないままなのだ。

議長を務めるフレデリカはけして無能などではないが、前例のない大陸全体を巻き込んだ会議であり、圧倒的な勝利者側であるがゆえに公正に進めようとするがあまり、踊る会議を制御《せいぎょ》しきれなくなっている事もまた言い訳の余地もない事実ではある。

そのまったく進捗《しんちょく》しない会議場の大扉が、なんの前触《まえぶ》れもなく大きく開かれた。

澱《よど》んだ大会議室の空気を一新させるとともに入室してきたのは、いまやこの大陸において誰もがそう認めざるを得ない絶対者、ソル・ロック本人である。

ソルだけではなくいつものように左手を全竜《ルーナ》と繋《つな》ぎ、首もとにふわふわと浮かぶ妖精王《アイナノア》を纏わりつかせている。もはやその光景を当然のものとして慣れつつある、世間からはソルの情婦だとみられている3人の女性、リィン、ジュリア、エリザも付き従わせている。

「ああ、お気になさらず。会議を続けてください」

気楽な口調でそう告げるソルだが、入室して以降発言をする者など誰もいない。もちろんどうせ進まない会議を、敢えてこの状況で進めようとする者も。

先触《さきぶ》れもなく突然《とつぜん》大扉を開けて『大陸会議』が行われている大会議室へ入室する。それも自分一人ではなく、ハーレム・メンバーを引き連れての所業である。

それを王城内の誰も咎めず、大扉へと至る大廊下の左右に控《ひか》えている兵たちも止めないということは、この会議に参加している者たちはもちろん、一兵卒に至るまでソルの意志こそが今この大陸においては絶対なのだと理解しているからに他ならない。

そんなソルがこの場にあえて参加してきた以上、だれもが固唾《かたず》をのんで見守ることしかできるわけがないのだ。

「セプテトリオ帝国のアウル皇太子殿下《でんか》ですね？」

そのソルが迷うことなく末席近くのある席に到着《とうちゃく》し、供される果実水を退屈《たいくつ》そうに飲んでいた派手な格好をした若者に確認《かくにん》を取った。

独裁国家として悪名高いセプテトリオ帝国の跡《あと》取り息子《むすこ》。飼い主――ポセイニア東沿岸都市連盟の意向には逆らえず皇太子を出席させてはいるが、さすがに皇帝本人は出てきていない。だがいかなドラ息子とはいえこの会議に出席している以上、ソルの顔とその実力は理解している。だからこそどう強がってもその真実は傀儡《かいらい》国家のお飾りでしかない自分に、そのソルが声をかけてきたことに少なからぬ動揺《どうよう》を見せてしまっている。

「そ、そうですが一体ぎゃあああああああ」

だがソルの問いを怪訝《けげん》な表情ながらも肯定《こうてい》した瞬間、その四肢《しし》が圧《へ》し折られて椅子《いす》から転げ落ち、血涙《けつるい》と涎《よだれ》を巻き散らしながらのたうちまわっている。

ソルの左手を握《にぎ》ったままのルーナの左目が強い赤光《しゃっこう》を発すると同時、その水揚《みずあ》げされた魚の様に跳《は》ねまわっていた皇太子の肥え太った身体はとぷんとルーナの陰《かげ》に沈んで消えた。

戦慄《せんりつ》して固まる大会議場に、次の場所へ静かに向かうソルの足音だけが響《ひび》く。

そして同じような確認を、逃《に》げようとして腰《こし》が抜《ぬ》けた独裁国家や自称国家の代表たちへ繰《く》り返し、そのすべてが順番にルーナの影《かげ》の中へと呑《の》まれていった。その中には聖戦の際にエメリア王国へ攻め入ったとされている、ハイカリュオン王国をはじめとした4国も含まれていた。

一見すれば獣人種系《セリアンスロープ》の美少女にしか見えないルーナではあるが、人など蟻《あり》を踏《ふ》み潰《つぶ》すが如く如何様《いかよう》にでも扱えることなど、この場にいる誰もが理解している。

どんな見た目をしていようが全竜の分身体であるこの美少女は、世界を終わらせかけた『旧支配者』の最終兵器であったはずの『人造勇者』と同じ竜種を素体とするその『神殻外装』を一蹴《いっしゅう》した怪物なのだ。

竜種とは本来、それほどまでに隔絶《かくぜつ》した人とは比べ物にならない上位存在なのである。

「さて、本来は話し合う必要もなかった連中の始末はこれで済んだかな。あれ？　会議が止まったままですよ？」

最後の一人がルーナの影に沈んだタイミングで、にこやかな表情を浮かべて会議室全体へと話しかけるソルである。もうそんなに残された時間は無いのだから、今のうちに存分に会議とやらをしておけばいいのに、というのはわりとソルの本音なのだ。

この場にいる誰もが、ものの数分でソル・ロックという存在が英雄視《えいゆうし》をされたいようないわば俗物《ぞくぶつ》などではなく、曰《いわ》く常人には理解し難《がた》い価値観によって行動するナニモノカなのだと理解させられた。

そうでなければ一応は国の代表者としてこの会議に参加している者を、問答無用で始末したりはしない。それができるかできないかではなく、話がわかる存在だと思われたい者には、そんな蛮行《ばんこう》を断行など出来はしないのだ。

それを眉《まゆ》一つ動かさずに易々《やすやす》とやってのけたソル・ロックという怪物を、自分たちが盛大に見誤っていたことをこの場にいるすべての者が本能的に理解させられたのだ。

「フレデリカ。少し僕《ぼく》が話してもいいかな?」

当然の帰結として誰一人《だれひとり》として声を発せない状況が続く中、肩《かた》をすくめてソルはこの『大陸会議』の議長であるフレデリカに確認を取った。

「……ソル様の期待を裏切ってしまい、申し訳ございません」

ソルが業を煮《に》やしてこの場に現れたことを理解できているフレデリカの顔色はよろしくない。たかが『大陸会議』一つもろくに御せない自分がソルに愛想《あいそ》を尽《つ》かされた可能性を考えると、喩《たと》えではなく胃が痛くなってしまうフレデリカなのである。

大国の代表者たちの中には同じ判断を下し、内心ほくそ笑《え》んでいる者も極少数《バカ》とはいえ存在している。ソルの絶対は揺るがないとはいえ、エメリア王国が筆頭の位置から陥落《かんらく》するのは望むところだからだ。

「いや、フレデリカの尽力《じんりょく》には感謝しているよ。ただこの会議にフレデリカがかかりきりになっているだけじゃなく、その上冒険者ギルドのスティーヴ総長閣下や、イシュリー教皇猊《げい》下《か》の出席も求めていると聞いて、それなら僕が出ようかなと思っただけだよ」

だが慌てたようにソルは笑顔《えがお》を浮かべ、フレデリカの誤解、あるいは深読みを否定する。

加えてその態度からあくまでも自分はフレデリカを頼《たよ》りにしており、ソルにとってのエメリア王国の立ち位置が一切揺《いっさいゆ》らいでいないことを明確にしておく。

そして問題視されているのは会議を御せないフレデリカではなく、会議を無駄《むだ》に踊らせている愚か者どもなのだということも同時に明言した。

実際ソルは、新居で深いため息をついているフレデリカを見かねて出席しようかなと思った程度ではあるのだ。ただ出席するからには、自分が思っているとおりの行動を取ることを決めてはいるのだが。

「さて、どうしてこの程度の決定が約一ヶ月もの期間にわたってされないのか、誰か説明してもらえますか？」

会議の流れなどまるで無視してそう問うたソルの言葉に、大会議室の空気は凍《こお》り付く。

議長としてのフレデリカの責は問わないと明言している以上、その責を負わされるのは会議を遅滞《ちたい》させていた者たちになることは明白だからだ。

「あの、ソル様……先の代表者の方々がどうなったかを、お聞きしても？」

一点の曇《くも》りもない晴れやかな笑顔でそう告げるソルにあえてそれを確認したのは、独裁国家や自称国家の多くを軍事的、経済的に支援《しえん》し、自分たちに都合のいいように操《あやつ》っていたポセイニア東沿岸都市連盟の外交官主席である。

ポセイニアとしては初日から提案を受け入れる態を取っており、ああだこうだと愚かな要求は手下の国々にさせていたので、ある程度安全は確保できていると慢心《まんしん》しているのだ。

そこまで緩《ゆる》んでいなければ、生殺与奪《せいさつよだつ》の権を握っている相手の質問に対して、別の質問を返すような愚行《ぐこう》を平然とできるはずもない。

「内緒《ないしょ》です。今ルーナが始末——おっと。退場願った方々はいわゆる自称独裁国家と最低限のルールも守れなかった国家の代表ですね。すでに彼らの本国の軍と皇族や王族、貴族たちはすべて制圧済みで、民衆に被害《ひがい》が及《およ》ぶことはないのでご安心ください。当面はエメリア王国が飛び地として管理します」

それに対してにこやかに答えるソルの内容は、今始末された連中の飼い主たちの心胆《しんたん》を寒からしめるのは充分《じゅうぶん》なものだった。

実際ソルとフレデリカが排除《はいじょ》するべきだと判断していた、先刻その代表者たちをルーナが始末した自称国家群は『エリザ組』、すなわちヴァルター翁《おう》率いる『暗部』によって既《すで》に制圧されている。

そこの民たちに要《い》らぬ混乱を招かぬようにまだ秘密裏《ひみつり》に処理されているが、エメリア王国からの暫定総督府《ざんていそうとくふ》のスタッフたちが到着次第《とうちゃくしだい》、ソルの発言したとおりに「飛び地」としての支配を開始する手はずになっている。

独裁者の横暴に怯《おび》え、ただ普通《ふつう》に生きていくことすらままならなかった民衆たちは、潤《じゅん》沢《たく》な食料をはじめとした膨大《ぼうだい》な物資と強力な治安維持《いじ》兵力があれば、そう混乱せずにその支配を受け入れるだろう。

自らの揺ぎ無い信仰《しんこう》に基づくものではない、力で屈服《くっぷく》させていたに過ぎない独裁支配など、より強い力の前には脆《もろ》いものだ。だからこそソルもフレデリカも、数ある大国ではなく聖教会こそを最大の脅威《きょうい》と見做していたのだから。

「首輪紐《リード》をお持ちだった方々に言いたいことがあるのであれば、お聞きしますが？」

そして当然、その飼い主たちが誰かもわかっているぞとソルは明言する。その上で文句があるのであれば、今この場で言ってみせろと。

「なにもありませんか？　ではこの話はこれで終わりです」

だがどんな大国であれ沈黙《ちんもく》を守る事しかできるはずもない。

表向きには人権だの国家の権利だの、国際社会における価値観の共有だのと嘯《うそぶ》いておきながら、裏では無法者国家を支援し、代理戦争や小国への圧力に使っていたことをすでに掌握《しょうあく》されてしまっているのだ。躾《しつけ》のなっていない、あるいはそうある事を望んだ「狂犬《きょうけん》」どもを始末されたからとて、文句など言えようはずもない。

だがその沈黙によって、ソルによる一応は「お咎めなし」の言質《げんち》を取れた。ソルが「これで終わり」だと明言してくれた以上、飼い主たちまで連座させられることは無くなったとみていいはずだ。

であれば自分たち《》大国の後《うし》ろ盾《だて》をいいことに、自国と言い張る地域の住民たちに非道の限りを尽くしてきた独裁者や自称指導者、その取り巻きどもは苛烈《かれつ》な粛清をされる、いやすでにされたのであろうが、そんなことは大国の支配者たちの知ったことではない。

蜥蜴《とかげ》の尻尾《しっぽ》とは、切るためにこそ存在しているのだから。

「では話を元に戻《もど》しますけど……フレデリカ、僕たちが承認《しょうにん》した諸条件についてはすでにすべてを提示しているってことで間違いないんだよね？」

「はい。初日にすべて提示を完了《かんりょう》しております」

だがもちろんここで話が終わるはずもない。

実際にこの『世界会議』を紛糾《ふんきゅう》させているのは、数多《あまた》ある小国同士のいざこざ、あえて空気を読まないバカのふりをした傀儡国家たちによる勝手な主張の応酬《おうしゅう》だ。

その背後にどの国がいるのかなどわかっていながら、従来の常識を重んじたフレデリカには、この『大陸会議』の収拾《しゅうしゅう》を付けることが叶《かな》わなかったのだ。

同じ人として共に発展を望める余裕《よゆう》と、フレデリカが得たとんでもない幸運によってエメリア王国だけがあまりにも莫大《ばくだい》な利益を得ることに対する後ろめたさが、大国の指導者という本来鋭利《えいり》な実際主義者《プラグマティスト》としての感覚をすら曇らせていたのかもしれない。

「つまり僕たちが決めたことに対して納得《なっとく》のいかない国がいくつもある、という理解で間違いないよね？」

確かにソルがそう口にした通り、敗戦国に対して譲歩を見せたら、そこへ付け込《こ》んでくるバカばかりともいえる状況《じょうきょう》である。

いつでも自分を殺せる相手に対して平気で権利とやらを主張する愚か者が絶対者の目にどう映るかの想像力が、決定的に参加者たちには欠けていたのだ。本来であればそれがどんなに苛烈な内容であれ、勝者が提示した条件には従い、国がなくなることさえも甘《あま》んじて受け入れるしかない立場なのだ。

死にたくないのであれば、弱者とはそう在るしかない。

矜持《きょうじ》が、誇《ほこ》りが、本来持っていた権利とやらが命より大事だというのであれば、それに殉《じゅん》じてただ戦って死ねばいいだけである。そうする覚悟《かくご》すらなく強者の慈悲《じひ》、鷹揚《おうよう》に甘えて甘い夢想を囀《さえず》るだけのこの場にいる人間たちに対して、ソルはそこまで強い嫌悪《けんお》感も怒《いか》りも抱《いだ》いてはいない。ただ「面倒《めんどう》くさいな」と思っている程度である。

だがそんなソルの思考に、実は極低温《ごくていおん》の刃《やいば》が潜《ひそ》んでいることを理解しているフレデリカは答えをやや言い澱む。ソルは苛烈ではないが、穏《おだ》やかに酷《ひど》い決定をできる強者なのだ。

「――はい」

ここで「もうすぐに結論に至ります」と答えられれば一番よかったのだが、それは不可能だった。つい最近まで似たような立場であったフレデリカではなく、今この場での決定権をソルが持っていることに血の気が引いているのは、もちろん飼い主の指示に従っていただけの傀儡国家の代表者たちだけではなく、その飼い主たちも同様である。

「なるほど――僕は政治には疎《うと》いので、それらの諸条件について細かいことは言いません」

フレデリカからまだ結論は出ていないという答えを聞いたソルは、怒《おこ》るでもなく本当に面倒くさそうに深いため息をひとつついた。

その上で明確に宣言する。

「じゃあもういいです。僕たちの提案に納得できない国家は、もう僕たちには必要ありません」

静かな声。

だがたったその一言だけで、この場にいるすべての弱い生き物《人間》が不可避《ふかひ》の死を感じて呼吸をすることすらも忘れた。それはソルの身内であるフレデリカや、ソルに付き従っていたリィンやジュリア、エリザですらも例外ではなかった。

ソルが先の言葉を発すると同時に、全竜《ルーナ》と妖精王《アイナノア》が人など蟻となにも変わらないのだと瞬時《しゅんじ》で思い知らされるほどの殺気を巻き散らしたからだ。その強烈《きょうれつ》な殺気は、ソルが「要らない」と判断したものはそれがなんであれ、人の手にはけして負えない怪物たちにとっての排除対象となることを、これ以上ないくらいに雄弁に語っている。

どんなご高説を垂れられるよりも遥《はる》かに説得力に富んだ、極単純な力の誇示《こじ》。

それだけで頭ではなく魂《たましい》で、自分たち人という種がこの世界において弱者でしかないことをあらためて思い知らされたのだ。

その一瞬《いっしゅん》で竦《すく》んだ人共へ感情のまるで宿っていない灼眼《しゃくがん》を向け、ルーナが告げる。

「主殿《あるじどの》が全竜《我》を支配し、妖精王《アイナノア》をも解放された。結果亜人種《デミ・ヒューム》たちは従属し、獣人種《セリアンスロープ》たちは保護されている。『聖戦《オラトリオ・タングラム》』とやらを経て宗教屋どもは主殿を現人神と崇《あが》めて平伏《ひれふ》し、世界樹が復活してこの世界には再び外在魔力《アウター》が満ちた。市井に生きる者共は素直《すなお》に主殿を称賛《しょうさん》し、平和で豊かな時代が訪《おとず》れることを期待している」

自らが吹き上げる殺気を抑《おさ》えることもなく、静かに今この世界がどう変わったのかを今一度ルーナが静かに述べている。

「貴様らだけだ。貴様ら政治屋どもだけがのうのうと国家だの個人だのの権利とやらを主張し、平伏《へいふく》すらもせずに下らぬ会議で主殿のお気に入り《フレデリカ殿》を拘束《こうそく》して平然としている。危機感が足らぬようだから我が言ってやろう。外在魔力《アウター》が再び満ちたこの世界において、貴様ら人間は最も脆弱《ぜいじゃく》な種へと戻った。亜人種《デミ・ヒューム》であろうが獣人種《セリアンスロープ》であろうが、貴様ら人間の国家、そのすべてを灰燼《かいじん》に帰すことなど、もはや雑作もない。そうしないのは――できないのは、主殿が我らの上に君臨し、それを禁じておられるからにすぎん」

人だのなんだの以前に、今この場にいるすべての弱者《人間》が本能で理解させられている厳然たる事実を、改めて言語化して叩《たた》きつけられている。

もはや人は強者などでは無い。たまたま種としてはそう《人》だというだけのソル・ロックという個が突出《とっしゅつ》した一強であり、その他は皆弱でしかない。

亜人種が、獣人種が、千年にも及ぶ恥辱《ちじょく》による怨嗟《えんさ》を今の時代に生きている人間どもに無差別に叩きつけずにいるのは、なにも高尚《こうしょう》な精神性によるものではないのだ。

魔導生物としての強さを取り戻したそれらの種族であっても人とそう大して変わらぬ弱者として扱い得る、頭を垂れ傅《かしず》かざるを得ない絶対者《ソル》が、そうすることを赦《ゆる》さないからに過ぎない。

ルーナは正直に言えば、人ではないというだけで他種族がひどく扱われることをよしとした人間どもなど、立場が変われば同じことをされて当然だと思っている。だが己《おのれ》が絶対の主とするソルがそれを望まないのであれば、ただそれに従うというだけの話だ。

だから敢《あ》えてここで宣言したのだ。

貴様らなど主殿の庇《ひ》護《ご》下から離《はな》れた瞬間、誰《だれ》が相手であろうが構うものか、我らの千年に及ぶ屈辱《くつじょく》をこの時代の数だけは無駄に多い人共にすべて贖《あがな》わせてやるぞと。人として生まれたことを後悔《こうかい》するほど、一度死んで終わりのような温《ぬる》い扱いなど期待するなと。まだそうなっていないのはただ、辛《かろ》うじて貴様らがまだ主殿の庇護下に在るからなのだと。

主語を必要以上に大きくするのは本来全竜《ルーナ》の望むところではないが、ここにいる者たちが各国の代表者であり、それをよしとしているのがその国の民たちだというのであれば、人という括《くく》りで十把《じっぱ》一絡《ひとから》げにしてやるぞと恫喝《どうかつ》したのだ。

そして「もう要らない」と宣言したその主の発言を今、ここで覆《くつがえ》すことができないというのであれば、まずはこの場にいる者たちからそれを実行してやるとばかりに、殺意を叩きつけているのである。

「ルーナ」

「──申し訳ございません」

身動《みじろ》ぎも、呼吸も忘れて固まる事しかできなかった空気が、そのソルの一言でまるで嘘《うそ》のように消失した。その結果が示すのは、ソルが間違《まちが》いなく全竜と妖精王という、怪物たちを統《す》べるモノだという厳然たる事実である。

そして全竜が静かな、しかし絶対の殺意を発することになったソルの発した言葉の意味。

それはつまりソルがこの世界には「最悪、エメリア王国さえあればまあいいか」という考えを持っているということである。

このまま先のソルの言葉どおりになった場合、エメリア王国以外のすべての国はソルの庇護下から外れ、千年間蔑《さげす》み、差別対象としてきた亜人種や獣人種、魔族たちに好きに弄《もてあそ》ばれるということに他ならない。

いやそれどころか聖教会の秘匿《ひとく》戦力すら一瞬で叩き伏《ふ》せたあの全竜の魔創義躰《アストラル》が、自分たちの国を直接焼《や》き払《はら》いに首都の上空に顕《あらわ》れても誰も助けてはくれないのだ。

自分たちが自分たちの国を千回焼き尽くしてもなお足りないほどの火薬庫の上で火遊び

をしていたことを、誰もが理解させられた。

「ええと。誤解の無いように言っておきますが、僕が要らないという言葉に、それ以上の意味はありません。今うちのルーナが凄《すご》んだように、従わない国は滅《ほろ》ぼしてやるぞというような血生臭《ちなまぐさ》い意味はありませんので、心配しないでください。今この時以降、僕たちとは完全に袂《たもと》を分かつという、ただそれだけです」

そのソルの発言を聞いた多くの者の顔は、取り繕《つくろ》うことも出来ずに引き攣《つ》っている。

ソルの真意をはき違《ちが》えて、また勝手に威圧《いあつ》を加えてしまったと反省していたルーナも、そうではなかったことを理解して表情を緩めている。

フレデリカからの各種の条件提示には、今後の国際社会における共通ルールも当然のこととして盛《も》り込まれていた。その内容は少々厳しく、今までであれば現実的ではないと言っても過言ではない、理想に寄り過ぎているとも言える内容ではあった。

だが非現実だとか、強者による押《お》しつけだとかはなく、権力者もへったくれも関係ないぞという程度で、あくまでも常識的な範疇《はんちゅう》に収まっていたことも確かだ。

だが今ここでソルと袂を分かつということは、その国際ルールの適用外に置かれるということに他ならない。話し合い、交渉し、その上で決裂《けつれつ》したのであれば、それはもう互《たが》いを尊重し合う相手ではなく、邪魔《じゃま》にならない限りはまあそこで生きていても別にいいか程度の存在だと見做《みな》されるという意味である。

つまりこれ以降ごねるようならば明確に決別し、以後一切のルールを適用しない相手と見做すよという、これ以上ない恫喝の言葉でしかないのだ。それを理解できるだけの知能を持っている人間の集まりであるがゆえに、この場の空気は凍り付かざるを得ない。

「正直僕は、迷宮の攻略《こうりゃく》と魔物支配領域の解放を仲間たちと問題なく進められればそれで十分なのです。それ以外はわりとどうでもいい。だけどフレデリカは僕が問題なくそうできるようにしながらも、できるだけ多くの人たちにも具合がいいようにしようとしてくれています。それを不要だという連中なんか、僕にも必要ないなってだけですよ」

自分の発言の意味が正しく伝わっているらしいことを確認して、ソルがそう付け加える。一見して穏やかな言葉に聞こえようとも、その意味はフレデリカの厚意《こうい》に付け込もうとする輩《やから》に対する、明確な嫌悪感を表明してもいる。

言い換えればこうなる。

――これ以上ぐだぐだ言うようなら貴様ら支配者気取りのすべての頭を挿《す》げ替《か》えて、大陸全土をエメリア王国にしてやるぞ。

ソルにはなにも国を重んじる必要などないのだ。そして気にくわぬ国の住民その悉《ことごと》くを鏖殺《おうさつ》する必要などもありはしない。

要はソルに――引いてはフレデリカに不快感を与《あた》えるような連中を端《はし》から縊《くび》っていけば、早晩その国は大人しくなるしかない。

そしてそれを実行することなど、今のソルにとっては児戯《じぎ》にも等しいのだ。

よってこの後一刻を経ずして初日に提示された条件ですべての議題は決着し、大陸史上最初の『大陸会議』は即座《そくざ》に閉幕する。

ソルという絶対者が君臨することによる古《いにしえ》の『大魔導期《エラ・グランマギカ》』の復活は、人が最弱の種族であるということを、世界を統べていたつもりの者たちすべてが思い知ったことによって始まるのだ。

転章『魔王アルシュナ』

The boy who rules the monsters

大陸会議が無事閉幕したその夜。

ソルたちの新たな生活拠点《きょてん》となっている旧大浴場宮殿《きゅうでん》、その本殿《ほんでん》――ソルの邸宅《ていたく》に皆《みな》が集まり、今日の出来事を話し合っている。

ちなみにジュリアはあっさりセフィラスの許可を取り、毎日のように顔を出している。

とはいえたまにリィンの屋敷《やしき》に泊《と》まるくらいで、基本的にはウォールデン家へ毎日キチンと帰っているので、そう問題ではないだろうとソルも判断している。

ウォールデン家にしてみても、当主よりもその嫁《よめ》の方がすでに社会的立場は遥かに上なので、妙《みょう》なことにならないのであれば絶対者《ソル》との良好な関係の維持には万全《ばんぜん》を期してもらいたいところだろう。ジュリアとセフィラスの双方《そうほう》が納得しているのであれば、ソルもフレデリカも、ジュリアが後宮を自由に出入りすることを咎《とが》める理由などない。

「もうホント、生きた心地《ここち》がしませんでしたよ」

いつものように食事をした後に軽く酒が入っているとはいえ、珍《めずら》しく今日一番くだを巻いているのはフレデリカである。それほどに今日のソルは怖《こわ》かったのだろう。

「大げさだよ」

だが自分ではフレデリカに協力したつもりのソルは苦笑いである。

ソルが制御不可能な暴君らしい態度を取れば、それを制御し得るフレデリカの発言力は高まるので、確かに協力であることは間違いない。実際それであっさりと大陸会議が閉幕したのも事実なのである。

「うーん、ソルはもうちょっと全竜《ルーナ》ちゃんの殺気がどれほどのものか理解した方がいいよねえ……」

「それはまあ、そうだよね……」

だがそれにも程度があるということなのだ。味方すら本気で怯えさせているとなれば、さすがにそれはやりすぎという誹《そし》りを免《まぬが》れ得ない。

どこか子供のような態度のソルに、ジュリアとリィンが幼馴染だからこそ可能なダメ出しを入れている。それはフレデリカやエリザにはけしてできないことである。

さすがのソルもこの二人から同時のダメ出しには少々へこんでいるらしい。

「……でも、ゾクゾクしました」

「あ、それは否定できませんね」

だがそれに対するフォローというわけでもないのだろうが、エリザがぽつりと本音を零《こぼ》し、即座にフレデリカもそれに同意を見せている。

この二人はソルの怖いところも好きらしい。というよりもそういう怖さや理不尽《りふじん》を自分に向けられることに倒錯《とうさく》した喜びを感じるらしい。

二人の感覚では怒れる全竜を気にも留めないソルこそが最も恐《おそ》ろしく、その怖さになぜかゾクゾクしてしまうのだ。

「うわあ……」

「わ、私は普通に怖かったよ?」

それに対してジュリアとリィンがわりと遠慮《えんりょ》なく引いていることを表明している。

フレデリカとエリザのそういうところに一番引いているのは実はソルなので、リィンはきちんと自分はそういうソル君は苦手ですと表明している。

役どころで言うのであれば、この4人は実は結構バランスがとれているのかもしれない。

「主殿が大切にしている方々に、我が害をなすことなどありえませんが……」

「わーかってるってば全竜《ルーナ》ちゃん。でもまあ強大な竜種が威《い》を発していると、それが自分に向けられたものでなくても怖いものなのサ」

「そういうものですか」

だがルーナにしてみればソルの側近にまで自分が畏《おそ》れられるのは、自分が主の意に逆らいかねない駄竜、主は従僕《じゅうぼく》さえ完全に支配できないダメな飼い主だと言われているような気がして正直気分がよくない。そう評した相手がリィンやジュリアでなければ、それこそ不満の表明程度では済ませないだろう。

「――そこまで恐《こわ》いかなあ？」

「主殿が我を怖がるはずなどないでしょう？」

「♪～」

だがソルにしてみれば咆哮《ほうこう》を上げる魔創義躰《アストラル》や真躰《アウゴエイデス》形態であればまだしも、分身体のルーナが怖いというのはあまりピンとこない。

こんなに可愛《かわい》らしいのになあ……というのが正直なところなのだ。

それはソルが全竜ルーンヴェムト・ナクトフェリアの真名《マナ》を最初に呼び、全竜《ルーナ》自身もソルがそうあってくれる事を心底から望んでいるからに他《ほか》ならない。全竜自らが認めた主《ソル》以外のすべての生き物にとって、その怒りは分身体とはいえ真に恐怖《きょうふ》するに十分なものなのだ。

例外といえば同じソルを主として仰《あお》ぐ、従僕仲間である妖精王くらいだろう。

主らしくソルが自分を畏れないことにご満悦《まんえつ》な全竜に同調して、妖精王もまた御機嫌《ごきげん》になっている。

妖精王が解放されてからこっち、ずっと2体は一緒《いっしょ》にソルに纏《まと》わりついている。それを全竜が邪険《じゃけん》にしないあたり、この2体の相性《あいしょう》はいいのかもしれない。今のところソルにとっての両翼《りょうよく》、破《は》壊《かい》と再生を司《つかさど》る2体の怪物《かいぶつ》としては、理想的な在り方ではあるだろう。

今もソルに撫《な》でられたり、顎《あご》下をくすぐられて嬉《うれ》しそうにしているところを見ると、美少女の形《なり》をした小動物にしか見えない2体ではあるのだが。

『ソル様。御《ご》歓談《かんだん》の折申し訳ございません。緊急《きんきゅう》事態が発生いたしました』

だがこののほほんとした空気は、突然《とつぜん》繋《つな》がったイシュリーからの表示枠《ひょうじわく》通信によって、俄《にわ》かに霧《む》散《さん》する。

それは聖教会が支配、制御していた魔族たちがすべてその軛《くびき》から逃《のが》れ、北方の地に堕《お》ちたまま朽《く》ちて果てているかつての浮《ふ》遊《ゆう》島、千年の昔は魔大陸の一部であったそこに集結しているという急報である。

そしてその地に集った魔族たちが宣言したのだ。

かつて彼らを統べていた魔族の頂点、『魔王アルシュナ』の復活と、それを旗頭《はたがしら》とした人類に対する宣戦の布告を。

この後情報が拡散されるにつれ、聖教会も、エメリア王国の中枢部《ちゅうすうぶ》も、各国の支配者層も大混乱をきたすことになる。もちろんそれは今、表示枠でイシュリーから連絡《れんらく》を受けたフレデリカたちも例外ではない。

だがその中でソルだけが嗤《わら》い、全竜と妖精王はその目を好戦的に輝《かがや》かせている。

妖精王に続いて、3枚目の手札《カード》となる『虚《うつ》ろの魔王』が向こうから顕れてくれたのである。

すべての怪物たちを統べようとしているモノ《ソル》が、それを寿《ことほ》がないわけがないのだ。

あとがき

『怪物たちを統べるモノ』３巻を手に取っていただきありがとうございます。

拙作の書き手、Sin Guiltyと申します。読んでくださり、応援してくださる読者様のおかげで無事こうして３巻を出していただくことが叶いました。本当にありがとうございます。人生初の書籍版３巻です。本当に感無量です。重ねて感謝申し上げます。

この３巻は聖教会との聖戦を中心に、ソルたちが迷宮、魔物支配領域の攻略を進める人間社会における障害を一掃する巻となりました。そのため戦闘成分過多となっております。書き手は楽しんで書けたのですが、読者の皆様にも楽しんでいただけていたら嬉しいです。

また２巻と同じく、「小説家になろう」版の毎日更新時には書ききれなかった部分を書き下ろしで書かせていただき、今回もとても楽しみながら執筆できました。

近衛２人の話や、ソルたちの新生活の場を書けたのは個人的によかったですし、「小説家になろう」版ではあまりに雑に処理されたイステカリオ皇帝を、新キャラとして参加させられたのは今後の展開にも広がりを持たせることができたと思っています。

中村エイト先生に人造勇者、神殻外装、フレデリカの『固有№.武装：型式百腕巨神』を書いていただけたことがなによりも嬉しいです。書籍化の醍醐味といいますか、自分が生み出したキャラクターたちに、プロによって形が与えられるのは本当に感動します。

1巻2巻に続いてとんでもなくカッコいい表紙と、カラー口絵、各シーンのイラストを、読んでくださっている読者の皆さんと共に目にすることができて本当によかったです。

この後も続くソルたちの物語も、中村エイト先生の筆致によって形を与えていただけるように作者も頑張ります。できましたら読者の皆様も応援よろしくお願いします。

さて、この後の展開は「小説家になろう」版と本格的に変わります。

すでに読んでいただいた方にはお判りでしょうが、次の怪物は「死せる神獣」ではなく「虚ろの魔王」が登場します。かつて人類の敵であった魔族が外在魔力が再び世界に満ちたことによって力を取り戻し、ソルたちと対峙する展開となります。一部の国家群が魔族に与することによって、国際社会も再び動乱に叩き込まれることになります。

筆者のお約束である要素を、ソルたちが本拠地として手に入れる話でもあります。

「小説家になろう」様で投稿中の第四章を下敷きにしつつ、魔族とソルたちの関係はまったく違ったモノする予定です。無事4巻を出していただけるように頑張ることを誓いつつ、3巻の後書きとさせていただきます。

第2巻製作決定！
次は、逃亡魔王様の
楽しいダンジョンライフ!?
He had already retired!
引退魔王は悠々《ゆうゆう》自適《じてき》に暮らしたい
辺境で平穏な日々を送っていたら、女勇者が追ってきた
vol.1
山川海 著
YAMAKAWAUMI
illustration 鍋島テツヒロ

宿敵の女勇者リタと共に農村の
危機を救った引退魔王シグルド。
そんな彼は何故か農村から逃げて、
ルトイッツ地下迷宮を潜る
新米探索者シグさんとして、
新たな生活を始めていた!?
魔王としての力や知識をほどほどに活かし、
第三の生活を楽しむシグルド。
しかし、それを追いかけるようにリタもやってくるわ、
さらなる大事件にも巻き込まれるわ、
まだまだ落ち着けないようで――
新米探索者な魔王と、
不器用な純朴美少女勇者、
親密になった宿敵二人の
ドタバタダンジョンライフが始まる!!!

小説第⑧巻は2023年10月発売!
作画／大前貴史
原作／明鏡シスイ
キャラクター原案／tef
8
信じていた仲間達にダンジョン奥地で殺されかけたが
ギフト『無限ガチャ』で
レベル9999の仲間達を
手に入
元パーティーメンバーと世界に復讐&『ざまぁ!』します!
週刊少年マガジン公式アプリ
「マガポケ」にて
好評連載中!!
コミックス
最新第⑧巻も
好評発売中!
作画：大前 貴史
原作：明鏡シスイ キャラクター原案：tef

信じていた仲間達にダンジョン奥地で殺されかけたが
ギフト『無限ガチャ』で
レベル9999の仲間達を
手に入れて
元パーティーメンバーと世界に復讐&
『ざまぁ!』します!
「小説家になろう」
四半期総合ランキング
第1位
(2020年7月9日時点)
①〜⑦巻
好評発売中!!
レベル9999で
圧倒的無双!!!!!!
明鏡シスイ
イラスト/tef

王都の監査官たちの審問をどうにか乗り越えたアスタたち。
しばらくすると、今度は兵士長におかしな動きがあると教えられる。
どう警戒すべきかと考えていた矢先、
兵士たちが森辺に調査をさせろとやってきてしまう。
さらには、モルガの禁忌に触れるような事態にもなって——
Author EDA
Illust. こちも
異世界料理道
VOLUME 31
Cooking with wild game.

争いの火種が
尽きない緊張の第31弾!!
2023年秋ごろ発売予定!

HJ NOVELS
HJN67-03

怪物たちを統べるモノ 3

最強の支援特化能力で、気付けば世界最強パーティーに！

2023年7月19日　初版発行

著者――Sin Guilty

発行者―松下大介

発行所―株式会社ホビージャパン

〒151-0053
東京都渋谷区代々木2-15-8
電話　03(5304)7604（編集）
　　　03(5304)9112（営業）

印刷所――大日本印刷株式会社

装丁――木村デザイン・ラボ／株式会社エストール

ISBN978-4-7986-3184-4　C0076

ファンレター、作品のご感想お待ちしております

〒151－0053　東京都渋谷区代々木2－15－8
(株)ホビージャパン HJノベルス編集部 気付
Sin Guilty 先生／中村エイト 先生